河北省社会科学基金项目（HB21ZW007）

本书获得河北经贸大学学术著作出版基金资助，特此致谢！

张鹏燕　著

《妇女杂志》与中国现代文学

中国社会科学出版社

图书在版编目（CIP）数据

《妇女杂志》与中国现代文学／张鹏燕著．－－北京：中国社会科学出版社，2024.3
ISBN 978-7-5227-3477-4

Ⅰ.①妇…　Ⅱ.①张…　Ⅲ.①中国文学－现代文学－文学研究　Ⅳ.①I206.6

中国国家版本馆CIP数据核字（2024）第082153号

出 版 人	赵剑英
责任编辑	张　潜
责任校对	王丽媛
责任印制	张雪娇

出　　版	中国社会科学出版社
社　　址	北京鼓楼西大街甲158号
邮　　编	100720
网　　址	http://www.csspw.cn
发 行 部	010-84083685
门 市 部	010-84029450
经　　销	新华书店及其他书店
印　　刷	北京明恒达印务有限公司
装　　订	廊坊市广阳区广增装订厂
版　　次	2024年3月第1版
印　　次	2024年3月第1次印刷
开　　本	710×1000　1/16
印　　张	16
字　　数	219千字
定　　价	85.00元

凡购买中国社会科学出版社图书，如有质量问题请与本社营销中心联系调换
电话：010-84083683
版权所有　侵权必究

目 录

绪 论 1

第一章 《妇女杂志》及其文学面貌 11
  第一节 《妇女杂志》：近代妇女报刊界的传奇 11
  第二节 《妇女杂志》的文学风貌 43

第二章 《妇女杂志》与现代中国女性意识的变迁 64
  第一节 清末民初中国女权概念的变迁 64
  第二节 《妇女杂志》对中国女性理论的建构 82

第三章 爱伦凯与中国现代文学 124
  第一节 爱伦凯对茅盾女性观与创作的影响 128
  第二节 丁玲与爱伦凯的精神契合 139
  第三节 许钦文小说中的爱伦凯因子 147
  第四节 涓生：中国现代文学的一个符号 150

第四章 《妇女杂志》婚恋文学叙事 164
  第一节 女性众生画像：生命的哀歌 164
  第二节 争取赋权：亚珊等的女性主义之旅 171
  第三节 "去虚荣心"：新女性新道德 179
  第四节 "男性的舞蹈"：新潮婚恋中的男性滑稽表演 191

结　语 ·· 208

附录 1：王蕴章主编时期小说栏作品目录 ·················· 211

附录 2：章锡琛主编时期文艺作品目录 ······················ 217

附录 3：杜就田主编时期文艺作品目录 ······················ 228

附录 4：叶圣陶、杨润馀时期文学栏作品目录 ··········· 236

参考文献 ··· 238

致　谢 ·· 253

绪　　论

本书所要研究的是《妇女杂志》与中国现代文学的关系。《妇女杂志》1915年创刊，1931年终刊，时间跨度正好是民国初年至五四落潮期，经历了国民革命时期等重要时期，与中国现代文学的发生、发展同步。在妇女问题讨论中，《妇女杂志》的女性理论曾经风靡整个1920年代，被读者称为"第一把椅子"，[①] 但目前学界对它的研究依然较为薄弱。《妇女杂志》创刊时，主编王蕴章同时主编《小说月报》，但相比于《小说月报》在中国现代文学史上的重镇地位，《妇女杂志》17年从未间断过的文学栏目却还基本处于地下状态，加之王蕴章一贯被赋予保守的标签，他在《妇女杂志》中"女性文学"的观念与实践也仅仅被研究者揭开冰山一角。那么，《妇女杂志》的女性理论与其刊载的文学作品、它的女性理论与中国现代文学之间又有着怎样的互动？本书将从女性、文学、文化角度展开相关探讨。

一　选题缘起及意义

在中国现代文学的女性画廊中，出现了一大批如莎菲、慧女士、孙舞阳、章秋柳、梅行素等五四新女性，她们以一种卓然独立的姿态

[①] 妇女杂志社启：《请读民国十一年的妇女杂志》，《妇女杂志》第七卷第十二号，1921年第2号。

出现在文坛，相比冰心、庐隐、冯沅君、凌叔华等作家笔下的女性形象发生了很大变化。她们的爱情、婚姻观念不仅是之前的作家没有涉及的，而且令现当代评论家汗颜。[①] 这些五四新女性从哪里来？她们思想中的新因素是如何形成的？带着这样的疑问，走进中国女权启蒙史，我们发现了一个新的天地。

晚清女性思想中的新因素，在夏晓虹等前辈学者的努力下，线索已经渐次分明。[②] 但进入民国元年以后，关于中国女性思想的历史叙事开始变得模糊。在诸多中国妇女史、妇女思想史、女性文学史中，"新文化运动涉及了关于妇女解放的几乎所有问题"[③]，这是一种很有代表性的表述。即便如王绯的《空前之迹——1851—1930：中国妇女思想与文学发展史论》[④] 这样专门讨论莎菲等新女性前史的著作，也只是对五四妇女解放极力要解决的问题进行了分门别类的整理，着力点在搜罗思想而不在对思想自身的溯源和对各种思想间的内在逻辑进行反思。我们面临的局面是，自《新青年》1918年引发关于易卜生主义、与谢野晶子"贞操论"的讨论，为中国女性争取人的地位（社会上、夫妇间）提供了重要的理论资源外，促使现代中国女性意识觉醒的思想资源基本处于研究的盲点。问题是，在中国女性思想发展的历史上，究竟有哪些资源引发

---

① 参见毅真《几位当代中国女小说家》，《妇女杂志》第16卷第7号，1930年7月号；周良沛：《丁玲与莎菲》，《丁玲创作独特性面面观——全国首次丁玲创作讨论会专集》，湖南文艺出版社1986年版，第79页。周良沛表示自己比《莎菲女士的日记》产生的那个时代的爱情、婚姻观念更落后，带有封建思想的残余，所以有时看到莎菲不顺眼。

② 代表性的成果有：夏晓虹：《晚清文人妇女观》，作家出版社1995年版；夏晓虹：《晚清社会与文化》，湖北教育出版社2001年版；夏晓虹：《晚清女性与近代中国》，北京大学出版社2004年版；胡缨：《翻译的传说：中国新女性的形成（1898—1918）》，江苏人民出版社2009年版；刘堃：《晚清文学中的女性形象及其传统再造》，博士学位论文，南开大学，2010年。

③ 《阳刚与阴柔的变奏》，闵家胤主编，中国社会科学出版社1995年版，第354页。

④ 王绯：《空前之迹——1851—1930：中国妇女思想与文学发展史论》，商务印书馆2004年版。

了1920年代末上述"时代女性"群像的出现？现代中国女性意识的转变是哪些因素共同作用的结果。这些因素有无主次之分？

在这种情况下，商务印书馆创刊于1915年的大型综合性刊物《妇女杂志》进入研究者的视野。这份杂志，因为延续时间长（17年）、时间跨度又正好是民国初年至五四落潮期，经历了国民革命时期等重要历史时期，且"在1920年代，《妇女杂志》引领了当时的女性论，在引介外国女性主义潮流方面也起着核心作用"，[①] 被称为"研究民国女性社会生活与妇女问题的最有价值的史料之一"。[②] 进入报刊，返回现场，我们发现《妇女杂志》提供了中国女权启蒙的另一种景观：它接续了《新青年》易卜生主义的讨论，呈现出从易卜生到爱伦凯再到柯伦泰这样一条线索，对1920年代中国女性意识的转变起到至关重要的作用，它形象、生动地展示着"莎菲们"的成长背景。难能可贵的是，作为一份妇女杂志，它保留了一大批鲜活的、丰富的文学作品，涵盖了小说、戏剧、诗歌、散文各种文体，呈现出中国文学在1915—1931年这一时段一种原生态的场景。这些作品丰富了我们对中国现代文学史的认识。其中，婚恋叙事作为一个视角，一方面构成对它自身理论的对照，一方面形成跟现代文学史的对照，这无疑是我们理解1920年代文学的一个很好的参照。

二 选题研究历史与现状

《妇女杂志》研究从20世纪80年代至今，已经积累了比较丰富的研究成果。整体来看，这些成果比较多地集中在历史学领域。研究内容从杂志的分期到相关专栏、专题，研究者分别从妇女史、妇女生活史、社会性别、儿童观、日本妇女观、女性意识、新女性形象构建等角

[①] ［日］须藤瑞代：《中国〈女权〉概念的变迁》，姚毅译，社会科学文献出版社2010年版，第147页。

[②] 陈姃湲：《〈妇女杂志〉（1915—1931）十七年简史——〈妇女杂志〉何以名为妇女》，《近代中国妇女史研究》2004年第12期。

度对《妇女杂志》做出了卓有成效的解读。其中台湾周叙琪的《一九一〇～一九二〇年代都会新妇女生活风貌——以〈妇女杂志〉为分析实例》[①]一书，是中国对《妇女杂志》奠基性的研究，也是中国目前为止唯一一部研究专著，作者从妇女生活史的角度，分别从教育、婚恋、职业、家事、装饰、胎教、儿童教育等方面进行分析，力图对民初到五四这一阶段都市知识女性日常生活的整体面貌进行具体呈现。其文特点是史料发掘很深，虽然具体操作是分块的阅读分析，但在拎出的不同问题间又能发现其内在的联系。另外比较重要的成果，是2004年台湾"中央研究院"近代史所刊出的"《妇女杂志》研究专号"——《近代中国妇女史研究》第12期，这是"《妇女杂志》研究会"[②]与台湾"中央研究院"近代史研究所"妇女与性别史研究群"共同举办的"《妇女杂志》所呈现的近代中国"国际学术研讨会的成果之一，共包括论文9篇。[③]此9篇论文与《近代中国妇女史研究》其他4篇论文[④]一起，是目

[①] 周叙琪：《一九一〇～一九二〇年代都会新妇女生活风貌——以〈妇女杂志〉为分析实例》，台北："国立"台湾大学出版委员会1996年版。

[②] 此会由日本东京大学村田雄二郎主持，由日本、中国大陆和中国台湾学者共同组成，2001年获日本丰田财团的年度资助。

[③] 文章名为：《妇女杂志》（1915—1931）十七年简史——《妇女杂志》何以名为妇女（陈姃湲）；男人是"人"、女人只是"他者"：《妇女杂志》的性别论述（江勇振）；《妇女杂志》所反映的自由离婚思想及其实践——从性别差异谈起（许慧琦）；"牺牲者"、"受害者"言辞的背后——以《妇女杂志》的娼妇论述为中心（姚毅）；《妇女杂志》中的"医事卫生顾问"（张哲嘉）；文苑、多罗与华鬘——王蕴章主编时期（1915—1920）《妇女杂志》中"女性文学"的观念与实践（胡晓真）；个人抉择或国家政策：近代中国节育的反思——从1920年代《妇女杂志》出版产儿制限专号说起（吕芳上）；《妇女杂志》与日本女性："同为女人"在近代东亚的意涵（须藤瑞代；张琼方译）；《妇女杂志》（1915—1931）中出现的有关儿童的论说——与《新女性》（日帝治下的朝鲜）比较（池贤娖；赵吉译）。

[④] 彭小妍《五四的"新性道德"——女性情欲论述与建构民族国家》(《近代中国妇女史研究》1995年)、吕芳上《法理与私情：五四时期罗素、勃拉克相携来华引发婚姻问题的讨论》、游鉴明《千山我独行——二十世纪前半期中国有关妇女独身的言论》(《近代中国妇女史研究》2001年)、许慧琦《1920年代的性爱与新性道德论述——从章锡琛参与的三次论战谈起》(《近代中国妇女史研究》2008年)。

前研究《妇女杂志》最重要、最值得参照的研究文献之一。其中胡晓真《文苑、多罗与华鬘——王蕴章主编时期（1915—1920）〈妇女杂志〉中"女性文学"的观念与实践》和许慧琦《1920年代的性爱与新性道德论述——从章锡琛参与的三次论战谈起》是与本书直接相关的两篇论文。胡晓真借助自己关于清末才女文化的坚实功底，对王蕴章时期的女性观及其实践进行了考察。她发现"文苑"这一与"儒林"并立、历来属于男性作者的栏目，在王蕴章最初的设想中变为"不论诗词歌赋，以女子所作者为限"；她认为《妇女杂志》这种成立女性专属的"文苑"的举措，隐然具有女性文学宣言的意识，具有革命性意义。这对本书继续深入考察王蕴章时期小说栏目的女性文学实践具有很大的启发意义。许慧琦的文章，以专题的形式展开对章锡琛参与的新性道德论战的讨论分析，对本书了解《妇女杂志》女性理论的传播情况提供了重要参考。其他10篇文章，虽然与本书不是直接关联关系，但是其论述问题的方法、角度乃至结论，都是本书参考的重要文献。

从文学文化角度研究《妇女杂志》并做出了重要贡献的是刘慧英的三篇文章：《被遮蔽的妇女浮出历史叙述——简述初期的〈妇女杂志〉》《"妇女主义"：五四时代的产物》《从〈新青年〉到〈妇女杂志〉——五四时期男性知识分子所关注的妇女问题》，[1]它们分别对早期、五四时期《妇女杂志》的女性论述做出了评判。刘慧英认为王蕴章时期的《妇女杂志》有其独特的品格和对女性的功劳，它把妇女自身的生活历史展现了出来，以事实攻破了以梁启超为代表的"女性只是分利人"的观点。而通过对五四时期《妇女杂志》女性观进行梳理，她认为此时期《妇女杂志》的"妇女主义"，虽然不再局限于民族国家想象，却

---

[1] 刘慧英：《被遮蔽的妇女浮出历史叙述——简述初期的〈妇女杂志〉》，《上海文学》2006年第3期；刘慧英：《"妇女主义"：五四时代的产物》，《南开学报·哲学社会科学版》2007年第6期；刘慧英：《从〈新青年〉到〈妇女杂志〉——五四时期男性知识分子所关注的妇女问题》，《中国文化研究》2008年第1期。

依然是一种以男性为根本出发点和立场的对妇女的想象，而不是妇女自己创建和从事的事业。同时，她发现初创期的《妇女杂志》在妇女问题探讨中比《新青年》要深入得多。以李平的文章《新青年之家庭》为例，这篇文章在观念上远远超出了《新青年》不久之后所开辟的"女子问题"栏目中的大多数篇目，但根据有力的证据，李平此文写作直接受到《妇女杂志》及其主编胡彬夏的影响。刘慧英的研究对本书有很大的启示作用。首先，以往称《妇女杂志》或保守或激进的论调，需要我们借助材料重新辨析；其次，刘慧英的《新青年》作为一个以思想性为主的综合性刊物，在妇女问题讨论中并不一定就比其他刊物超前的论断，为本书重新审视《新青年》《妇女杂志》这样的历史文献，提供了最初的理论支持。总之，这三篇文章是做《妇女杂志》研究不能避开的成果。

最早关注到《妇女杂志》刊载文学的是魏如冰的《近代女性社会角色的构建——以商务印书馆〈妇女杂志〉为讨论中心（1915—1920）》[1]，作者通过对《妇女杂志》刊载小说《铁中铮铮》《春红霣碎》《慕凡女儿传》《红薔薇》等作品的分析，对《妇女杂志》塑造的传统女性形象和新女性形象进行了归纳总结。真正从文学角度研究《妇女杂志》的是王思佩的《〈妇女杂志〉（1915—1920）女性叙事研究》、杨华的《中国新文学视域下的〈妇女杂志〉研究》和金润秀的《〈妇女杂志〉（1920—1925）的"新女性"形象研究》。[2] 其中，杨华把《妇女杂志》放在中国新文学视域下进行观照，选取了一个很好的进入《妇女

---

[1] 魏如冰：《近代女性社会角色的构建——以商务印书馆〈妇女杂志〉为讨论中心（1915—1920）》，硕士学位论文，华中师范大学中国近现代史专业，2004年。

[2] 王思佩：《〈妇女杂志〉（1915—1920）女性叙事研究》，硕士学位论文，苏州大学中国现当代文学专业，2011年；杨华：《中国新文学视域下的〈妇女杂志〉研究》，硕士学位论文，新疆大学中国现当代文学专业，2014年；［韩］金润秀：《〈妇女杂志〉（1920—1925）的"新女性"形象研究》，博士学位论文，复旦大学中国现当代文学专业，2012年。

杂志》文学世界的角度，从文章写作情况看，她感兴趣的是从文体角度呈现《妇女杂志》的新文学史意义，对《妇女杂志》论说与中国现代文学的关系不曾涉及。王思佩从叙事学角度对《妇女杂志》（1915—1920）的女性叙事做了细致的文本分析，借助小说个案，她对部分时人借助女性形象一方面表达了对传统道德失落的焦虑之情和对国家的忠贞，另一方面又显示了他们避世的情绪的分析，对把握王蕴章时期的文学风貌有较好的参考作用。金润秀以1920—1925年《妇女杂志》为观照点，以《妇女杂志》女性议题与其刊载文学中"新女性"形象为研究对象，与魏如冰一样更侧重讨论女性形象问题。总之，面对《妇女杂志》丰富的文学世界，目前的研究还很薄弱。

　　《妇女杂志》作为一份直接面向女性读者的刊物，关于妇女问题的讨论一直是其题中之义，所以对《妇女杂志》女性观的研究就很有价值。刘方的博士论文就以《〈妇女杂志〉女性观研究》[①]为题，她的结论是《妇女杂志》女性观存在男女平等与男女有别的本质特点，这些特点分别在女子教育观、女子职业观、女子婚姻观中体现出来，看来她也比较注重对观念思想的搜罗而无意思想的溯源。与之相近，王鑫的《〈妇女杂志〉研究——关于中国现代女性话语的个案分析》[②]一文，从话语理论入手，对《妇女杂志》女性话语进行了分析，但是她过于拘囿于主编主持下《妇女杂志》的话语空间与女性身份的对应关系，未免有些主观化，忽视了《妇女杂志》本身的复杂性以及编辑话语的思想资源问题。《妇女杂志》一直注重妇女问题探讨，与之相关的问题就是，它到底在什么程度上对现代中国的女性意识、女性观产生了影响？

[①] 刘方：《〈妇女杂志〉女性观研究》，博士学位论文，吉林大学中国近现代史专业，2012年。

[②] 王鑫：《〈妇女杂志〉研究——关于中国现代女性话语的个案分析》，博士学位论文，北京师范大学文艺学专业，2009年。

黄慧的硕士论文以《〈妇女杂志〉与女性意识的觉醒与徘徊》[①]为题,是首先关注到《妇女杂志》与女性意识的关系的研究成果,但从内容看,她论述的重心在于以《妇女杂志》为对象,论述其呈现出的中国近代女性意识"觉醒与徘徊"的特点,对《妇女杂志》女性理论在现代中国女性意识觉醒所起的重要理论、思想资源意义没有关注。总之,对《妇女杂志》女性观的研究侧重从性别、理想女性的构建角度关注《妇女杂志》,对《妇女杂志》在中国女权启蒙史上的地位,目前还关注不够。

从《妇女杂志》研究发展史看,中国大陆的研究起步比较晚,但上升趋势明显。2004年以后,已有4篇博士论文和20余篇硕士论文,正在逐渐打破之前《妇女杂志》研究"历史研究独领风骚、台湾'中央研究院'一枝独秀的状况"的研究格局,《妇女杂志》研究正处在上升阶段。

综合以上分析发现,目前对《妇女杂志》做专题研究、阶段研究等类似纯文本的研究比较多,影响研究还很少。文学研究虽然已经展开,但基本处在起步阶段。这样,在前人的研究基础上,本书把《妇女杂志》放到中国女权启蒙的历史长河中进行考察,从女性理论、文学、文化三者互动的角度研究《妇女杂志》和中国现代文学的关系,就具备了合理性。

三 研究思路与研究方法

本书选取《妇女杂志》与中国现代文学的关系为考察对象,从女性、文学与文化角度展开《妇女杂志》文学、女性理论、中国现代文学三者关系研究,试图建立《妇女杂志》女性理论、文学与中国现代

[①] 黄慧:《〈妇女杂志〉与女性意识的觉醒与徘徊》,硕士学位论文,山东师范大学中国近现代史专业,2012年。

文学之间的谱系。这个谱系包括对《妇女杂志》女性论的所指、理论资源、内涵与意义、影响以及在中国女权启蒙史上地位的梳理、辨别、判断；包括对《妇女杂志》女性论说与刊载文学的整理、分析等一系列工作。

本书的研究思路如下：

首先，从清末民初中国女权概念变迁的角度考察《妇女杂志》女性论在中国女权启蒙史上的位置，这是讨论《妇女杂志》女性论的逻辑前提。理清中国女权启蒙思想的发展，才能辨别《妇女杂志》女性论在中国女性思想发展史上的意义和价值。在此过程中，需要尽可能多地搜集有关妇女史、妇女生活史、婚姻史、妇女思想史、女性理论专著等相关材料，并对既有的研究重新进行辨析。同时，阅读《妇女杂志》原始材料、同时代其他期刊、妇女史写作也是很重要的一个方面。

其次，在确定了《妇女杂志》1920年代起引领作用的女性理论的思想资源后，对爱伦凯在中国的传播与影响、爱伦凯与中国1920年代女性解放思潮关系的梳理，将成为研究的核心。这个过程除了搜集有关爱伦凯研究资料外，有关爱伦凯在中国的传播资料尤其是中华人民共和国成立之前的资料都需要尽可能多地搜集。《妇女杂志》女性论在既往的研究中，持否定态度的人较多，那么如何做到比较客观公正地重新审视它的历史意义，就需要对爱伦凯的著作有详细的了解，也需要对爱伦凯在世界的接受情况有所了解，更需要把这些跟传播到中国来的爱伦凯理论进行对比分析，对《妇女杂志》当初倡导爱伦凯理论的背景和意义进行挖掘，对他们引用爱伦凯理论中一些富有争议的话语进行辨析。搜集资料的过程，本身也是一个不断发现的过程，爱伦凯与中国现代文学的关系就是这样一步步建构起来的。

最后，爱伦凯理论的核心是"恋爱道德论"，恋爱观念在中国的建立是一个逐渐变迁的过程。它与同为外来词的五四女权核心概念"人格"一起，重塑着中国的国民性。整理、阅读、分析《妇女杂志》文学栏的过程中，大量关于婚恋叙事的作品，与《妇女杂志》女性论形成显在的呼应。于是，关注这些作品背后的性别话语，也就成为题中之义。

　　基于上述思路，本书的研究方法为运用文献法、归纳概括法确定《妇女杂志》在中国女权启蒙史上的地位；运用比较研究方法讨论它与中国现代文学的关系；运用叙事学方法对《妇女杂志》中相关文学创作进行文化、文本的考察。从而展开《妇女杂志》与中国现代文学的影响研究。

第一章

《妇女杂志》及其文学面貌

《妇女杂志》于1915年创办于上海，在女性期刊不被看好的年头，商务印书馆为什么要创办这样一份杂志？在女性刊物普遍短命的年代，《妇女杂志》又为什么能连续刊行17年？17年中《妇女杂志》主编几经调换，这对刊物来说意味着什么？《妇女杂志》创办伊始，文学就是其重要的一个门类，那么它们呈现出的到底是一种怎样的景象？回答这些问题，了解《妇女杂志》整体风貌，将是本章的重心所在。

第一节 《妇女杂志》：近代妇女报刊界的传奇

中国近代妇女报刊的创办有三次高潮：一是1905年到1911年，共创办约25种，其中1907年竟有10种之多；[①]二是1912年到1913年，据统计仅1912年这一年就有约20余种；[②]三是1919年到1922年，据初步统计，也有10余种。[③]几乎每次高潮的出现，都和政治事件有关。

---

① 刘巨才：《中国近代妇女运动史》，中国妇女出版社1989年版，第176页。
② 根据刘人锋《民国初期妇女报刊一览表》统计。见刘人锋《中国妇女报刊史研究》，中国社会科学出版社2012年版，第166-169页。
③ 根据刘巨才《中国近代妇女报刊简目》（1898—1922）统计。见刘巨才《中国近代妇女运动史》，中国妇女出版社1989年版，第476-482页。

第一次高潮和辛亥革命前革命势力的发展，尤其是与1907年清学部女学堂章程的颁布有关；第二次高潮则是因为中华民国的建立，中国女性争取参政权运动的发达；第三次高潮明显是"五四运动"影响的结果。照此推演，商务印书馆于1915年1月创办《妇女杂志》显得有些不合时宜，这一年在中国报刊史上并不是光明的一年。从1913年的"癸丑报灾"，到1916年袁世凯为推行帝制出台一系列限制新闻事业的法律，新闻出版业形成了民国后持续四年之久的低潮，"从1914年到1918年的五年间，据不完全统计，仅有13种妇女报刊创刊。"①那么，商务印书馆为什么选择在1915年办一份女性期刊呢？虽说出版机构在期刊的创办、发行方面不一定必然受到来自出版法的实际阻碍，但也很难解释商务印书馆一定要选择在一个女性期刊低迷的年份创办一份自己并不重视的女性刊物。

从现有材料看，在商务印书馆四大杂志（分别为《东方杂志》《教育杂志》《学生杂志》《妇女杂志》）中，《妇女杂志》虽然在榜，但其在商务高层眼中的地位较低似乎是可以肯定的。章锡琛在《漫谈商务印书馆》一文中有"商务对这杂志（指《妇女杂志》，笔者注）一向并不重视……所以让我一人单干"②的话，加之创办伊始王蕴章一人兼编两大杂志（《小说月报》和《妇女杂志》），"他手下也只有一个只做登记稿件等杂务的人"③的事实，基本可以肯定《妇女杂志》地位很尴尬。它的这种尴尬地位，也可以从商务印书馆发布的广告中看出来。商务历来有各期刊间互相发广告做免费宣传的传统，笔者考察1915年前后《东方杂志》的广告栏，在1914年11卷6期第197页有《新编妇女杂

---

① 根据刘人锋《民国初期妇女报刊一览表》、刘巨才《中国近代妇女报刊简目》（1898—1922）统计。
② 章锡琛：《漫谈商务印书馆》，《商务印书馆九十年》，商务印书馆1987年版，第116页。
③ 茅盾：《商务印书馆编译所和革新〈小说月报〉的前后》，《商务印书馆九十年》，商务印书馆1987年版，第164页。

志简章》的广告页，随后1915年12卷2期《东方杂志》在其第127页登出关于《妇女杂志》1卷1号的广告，这个广告是和同年创办的《英文杂志》一起的，广告词如下：

  商务印书馆发行
  学界之宝鉴　女界之明灯
  新出杂志同时出版
  英文杂志第一期　妇女杂志第一期

  这表明，《英文杂志》和《妇女杂志》是同时创办的。广告词对二者的定位都很高，一个是"学界宝鉴"，一个是"女界明灯"。然而再继续看之后《东方杂志》刊载的广告，就发现相比《英文杂志》，《妇女杂志》的广告一般都比较靠后，基本在《东方杂志》的最后，而且没有类似《英文杂志》的单页广告。《东方杂志》12卷4期虽然在第199页位置有对《妇女杂志》第一卷第三号的广告，字体却很小，占的空间也相当小，而在其基本固定的第100页左右的广告页，《教育杂志》和《英文杂志》的单页广告，看起来就醒目得多，也更有吸引力。这尽管是一个小小的细节，似乎也能看出《妇女杂志》在商务期刊中的位置。
  《妇女杂志》就像一个不准备得到喝彩但又必须要出场的角色。
  必须出场的最直接的原因应该来自中华书局。[①] 最能说明问题的是

[①] 中华书局1912年由陆费逵等人创办，陆费逵原是商务人，是商务《教育杂志》的创办人。1911年商务创办人夏瑞芳因为利用公司基金参与投机，致使商务蒙受100多万元的经济损失。不得已商务只能紧缩开支、辞退人员，中华书局借此产生。因为创办人都是从商务出去的，对商务知根知底，中华书局创办后就成为商务最大的劲敌。两大印书馆在1912—1916年间展开激烈竞争。关于《妇女杂志》的创刊，刘慧英的说法是"它是因为要与创刊于同年同月的中华书局的《中华妇女界》竞争而诞生的"。但是她没有解释此结论的由来，所以具体情况仍不甚清楚。（见刘慧英《被遮蔽的妇女浮出历史叙述——简述初期的〈妇女杂志〉》，《上海文学》2006年第3期）。

《妇女杂志》和《中华妇女界》①的发刊辞。单看《妇女杂志》发刊辞,作为对刊物性质、宗旨的介绍性文字,其在1卷1号卷首竟然刊发了5条之多:《妇女杂志发刊辞一》、《发刊辞二》(刘媿)、《发刊辞三》(张芸芳)、《发刊辞四》(倪无斋)、《敬祝吾家旧道德为妇女杂志祝》(梁令娴),除了叹为观止外,似乎无他。然而如果把这几份发刊辞与中华书局创刊于同年同月的《中华妇女界》发刊辞对比,则无不惊异地看到二者如孪生双胞。比《妇女杂志》滞后20天创刊的《中华妇女界》,三篇发刊辞性质的文章有两篇与《妇女杂志》是同一作者,而且文章内容也大同小异,显然是作者同时被两个单位约稿,一稿两用的办法。这两位作者一位是此时全国颇有些声名的黑龙江省立女子教养院院长刘媿,②一位是梁启超的女儿梁令娴。刘媿在《中华妇女界》发表的《中华妇女界祝辞》与在《妇女杂志》发表的《发刊辞二》相比,开头几句显然都没有细斟酌就直接用了,比如她写道,"中华民国四年一月一日,上海商务印书馆妇女杂志发行。是日也,黑龙江省立女子教养院成立"③,二十天后她仍然写道,"中华民国四年一月,上海中华书局中华妇女界出版,标贤母良妻、淑女之主义,蔚为巾帼之光华。是日也,中华民国极东北隅,黑龙江上有女子教养院成立。"④很显然,这里的"是日也"时间是不同的,黑龙江省立女子教养院也不能成立两次。梁令娴则在文首直言自己是两杂志发刊征文于她,"妇女杂志发刊,征

---

① 《中华妇女界》,与《妇女杂志》同年同月创刊,在办刊风格上也与其接近,但一年以后(1916年6月)即停刊。

② 刘媿,字邦媛,四川人。原是奉天女师监督,编有《女子历史》作为女学教材,1913年辞去奉天教职,到黑龙江出任省立女子教养院第一任院长,对当地女学发生了极为深远的影响。其详细事迹可参见王秀田《传统才女与现代文学——以刘媿、祝宗梁为个案研究》,《兰州学刊》2008年第12期。

③ 刘媿:《发刊辞二》,《妇女杂志》第1卷第1号,1915年1月。

④ 巴陵刘媿女士:《中华妇女界祝辞》,《中华妇女界》第1卷第1期,1915年1月。

文于余",① "中华妇女界发刊,征言于余"②,由此可以看出,《妇女杂志》的创刊虽然略早于《中华妇女界》,但商务与中华近乎同时酝酿出版女性期刊确是显而易见的,二者间的竞争无疑也是催生杂志产生的一个重要因素。

据《妇女杂志》1卷1号《编者余瀋》介绍,《妇女杂志》创办伊始"远近以发刊辞颂词惠寄者,日有数起"③,显见在发刊之前,广告是早就打出了的,且以反响之热烈可推测散布面应该很广。查看当时《申报》,商务印书馆以《妇女杂志》社名义在1914年12月份刊登了两次征文广告,意在为即将于1915年1月1日出版的《妇女杂志》向女界征求著述、文艺、发刊词、相片等,《来稿酬例》为:甲 赠送本杂志 乙 赠送书券文具 丙 现金每千字自三元至五元。不过据前述梁令娴所言,其文是应《妇女杂志》社约稿而写的,这样其文就属于特约发刊辞。从《妇女杂志》创刊后在《申报》刊登的广告看,第一期极力推荐发刊辞中"梁令娴女士自述文",看来《妇女杂志》社很注重借助名人效应扩大销路。至于中华书局创刊《中华妇女界》,有论者认为梁启超也参与了其发行。④ 如果是这样的话,商务当局自然会感觉到压力。不过,两大印书馆同时选择1915年创刊一份以女性读者为对象的大型刊物,似乎也不能简单地解释为意气之争。

一 时代潮流的产物:《妇女杂志》的创办

此潮流非彼潮流也。前说商务选择1915年创办《妇女杂志》与

---

① 梁令娴:《敬祝吾家旧道德为妇女杂志祝》,《妇女杂志》第1卷第1号,1915年1月。
② 梁令娴女士:《所望于吾国女子者》,《中华妇女界》第1卷第1期,1915年1月。
③ 见《妇女杂志》第1卷第1号《余兴》栏,第14页。
④ 参见[日]须藤瑞代《中国"女权"概念的变迁——清末民初的人权和社会性别》,姚毅译,社会科学文献出版社2010年版,第132页注释1。

中国近代女性期刊的潮流不符，是因为中国女性期刊的传统是政治的，而《妇女杂志》的创办则是社会的。

1913年，民初女子争取参政运动失败，中国女权斗争暂告一个段落。民初那些为兴办教育和实业做出过贡献的女子，那些为振兴国家经济，推行国货抵制洋货而倡立实业公司的女子，大多命运惨淡。而伴随1912年教育部"壬子·癸丑学制"的建立，中国女子教育列入国家系统学制上来。在政府的重视下，加之进步人士的支持，中国女子教育得以长足发展。1915年政府明颁命令，小学4年义务教育责令各省即遵照施行，女子师范因为肩责为国家培养教员的重任，明令各省设一所。资料显示，1916—1917年度，全国师范学校女生数便达5800人，占当时中等师范生总数的23.3%。[1]同时女子职业教育和女子师范教育一样列入女子重点教育，女子中学在学制和文字上得到确认。1914年《教育部整理教育方案草案》中提到为"广施教化，增进全国国民之学艺"，国家也应重视社会教育。比如或设通俗阅书报社，或设通俗图书馆，或设巡行文库，以补充群众的道德及常识为目的。[2]此项应该得到了落实，鲁迅在其作品《伤逝》中提到，涓生在与子君产生隔膜后最常去的地方是通俗图书馆，"那里无须买票；阅书室里又装着两个铁火炉。纵使不过是烧着不死不活的煤的火炉，但单是看见装着它，精神上也就总觉得有些温暖。书却无可看：旧的陈腐，新的是几乎没有的"，虽然书籍的配备不尽如人意，但在当时终归是一个创举，这从一个侧面说明当时政府对普及教育的重视。1915年，袁世凯在《颁定教育要旨》中明言"以兴学为立国要图"[3]，且不去谈他所讲几项

---

[1] 雷良波：《中国女子教育史》，武汉出版社1993年版，第287页。
[2] 《教育部整理教育方案草案》，《中国近代教育史料》（上册），舒新城编，人民教育出版社1981年版，第243-244页。
[3] 袁世凯：《颁定教育要旨》，《中国近代教育史料》（上册），舒新城编，人民教育出版社1981年版，第245页。

要旨是什么，中国的学校教育则至此达到一个发展高峰，同年刊发的《袁世凯：特定教育纲要》，从总纲、教育要言、教科书、建设、学位奖励等五个方面详细阐述了教育所涉及的方方面面，中国教育包括女子教育有了具体的方案与施行细则。至此，兴女学成为民元后重要的社会热潮。据教育部第一次至第五次的教育统计图表，我们知道，民国元年，全国女校为2389所，学生141130人。至1915年已经增加到3766所，学生180949人。[①] "教科书是商务印书馆的大宗营业。这不仅需要雄厚的资金，庞大的排印、装订能力，而且要求质量高、发行快；要求同教育主管当局的联系与协调。在这方面，商务印书馆经常显得准备充足，游刃有余。"[②] 商务与教育当局的密切联系，无疑让商务在把握时局动态方面要敏锐及时得多。兴女学热潮和女子教育的发展，除了给商务带来教科书方面的收益，同时也给商务提供了一个新的发展空间。

1914年，教育部在谈到普通教育时认为，"普通教育之中，女子教育亦属重要；我国女学幼稚，数年以来各省渐知兴办女学，而无一定陶成之方针，影响所施，流弊滋大。今且勿骛高远之谈，标示育成良妻贤母主义，以挽其委琐龌龊或放任不羁之陋习"[③]。中国女学自开办以来，备受社会各界关注，女学生的一言一行都成为人们评头论足的对象，在社会认可女学的同时，对女学生的不满，不时充斥于媒体文章。所以，一份以培养女学为目的的期刊的出版无论是上面还是下面都是

---

① 民国元年女学数，雷良波：《中国女子教育史》（武汉出版社1993年版，第290-291页）写的是141,30人；陈东原：《中国妇女生活史》（上海书店1937年版，第363页）所写为十四万一一三〇。根据民国五年学生数推断，应为141130，雷良波版应属笔误。

② 黄警顽：《我与商务印书馆的四十年》，《商务印书馆九十年》，商务印书馆1987年版，第95页。

③ 《教育部整理教育方案草案》，《中国近代教育史料》（上册），舒新城编，人民教育出版社1981年版，第240页。

需要的。

　　中国近现代时期的女性期刊以上海最为活跃，在某种程度上讲，上海占了中国近现代女性期刊的半壁江山，这与上海的经济繁荣发展是分不开的。作为中国最早的开埠城市之一，因为凡事得风气之先，至19世纪70年代，上海就成为全国的金融中心、商业中心、工业中心、通讯中心、交通中心。反过来上海的繁荣与发展，对劳动力需求激增，大量人口涌进上海，使上海的人口急剧增长。据统计，1911年上海人口为115万，到1921年年终就变为155万，[①]人口的增加使报刊的消费市场不断增大。

　　商务印书馆作为民初上海最有实力的出版机构，资本与营业额逐年上升，1914年，因为中华书局在广告中揭出其和日商合资的事情，总经理夏瑞芳当机立断和日方谈判，收回股本，至1915年其资本已达二百万元，营业额接近三百万元。[②]商务经济实力的增长，让其执掌人不再满足于只在教育领域的发展而转向印刷品的多样化。期刊自身的特点优势，尤其是它"可以觇文化"[③]的作用，应该是吸引商务高层的一个重要方面。而期刊在时代背景下逐渐承担起出版功能的趋势，也是不可令人小觑的。"定期期刊变得如此具有群众性，以致作者大多选择向杂志和报纸副刊投稿，而不愿写书。……除翻译品以外，几乎二十世纪初的所有文学作品都是以节本出版的，而且大多数发表于期刊。若干年内，定期刊物留给书籍出版业的事情，不过是重印和发

　　[①] 《上海近代经济发展概况（1882—1931）》，徐雪筠等译编，上海社会科学院1985年版，第191页。

　　[②] ［法］戴仁：《上海商务印书馆（1897—1949）》，李桐实译，商务印书馆2000年版，第13页。

　　[③] "寰宇之大，生民之众，形形色色。一举而如指诸掌，则报纸是。涵广轮于一粟，齐万有于洪钧，杂志尚已。报纸之取义广，为辞略；杂志之择体详，立言专。故杂志收效之宏，常过报纸。杂志之盛也，可以觇文化焉。"参见倪无斋《发刊辞四》，《妇女杂志》第1卷第1号，1915年1月。

行学校课本。"①尤其商务在之前已经有了《东方杂志》《教育杂志》《学生杂志》《小说月报》等成功的出版和发行经验。

各个方面都预示着商务可以办一份以女性读者为对象的专门杂志,尤其是我国第一份商办妇女刊物《妇女时报》②的成功运营让商务看到了良好的发展前景。

1914年,《东方杂志》在《妇女杂志》面世之前为其打的广告称"本杂志以提倡女子学问增进女子知识为宗旨"③,这与《妇女时报》登载的《发刊妇女时报征文》首句"本报以提倡女子学问、增进女界知识为宗旨"④完全一样。而查看《妇女杂志》创刊伊始1915—1916年间包括两份杂志的内容,《妇女时报》无疑充当了草创期的《妇女杂志》包括《中华妇女界》的样板,它的风格乃至内容形式都成为后来者模仿的对象。

总之,民国以来,在妇女参政权运动暂告失败的背景下,中国女权运动处于消沉孤寂阶段,但一方面中国女子教育在政府的重视下,得以长足发展,女学生数量逐年递增,巨大的阅读市场日渐形成;另一方面

---

① [法]戴仁:《上海商务印书馆(1897—1949)》,李桐实译,商务印书馆2000年版,第19页。

② 《妇女时报》,1911年6月在上海创刊,至1917年5月停刊,近六年共出21期。创办人狄葆贤,主编包天笑和陈冷血。辛亥革命前,以"提倡女子学问、增进女界知识为宗旨",着重强调"女子教育"的重要性,提倡研究"女子职业",同时也刊登了一些有见地的文章,提出了一些引人注目的新思想。该刊为月刊,计划每册约五六万字,铜版精印,插画至数十种之多。内容分为"实验谈""艺术谈""日记文""书简文""社会观""风俗观""家政说""交际说""小说""文苑""其他"等十多个栏目,注重知识性、趣味性,开"妇女报刊注重日常生活、家庭生活的先河",武昌起义至1913年内容有所变化,1914—1917年,则较为复杂,一方面响应辛亥革命的革命观念,一方面刊登冰心、恽代英等以进化论的观点强调女子教育的文章,另一方面也发表一些鼓吹旧道德的文章。在中国近代报刊史上,它是第一份连续出版了近6年之久的女性期刊。创办不久,订户就有六七千户,很受读者欢迎。

③ 《新编妇女杂志简章》,《东方杂志》1914年11卷6期。

④ 《发刊妇女时报征文》,《近代中国女权运动史料》(1842—1911)(下册),李又宁、张玉法主编,台北:传记文学社1975年版,第801页。

教育部统一女子教育方针，在全面实施之后，除了学校教育外，必然需要媒介辅助引导。而伴随上海现代化的进程，期刊成为最受读者大众欢迎的阅读方式。商务在民初快速发展中，积聚了大量资本，意欲寻求教科书外更多样化的出版方式。而《妇女时报》则提供了成功范例，一份以女性读者为阅读对象的大型综合性《妇女杂志》创刊。

二 传奇：《妇女杂志》的生命轨迹

《妇女时报》1911年创刊于上海，出21期；《香艳杂志》1914年创刊于上海，出12期；《女子世界》1914年创刊于上海，出6期；《女子杂志》1915年创刊于上海，仅出1期；《中华妇女界》1915年中华书局创刊于上海，共出18期；《新女性》1926年创刊于上海，1929年终刊；《玲珑》1931年创刊于上海，1937年终刊……每每翻看中国近代妇女报刊史，一个由衷的感叹就是"太短命了"。这样，阅读《妇女杂志》时，笔者的内心总是充满感动。这个从创刊号就颇精美的杂志，这个创刊号就有夏士莲牌广告的杂志，这个在1910年就谈论介绍蒙氏教学法的杂志，这个在1920年就倡导"无爱的婚姻是不道德的""无婚姻的爱是道德的"（"Marriage is immoral without love" and "Love is moral without marriage"）的杂志，在时间过去近一个世纪之后翻阅，它仍然是时尚的。在众多女性期刊纷纷消逝的背景下，它竟然存在了17年，这一切真像是个传奇。

《妇女杂志》的创办，对于商务印书馆来说只是自身印刷品多样化的一个举措。如果让商务当局重视一份以面向女性读者群为主的杂志，似乎也是不现实的。虽然女学发达，女性期刊市场扩大，但也仅是就历史而言，它还没发达到足以让一个拥有200万元巨资的出版机构重视的地步。所以，虽则《妇女杂志》的出版离不开商务当局的决策，但它能否存在下去，也要看它的运气。

商务当局在用人方面应当说颇具眼力。谈《妇女杂志》，大家都比

第一章 《妇女杂志》及其文学面貌

较习惯以它的主编划分阶段，王蕴章[①]时期（1915—1920），章锡琛[②]时期（1921—1925），杜就田[③]时期（1926—1930）。其中，在王蕴章时期，胡彬夏女士曾挂名参与了几期，但因为胡彬夏并不来杂志社上班，真正处理编务的仍旧是王蕴章。另外在1930—1931的最后一年多的时间里，叶圣陶[④]和杨润馀[⑤]曾先后接任主编，但因为时间短，学界现仍旧把这

[①] 王蕴章（1884—1942），字莼农，蒓农，号西神，别号窈九生等。江苏省无锡人。父王道平为翰林。幼承家学，熟读诗古文辞，通英文。光绪二十八年（1902）中副榜举人，官直隶州州判。1910年应聘商务印书馆，编辑《小说月报》（1910—1911），同年参加南社。1912年民国成立后，经人举荐任职于南京中华民国临时政府。因工作不合己意，去职后游历南洋各国，作《南洋竹枝词百首》。1915年回上海，1月创办《妇女杂志》，任主编。1918年继续主编《小说月报》，直至1920年12月杂志全面改版。王蕴章多才多艺，通诗词，晓戏曲，擅作小说，也工书法。离开商务印书馆后在上海的女子中学教书，1937年在日军侵华战争中"附逆"。晚境颓唐，以卖书为生。参见《中国文学家大辞典　近代卷》，梁淑安主编，中华书局1997年版，第32页；刘慧英：《被遮蔽的妇女浮出历史叙述——简述早期的〈妇女杂志〉》，《上海文学》2006年3月版。王鑫：《〈妇女杂志〉研究——关于中国现代女性话语的个案分析》，博士学位论文，北京师范大学，2009年。

[②] 章锡琛（1889—1969），字雪村，又字君实，浙江会稽（今绍兴）人。早年接受私塾教育，后求学于东文传习所、东湖通艺学堂。1909年从绍兴山会初级师范学堂毕业后，任小学及师范学堂教员。1912年进商务印书馆任《东方杂志》编辑，1921年任《妇女杂志》主编。1922年，兼为《时事新报》编辑《现代妇女》旬刊，为《民国日报》编辑《妇女周报》副刊。1925年因《妇女杂志》"新性道德号"出版与北大教授陈百年等展开论争，离职商务印书馆。1926年离开组织创办《新女性》杂志社，任主编。同年创办开明书店。1954年任古籍出版社编辑、副总编辑，1956年任中华书局副总编辑。著有《助字辨略校注》《马氏文通校注》《文史通义选注》《文学概论》（日译本）等。主要参照王立璋《〈妇女杂志〉与近代妇女解放（1915—1931）》，博士学位论文，北京师范大学，2008年，第15页。

[③] 杜就田，生卒年不详，别署味六，浙江长塘人，杜亚泉堂弟。书画篆刻家、摄影家，性耽金石，善篆刻，字专汉隶、魏碑，有《就田印谱》《杜就田书画集》；他在主编《妇女杂志》阶段，曾特开辟"摄影问答"专栏，以问答方式解释摄影技术上的问题，著有《新编摄影术》《摄影术顾问》《柯达克摄影术》等。一生主要从事图书编辑工作，协助编辑《植物学大辞典》《动物学大辞典》，为中国近代自然科学家与辞书编纂的先驱者，曾编纂包括《辞海》在内的多种大型辞书。1925年9月至1930年6月任《妇女杂志》主编。

[④] 叶圣陶（1894—1988），中国现代著名作家、教育家、编辑家及出版人。1930年7月至1931年3月主编《妇女杂志》，对内容和形式都做了短暂的革新。

[⑤] 杨润馀，1931年4月至12月担任《妇女杂志》主编。其族兄为经济学家杨端六。亦有研究者指出，这一时期实际主持编务的是金仲华。

21

一时间段并入杜就田时期。总之，十七年历经主编5次更迭，可谓历经沧桑。但从另一个角度看，每次主编的更迭都喻示着《妇女杂志》存在危机，而商务每次换将，都使《妇女杂志》能坚持办下去。

王蕴章作为《妇女杂志》接力长跑的第一棒，其踏实认真的工作作风保证了《妇女杂志》在女性读者中的地位，是《妇女杂志》能在市场站稳脚跟的有力保障。1卷5号有一则《编辑余沈》非常有意思：

> 敝社近日收受稿件甚多，名篇巨制美不胜收，容以次，细加选录。乃投稿者不加鉴谅，纷纷督促或索还原稿相责，殊难一一答复。为语诸君：记者方在山阴道上，疏麻之折，姑少须之，何如？

因为王蕴章同时主编《妇女杂志》和《小说月报》，又没有帮手，难免对于来稿不能一一回复。但是他很认真地要发一个广而告之，并且很幽默地恳求读者：说自己现在面对你们美不胜收的名篇巨制，目不暇接，你们的思念记挂之情，我理解。只是你们姑且稍稍等待些，怎么样？

编者如是言，想来读者会释然。可以说在王蕴章主编刊物期间，他一直想尽各种办法与读者沟通。主要是及时告诉读者刊物现在急需什么样的稿件，预备革新的内容，对大家投稿的感谢，还有大家感兴趣的好消息，等等。这里简录几则：

> 本卷革新之要点：（一）增刊中外大事记以输入世界观念（二）每篇自为起说，便于分订作单行本之用（三）扩充小说栏材料以助读者之兴趣（四）广征关于通俗教育之稿共尽劝导社会之责。（3卷12号）

> 投稿者均鉴：本社近以短篇白话小说及余兴栏中所用之启发儿童智慧各种材料，最为需要。承诸君函询投稿种类，未能遍复，

敬此布告。如蒙惠寄爱读本杂志者之小影及书画等件，亦无任欢迎。(4卷5号)

除了这些单方面的沟通，对于一些重要的来信，王蕴章也非常重视，及时回复。例如2卷6号《本社通讯》谈到一个叫知白的女性来信责问为什么《妇女杂志》刊载文章大多是署名吴江私立丽则学校的，她认为丽则学校的文章并不足以代表中华女界文艺。王蕴章细细作答，解释杂志并不仅仅刊载丽则的文章，还有湖南浏阳含章女学、河南省立女师范、无锡县立女师范的文章，既然不是专登丽则的文章，所以并不存在以丽则学校文章为中华女界代表的事实，并感谢知白女史来信，因为女史是因为爱惜《妇女杂志》所以才来信教导，希望今后能蒙女史惠赠鸿文。既澄清了事实，又表达得体、丝毫不令人反感。

而为了提高读者订阅杂志的兴趣，王蕴章更是动了一番脑筋。其中之一是征集爱读《妇女杂志》者的照片。刊登女性照片吸引读者这在当时并不什么独创，不过大量刊载喜欢《妇女杂志》的女性照片，使得有共同兴趣的人能够通过杂志彼此了解，显然能起到更好的交流作用。当读者知道全国各地这么多人跟自己有共同爱好时，自我认同感肯定会加强，同时也会坚定她追随杂志的意念。

另外，王蕴章还通过征集谜画的方式吸引读者购买阅读杂志。其方法是：先在杂志发布谜画征集广告，吸引第一波人参与；然后刊载猜中谜底的人员名单，吸引第二波人参与；接连搞类似活动，再吸引更多的人参与进来。因为在第一和第二个环节都有报酬。报酬三选一：A为书券，B为美术品，C为本杂志。这是一个双赢的推销策略，读者无论选择哪一种报酬，都会继续增加商务书籍杂志和美术品的销售。

而在杂志的内容体例方面，王蕴章一直在顺应时代进行改革。当李涵秋的小说和程瞻庐的弹词流行时，他就拉来他们的稿件以飨读者。当小说受到越来越多的欢迎时，他及时表示将"扩充小说栏材料以助读者之兴趣"。①当人们对国内外大事比较关注时,他及时革新杂志"增刊中外大事记以输入世界观念"②。尤其是五四运动后,《妇女杂志》自 1920 年 1 月起,宣布全部改用白话文和新式标点,并托友人请沈雁冰等新文化界代表为《妇女杂志》写稿。可以说,当诸多女性期刊纷纷终刊之时,王蕴章作为主编的尽心尽责是《妇女杂志》得以站稳脚跟,追随时代前行的有力后盾。

不过,王蕴章的改革比之时代的跨越式发展还存在巨大的差距。《妇女杂志》需要一个更适应时代发展的主编来进行改革。据茅盾讲,王蕴章在无可奈何中于 1920 年 11 月前后辞职。③

章锡琛的走马上任,以他自己的说法是"王莼农去职后,一时找不到人,钱经宇推荐我去充数。我因为这方面毫无研究,不敢轻易担任,经钱经宇再三督促,才勉强应允。商务对这杂志一向并不重视,只求换一个人,把提倡三从四德、专讲烹饪缝纫的老调变化一下就成"④;"周建人能翻译英文,我也学过一点日文,曾经在《东方》帮助翻译,两人就从图书馆借来几种有关妇女问题的英日文书,共同选译,自己也东拼西凑写些提倡妇女解放和恋爱自由一类时髦的短文"⑤。如果我们过多停留在章锡琛的叙述上,肯定会觉得这真是商务当局的一次草率之举,而且对章锡琛主编时期《妇女杂志》的女性理论充满怀疑与质疑。而事实上,商务当局的知人善任在出版界是有目共睹的,"重视人才,并能识才、用才、培养人才,这是商务不断发展的重要保

---

① 参见《妇女杂志》第 3 卷第 12 号封面《四卷第一号要目预告》。
② 参见《妇女杂志》第 3 卷第 12 号封面《四卷第一号要目预告》。
③ 茅盾:《商务印书馆编译所和革新〈小说月报〉的前后》,《商务印书馆九十年》,商务印书馆 1987 年版,第 189 页。
④ 章锡琛:《漫谈商务印书馆》,《商务印书馆九十年》,商务印书馆 1987 年版,第 116 页。
⑤ 章锡琛:《漫谈商务印书馆》,《商务印书馆九十年》,商务印书馆 1987 年版,第 116–117 页。

证。"①章锡琛本人的精明与才略在我们仔细研读他在任期间所有文字之后会由衷地敬佩，后来开明书店的成功更说明了这点。故如果我们满足于在他这类一贯文风轻飘的回忆性文章中寻找说法时，未免会使我们上当。一个最简单的问题是：如果他仅是"东拼西凑"、追"时髦"，我们就很难理解《新女性》②在1926年的诞生。

　　章锡琛是一员猛将。经过三个月的努力，他把积压的各期《妇女杂志》赶出，开始了对《妇女杂志》新的改革。从第7卷开始，刊物主旨进行调整，把先前"以提倡女子学问增进女子知识"调整为"谋妇女地位的向上和家庭的革新"，③认为"妇女问题实际方面的讨论，固然必不可少，而先进各国学说的介绍，和世界妇女状况的记述，实在也很重要"④。这样，《妇女杂志》名副其实地成为专门讨论妇女问题的刊物。同时杂志的定价也降为原来的三分之二（每册二角），在不增加纸张的情况下，字体改为五号字，内容更加丰富。而伴随刊物主旨的变化，新婚照片和爱读本志者小影，一律不再刊。所以，章锡琛的改革不仅在内容，也在形式。

　　章锡琛非常重视"编读互动"环节的建立。在他主编期间，"编辑余录"是他非常重视的栏目，通过这个栏目，他把杂志预备革新的内容、栏目的调整、杂志的销售情况、读者来信、某篇需要读者特别关

---

① 胡序文：《胡愈之和商务印书馆》，《商务印书馆九十年》，商务印书馆1987年版，第128页。
② 《新女性》（1926—1929），关于《新女性》的创刊，章锡琛曾这样回忆："胡愈之、郑振铎和馆外友人吴觉农等因此（指王云五因为'新性道德讨论'的风波调章锡琛去国文部，改由头脑不太清楚，文理也欠通顺的杜就田接任《妇女杂志》主编一事，笔者注。）颇为愤慨，怂恿我和周建人另编一种妇女刊物。经过几次商议，决定组织'新妇女社'，社址就在宝山路三德里吴觉农家里，由吴觉农出面当编辑发行人。"当然，这也瞒不过别人的耳目，《新女性》创刊号刚印出，商务印书馆当局就把章锡琛辞退了。章锡琛：《漫谈商务印书馆》，《商务印书馆九十年》，商务印书馆1987年版，第117-118页。
③ 《编辑余录》，《妇女杂志》第7卷第2号，1921年。
④ 《编辑余录》，《妇女杂志》第7卷第1号，1921年。

注的文章情况（包括作者的情况）及时传达给读者，并利用这个栏目向海内外人士征稿，推介读者关注某篇或某些文章，为读者答疑，鼓励女性热心投入妇女运动，并刊载读者的批评，甚至下期精彩介绍也在这里推出。总之，章锡琛把这个平台办成了一个很好的"虚拟"空间，在这里读者除了能随时了解杂志动态、选择自己感兴趣的话题和文章，还能分享编者的喜悦，与编者一起见证杂志的成长。试想一下，当读者读到这样的文字时，她（他）们会有怎样的感觉：

> 像暴君般的炎夏的烈日，照临在编辑室的窗前，记者拘囚在这斗室之中，一手握管，一手挥汗，苦况殆难描摹。遥想读者诸君，山村消夏，海国招凉，雪藕调冰，浮瓜沉李，清福定当不浅。然而倘使我们的工作，于诸君不无些少的裨益，我们便也得到欣慰了。①

在编者营造的这种亲切友爱、为了读者诸君即使受苦也是幸福的空间里，读者肯定买单。而随着编务的逐步走向正轨，章锡琛逐渐建立起一整套"编读互动"体系，成为增加杂志的关注度，扩大其影响的重要举措。

这套体系包括"社论""读者俱乐部""自由论坛""读者文艺"②"通讯""通信"③"读前号""谈话会"④"编辑余录"等。它们形成一个更大

---

① 《编辑余录》，《妇女杂志》第 9 卷第 8 号，1923 年 8 月。

② 《读者俱乐部》自 7 卷 9 号起分在"自由论坛"和"读者文艺"两栏。参见《编辑余录》，《妇女杂志》第 7 卷第 9 号，1921 年 9 月。

③ "通信"从 8 卷 1 号起开始设置，是读者之间、读者和编者之间一个很好的交流平台，比如 8 卷 1 号张梓生和赵景深《儿童文学的讨论》，就"童话"的定义展开探讨，很有意义。从 8 卷 7 号起，"通信"栏实际则主要刊载读者来信和记者回复。同卷号《编辑余录》，则有"通讯一栏……使记者得因此有和读者交换意见的机会"。看来"通讯""通信"是没有区别的。只是 8 卷都用"通信"，9 卷则用"通讯"。

④ 《妇女杂志》自 9 卷 1 号开始计划添设。"读前号"征求读者意见，"谈话会"栏专载读者零杂的思想和片段的意见。但因为稿源问题，迟至 9 卷 7 号，"谈话会"才得以添设。参见《编辑余录》，《妇女杂志》第 9 卷第 1 号和第 9 卷第 7 号。

的编者和读者、读者与读者共同学习、探讨的包容性很大的开放空间。它们一方面传递出"有许多问题，必须多方讨论的；愈讨论，真理乃愈加明显"①的开放姿态，另一方面则通过"社论""编辑余录""通讯"中编者的话为所有言论掌舵。

1924年1月《妇女杂志》10卷1号发表社论《我们今后的态度》，意在明确提出对于妇女解放问题的观点："我们的意见，以为改正性的观念，是今日唯一重要的急务，解决中国妇女问题的最初入手方法。"②在论证之前，记者先抛出质疑观点："关于两性关系首先遇到的问题，就是所谓恋爱问题。近来本杂志对于这方面的讨论，似乎稍多；因此，有许多人以为这是我们迎合青年心理，借此推广杂志销路的手段，就是我们的朋友中也有对于此节深致不满的。如第八卷上王平陵君的信，就是一例。最近谢似颜君也来信反对。"这是一个很好的引子，不以一般读者而以有身份的朋友的质疑引出话题，再进行一一批驳，提出自己的观点，会给读者留下极其公正的印象。"为公理而战"，自然人们认为杂志"迎合青年心理，借此推广杂志销路"的观点会不攻而破，极有利于让读者接受自己的观点。

在章锡琛和青年读者的"通信"中，章成功扮演了妇女解放思想导师的角色，越来越受到青年的尊崇和信赖。卷9号11的"通讯栏"共刊载了3篇读者来信。第一封来信是一署名YC的读者，自称是山东女子师范的学生，她分别就本学校"拆查信件""阻止电话"两件事求教于章锡琛，在她的信中，是这样评述章锡琛的："从《妇女杂志》上认识了先生，先生对于我们妇女问题解答了许多，先生的厚意，我们妇女界同人，不能不深感肺腑了。""我想先生是主张公理的人，是替我们妇女界帮忙的人。"第二封来信作者署名水竟，其所谈问题是嘉

---

① 《编辑余录》，《妇女杂志》第8卷第11号，1922年11月。
② 《我们今后的态度》，《妇女杂志》第10卷第1号，1924年1月。

兴秀州中学副校长只准把《妇女杂志》放在教员处，不准放在图书馆供中学生阅读。有意思的是他对章锡琛的称呼："哦！锡琛先生！我前在 KHS 肄业，后因环境强迫，退学经商，愧于学识，不敢浅意写信给先生。"第三封信是署名同济大学杨长昇的读者，他先是半卖弄似地谈到自己每天花一小时阅读《妇女杂志》，获益不少，拿所学知识劝导周围朋友竟率向"婚姻自由的正轨"走了。"于此可见，贵杂志真不愧为'晨钟暮鼓'及'青年的救星'呀！"而就自己不解的问题，他这样写道："先生思想言论，富有经验，对于以上三件问题，当能有明确的解释和答复，希望于宝贵光阴中，不吝教言，无限感激了！"无论是"公理代表"还是"学识深厚"还是"思想成熟"，章锡琛都是一名让青年觉得值得信赖的长者、老师。

《妇女杂志》在章锡琛改革后的成效立刻显现于销售量，从此前的 2000 至 3000 余份，增长到一万份以上。根据《妇女杂志》的报道，改革后不到二年，"大受一般读者欢迎，销数之多，开我国妇女杂志界的新纪元。"[①] 在妇女问题讨论中，《妇女杂志》被读者称为"第一把椅子"[②]。

如果《妇女杂志》由章锡琛主持下去，或许会如《新女性》的命运一样，停刊。1929 年《新女性》停刊，章锡琛在《废刊词》中写道："废刊的原因很是单纯，就是时代已经不需要我们了。"[③] 这和章锡琛参与的"新恋爱问题"的论争[④] 直接相关。在这次论争中，章锡琛发现近十年来提倡的"新性道德论"，已经完成阶段性的思想启蒙使命，对比以谦弟为代表的"非恋爱派"，他们已经变得相对保守，时代已经朝着

[①] 陈姃湲：《〈妇女杂志〉（1915—1931）十七年简史——〈妇女杂志〉何以名为妇女》，《近代中国妇女史研究》2004 年第 12 期。
[②]《编辑余录》，《妇女杂志》第 7 卷第 7 号，1921 年 7 月。
[③]《废刊词》，《新女性》1929 年第 12 期。
[④] "新恋爱问题"的论争指章锡琛于 1928 年 9 月在其主编《新女性》杂志，就柯伦泰作品进行的一场读者征文讨论。详见许慧琦《1920 年代的恋爱与新性道德论述——从章锡琛参与的三次论战谈起》，《近代中国妇女史研究》2008 年第 16 期。

"从爱伦凯到柯伦泰"的轨道上跑了。

因此,1925年9月《妇女杂志》改由杜就田主编,对《妇女杂志》来说未尝不是一件幸事。杜就田,浙江绍兴人,1900年后去上海,协助他的堂兄杜亚泉编辑《动物学大辞典》,1925年9月任《妇女杂志》主编。一生主要从事图书编辑工作,擅长摄影。在章锡琛的笔下他颇有些难堪:"杜就田是杜亚泉编辑博物、理化等教科书的助手,在商务已有二十多年,王云五任所长后,认为这些人已经过时,应该淘汰,因为亚泉与菊老有多年交情,他又是亚泉的堂弟,只把他调去理化部,去干推广科等事务工作,换过不少部门,都不适应。他头脑不太清楚,文理也欠通顺,接连发表几篇短文,闹了不少笑话。"① 但至1930年7月叶圣陶任主编,他主编《妇女杂志》5年,说明章锡琛的话未免有些夸大其词。

杜就田主编期间,增加了科学内容,主要以征文为主。《妇女杂志》的宗旨也作出调整:

> 我们不得不因所负使命的重大,愈加勤勉,取一个稳健中正的步骤,开一条青年妇女循行的途径,今将拟定的旨趣,略示如下:
> 以"美情"作幕面;以"常识"作中藏;以"艺化"作背景,文字皆取浅近平易,不尚高深,务使读者易于了解,而又多插画,为助文字所不及。……此外,添加摄影艺术顾问,扩充通讯栏,并随时附加有趣小品,精美书画篆刻,悦耳的音谱曲调,滑稽的漫画,美观的装饰法,可爱的小孩相片,醒脾的笑话。……每期仍照例提出问题,征求社外佳作,务使妇女杂志不为少数人专有,成一"妇女忠实的良伴",为"有趣味的软性读物"……②

---

① 章锡琛:《漫谈商务印书馆》,《商务印书馆九十年》,商务印书馆1987年版,第117页。
② 《明年妇女杂志的旨趣》,《妇女杂志》第11卷第12号,1925年12月。

稳健中正向来是商务欣赏的风格,杜就田时期抛弃章锡琛时期"思想启蒙"的激进立场,将杂志更易为以家庭世俗和文艺为主的女性刊物,符合女性的阅读趣味,也为其收获了女性为主的阅读市场,把《妇女杂志》从超出时代的轨道中拉回,《妇女杂志》再次走向一个比较平稳的轨道持续前行。

主编就像司机拉着《妇女杂志》在轨道上有技巧地飞驰,商务当局就像场外总监为其掌舵,而商务成功的发行和销售模式则是《妇女杂志》能延续其传奇的助推器。

1915年《妇女杂志》创办时,商务就能为其提供除上海本埠以外27个发行处。它们是商务印书馆分馆:北京、天津、保定、奉天、龙江、吉林、长春、西安、太原、济南、开封、成都、重庆、长沙、汉口、南昌、安庆、芜湖、南京、兰溪、福州、广州、潮州、桂林、云南、澳门、香港。[①] 资料显示,商务印书馆总馆、分馆、支馆、分店和分厂1928年前达到36所,包括日本、新加坡等海外馆。[②] 通过这些机构,《妇女杂志》能推销到全国各地。

而为了促进销售,商务印书馆非常注重"交际干事"的培养和服务。这些店员专门做服务工作,招待读者和本外部同业。他们需要做到的是,不论顾客要什么样的书,问什么书的价格,了解什么书在哪个柜台出售,有什么样的问题不能解决,甚至要知道与商务印书馆无关的事务,都能一一为他们解决。1928年商务正式成立交际科,负责图书杂志的推销工作。除此之外,商务还办过流动汽车图书馆,水上巡回书船,后者每年在冬季会直接把商务图书送到江浙农村地区。而发行方面,商务也做足了功夫:送书上门,在大、中学学校举办图书

[①] 见《妇女杂志》第1卷第1号末页。
[②] 庄俞:《三十五年来之商务印书馆》,《商务印书馆九十五年》,商务印书馆1992年版,第749–750页。

展览会，同时零售图书；参加各种类型的博览会。①作为商务负责出版发行的《妇女杂志》自然也会利用这种有利的因素扩大自己的销售。

总之，《妇女杂志》在其17年的历程中，经历过民初妇女运动的消寂期，也经历过五四运动的高潮乃至落潮期，经历过国民革命时期，但是它都以当时骄人的业绩走了过来，不能不说是一种传奇。

三 十七年的坚持：《妇女杂志》文学栏

在《妇女杂志》十七年的生命轨迹中，"文学栏"始终是其生命的一部分。

草创期的《妇女杂志》，共设"论说""学艺""名著""小说""译海""文苑""美术""杂俎""传记""记载""余兴""补白"12栏，其中与文学有关的有"小说""文苑""杂俎""余兴""名著"5个栏目。

在王蕴章最初的设想中，"文苑"栏"不论诗词歌赋，以女子所作者为限"。②据胡晓真考辨，虽然晚清以来，报刊设"文苑"栏非常常见，就历史层面观之，则"文苑"与"儒林"并举，和"女性"是不并存的两个概念。《妇女杂志》之前的报刊"文苑"栏所收者绝大部分为男性作品，女性极为罕见，即使是以女性为诉求的杂志，如《妇女时报》《女子世界》等，虽然会刊登女性作品，但栏目并不特别区别。所以，《妇女杂志》成立女性专属的"文苑"，隐然有女性文学宣言的意识，具有革命意义。③事实上，这个设想并没有得以真正实践，自1卷3号开始，《妇女杂志》就打破了以女子所作诗词歌赋为限的规定，开始刊载男性的作品，多为"寿序""墓表""课子图序""贞女传"一类文章。

---

① 参见黄警顽《我在商务印书馆的四十年》，《商务印书馆九十年》，商务印书馆1987年版，第88—96页。
② 参见《妇女杂志》第1卷第1号"文苑"栏征稿启事。
③ 胡晓真：《文苑、多罗与华鬘——王蕴章主编时期（1915—1920）〈妇女杂志〉中"女性文学"的观念与实践》，《近代中国妇女史研究》2004年第12期。

虽然王蕴章有意以"文苑"作为抬高女性文学的园地，然而时代的潮流却在发生变化，"小说"栏次于"文苑"栏地位的情况正在逐渐扭转。

"小说"栏在晚清以来的报刊中一直占有一席之地，但在新的小说观念形成以前，这个栏目的面目一直模糊不清。创刊于1904年的《女子世界》，栏目为"小说传奇"，内容上则"章回小说属之"。《中国新女界杂志》（1907年2月创办）明确把诗赋、词曲、传奇、琴歌、杂文、剧本、弹词皆列为"文苑"一门，"小说"则似有似无不做过多介绍。据创刊于1912年《女铎》杂志《编辑简章》说明，其栏目设置是"仿欧美各大杂志体裁，分社说、演坛、传记、谈业、文苑、小说、事件、图画等类。"那至于小说是什么，各家有各家的理解。前述民初第一份商办妇女期刊《妇女时报》，则把散文性质的"短篇札记"归于"小说"栏。① 由此可以看出，虽然小说栏几乎位列晚清至民初的各大报刊，但至1911年对小说本质的界定尚不明确。

事实上，历史原因，虽然早在1902年梁启超就有"小说为文学之最上乘"的宣言，而在民初实际层面，小说并不被有志人士看重，甚至对阅读小说的人抱有成见。《甲寅》周刊的编辑主任章士钊，面对胡适寄来的小说稿件，就曾说：稗官小说不是社会急需，社会需要的是更实在的学识，所以希望胡适如有政论文，尤望见赐。②《妇女杂志》发刊辞三的作者——平湖淑英女学教习张芳芸，则表达了其对女性爱读小说事实的强烈情感：

盖女子粗通文艺，最嗜稗官，此殆天性使然，未足深异。客

---

① 《发刊妇女时报征文》，1911年3月19日《时报》。只是查《妇女时报》第一期，并无"小说"专栏。但登有周瘦鹃处女作《落花怨》，文题前注明是"短篇小说"。这看起来有点矛盾，但恰恰说明"小说"的尴尬地位。

② 宋声泉：《民初作为方法》，博士学位论文，南开大学，2013年。

有自武林返者语余云，浙江图书馆中每日来阅书者，人数寥寥，间有女子，则恒以新小说等为消遣品，此其明验。无才是德，贻人口实者，固别有在言。抑余之为斯言，非于小说家言表极端之反对也。惟今日女学幼稚时代，当读之书，为类滋夥。女子责任实大且重，沾沾于此中觅生活，未免玩物丧志耳！①

在她看来，女子粗通文艺，喜欢小说，这是天性。但是如若任期发展，则必然贻人口实。而在今日女学幼稚时代，当读的书很多。女子责任重大，如果沾沾自喜于阅读小说，未免玩物丧志。因为这些小说"以文字毒人，曲学阿世，导后世以嬻惰，陷风俗于淫靡"。

客观地说，王蕴章的意见要平和积极得多，他认为"虞初作志，危言日出。目眩七襄，孰知其质？匡俗助教，惟俾利物"，②把小说作为匡正世俗，帮助进行社会教育的利器。王蕴章注重小说社会功效、肯定小说地位的思想应该跟他自己本身就是小说家有关，但在小说莫名的时代，他似乎也不预备把小说置于诗词歌赋等传统文学之上，虽然他早在5年前就创办并主编了《小说月报》。在《妇女杂志》1卷1号末尾征文广告中，他特意提到惠寄之件，左列各门，尤为重要，它们是"图片""论说""学艺""家政""文苑""美术"。对比之下，对作为文学另一门类的"小说"栏，他的话就显得轻描淡写，"除上列各门外，其余小说译海杂俎传记等，如蒙投稿，一律欢迎"，一种带着那么点客套的姿态。当然这里不排除王蕴章因为自身优势不担心《妇女杂志》小说栏稿源的原因在里面，但也说明小说栏在杂志中的地位是不能和如上门类同日而语的。谢菊曾在《十里洋场侧影》一书中也有类似说法，"该志（《妇女杂志》笔者注）每期也选一些女学生的课艺，

---

① 张芳芸:《发刊辞三》,《妇女杂志》第1卷第1号，1915年1月。
② 《发刊辞一》,《妇女杂志》第1卷第1号，1915年1月。

卷末仿当时一般期刊的体裁，刊载一些小说和弹词等"[1]。

　　落实到实践层面，小说栏一直是《妇女杂志》办得有声有色的栏目。仅以王蕴章时期为限，1915年1月到1920年12月，5年60期，共计发表创作、翻译小说戏剧约114篇，而这个统计不包括列入此栏的弹词类，可以说相当不容易。这跟读者需求和社会对小说的逐渐认可都不无关系。《妇女杂志》2卷7号有一则很有意思的广告："闲中消遣最好之方法，莫如看，商务印书馆，各种小说。""消遣之法甚多，而以小说为最宜。当闲居无事，手此一编，则新颖之事实，奇异之丛谈，以及世界异闻，古今轶事，无不可以资探讨增兴趣。"这与前述张芳芸所持见解完全相反，作为在商言商的商务，面对市场需求是会极力推销自己的出版物的。至3卷12号，王蕴章明确表示本卷革新要点之三为"扩充小说材料以助读者之兴趣"，[2] 可见此时小说类受读者欢迎的程度。4卷5号，王蕴章在《投稿者均鉴》中再次谈道："本社近以短篇白话小说及余兴栏中所用之启发儿童智慧各种材料，最为需要。"小说明显成了最受欢迎的一个门类。

　　小说在这个时期收获最大的，莫如女性在此方面的表现。早在1915年1卷6号开始，《妇女杂志》就刊发了才女兼教育家易仲厚的纪实小说《髫龄梦影》，连载5期。易仲厚为清末民初著名诗人、学者易顺鼎的妹妹，名易瑜，字仲厚。《妇女杂志》1卷6号插画栏有其照片，文字说明是"湖南西路女教育家，易瑜字仲厚，汉寿县人"，只是不知出于什么原因，易仲厚的名字出现在前面目录栏，小说署名则是"玉仑""易玉仑"，或许是易瑜的别出心裁，把"瑜"字按字意拆成了"玉仑"。《髫龄梦影》基本是实录，有点类似自传，以易仲厚《自序》所言是以儿时所见、所闻、所历，有可述者，一一笔录于此。"无藻饰，

---

[1] 谢菊曾:《十里洋场侧影》，花城出版社1983年版，第39页。
[2] 见《妇女杂志》第3卷第12号，1917年12月。

无虚妄，随心所记，随笔所录，名之曰鬌龄梦影。"而且她的写作目的非常明确，"文字虽无可观，然当时社会之理想，教育之状况，余父余母之言行，余家之悲欢离合，或关于历史，或关于政治，或切于修身行己之道，以供诸吾妇女界，或亦不无小补焉"。现在看，她是一个具有远见卓识的人，关于缠足，关于私塾，关于她的哥哥易顺鼎，关于贵州古州苗汉冲突、苗民生活景况等，都具有很强的史料价值。而通过她的写作，也让我们看到了民初一个多才而智慧的女性形象。但正如谢菊曾所言，"当时各大报的副刊即所谓的报屁股上，以江都李涵秋的小说和苏州程瞻庐的弹词富有盛誉，所以该志（指《妇女杂志》，笔者注）亦分别设法拉得稿件，以资号召"。① 易仲厚遇到这两个畅销书作家，只能被排到二人后面，但无论如何，也足以令人瞩目。

另两位女性作者是伍孟纯、伍季真姐妹。二人生卒年皆不详，其父伍光建②，其兄弟伍蠡甫③ 都是在中国译坛颇有成就的人，伍季真曾是中国女子书画会会员，翻译著作《恩定》（法国傅恺著）于1929年由上海现代书局出版，晚年写有《回忆先父伍光建》一文。她在《妇女杂志》3卷12号发表有一篇童话《英兵与雀》，之后不见他文。非

---

① 谢菊曾：《十里洋场侧影》，花城出版社1983年版，第39页。
② 伍光建（1867—1943），字昭康，笔名君硕，1881年考入北洋水师学堂，为严复高足，受过严格的中文和英文的双语训练。1886年毕业赴英留学深造，入格林威治皇家海军学院研习军事，一年后转入伦敦大学。1891年归国，初执教于母校，庚子事变，南下上海，主笔《中外日报》，旋提调南洋公学。1905年以一等参赞随载泽等五大臣出国考察宪政。1910年，与严复同赐文科进士出身。1912年以后，历任南京临时政府财政部参事、稽核所英文股股长、外交部条约委员会委员等职。与商务印书馆掌门人张元济私交甚深，是商务印书馆特约重量级翻译。晚清西学白话翻译的扩荒者之一，被称为"译坛圣手"，胡适赞其白话翻译"其价值超出林纾百倍"。代表性作品为法国大仲马的《侠隐记》和《续侠隐记》（今译《三个火枪手》与《二十年后》）。参见邹振环《译坛"圣手"伍光建》，《译林旧踪》，江西教育出版社2000年版，第131-134页。
③ 伍蠡甫（1900—1992），中国当代著名的翻译家，西方文论专家，美术理论家，国画家，文学家。主编有《西方文论选》（上、下）等。伍蠡甫与其父伍光建被誉为"中国译坛双子星"。此说法参见《中国翻译家辞典》，"中国翻译家辞典"编写组，中国对外翻译出版公司1988年版，第594-595页。

常突出的是伍孟纯，她在《妇女杂志》3~5卷共刊发了13篇①或译或作的童话、小说和戏剧。女翻译家兼作家，而且产量又这么高，这在1917—1919年女性文学中可谓空前绝后。只是现在能见到的关于她本人的资料非常少，有记载的是上海少年儿童出版社1957年出版的大仲马的《三个火枪手》，是她和伍蠡甫依据父亲伍光建译本节写而成。另外，据伍蠡甫一段回忆，她是接受父亲亲自辅导教育的。②既然有这样的家学渊源，她在《妇女杂志》有如此出众的文学成绩也就不难理解。《妇女杂志》从第3卷开始，在"余兴"栏设有"童话"固定栏目，每期1~2篇不定，在王蕴章时期，这个小栏目基本是由伍孟纯支撑的。这些小文章，通俗易懂又耐人寻味，例如3卷5号的《鸦声》，讲一群儿童放学后听到树上的鸦声，觉得很难听，就想用石子掷他。这时过来一个老者，讲了一个故事制止了孩子们。老者说"那掷在树上的石子会反掷你的心的"。原来老者幼时曾用石子投掷过主人屋顶的燕子，当时只是好玩，但当看到燕子落在地上死去时，心里非常难过，追悔莫及，虽然主人没说什么，但这种悔恨却跟了自己一辈子。孩子们终于明白"那掷在树上的石子会反掷你的心的"的意思了。再如4卷3号的《驴子剃头》，文笔风趣，读来令人忍俊不禁，尤其是开头几句，"却说有一个理发匠，因为他的手段好，那些时髦的少年，都到他店里去理发，生意非常兴旺。这理发匠便变了一个极骄傲的人了，除了富人贵商以外，平常的人找他理发，他还不情愿呢。"寥寥几笔，人物跃然

---

① 它们是：卷2号8，翻译小说《捉迷藏》；卷3号5，童话：《鸦声》《有恒与无恒》；卷3号7，童话《洛宾之晚膳》；卷3号8，童话《家事》；卷3号9，童话《啄木鸟》；卷3号11，创作小说《霜猿啼夜录》，连载两期，署名若芸女士著（目录页则为伍孟纯女士）；卷4号2，童话《大言之狼》；卷4号3，童话《驴子剃头》；卷4号8，童话《勤惰之结果》《报德》；卷5号2，翻译小说：《奢》；卷5号4，翻译小说：《一篮花》，4号、5号、7号、8号、9号连载5期。

② "我们姊妹兄弟五人在家塾读书时，有一部教材是辜氏编选的《蒙养弦歌》，父亲亲自教授"，参见伍蠡甫《前记》，《伍光建翻译遗稿》，人民文学出版社1980年版，第3-4页。

纸上，而且语言带着典型的时代特色，如"时髦少年"。可见伍孟纯深得父亲真传，文笔"朴素而又风趣"，"实在迷人"。①

除了这些小篇章，伍孟纯还创作了白话小说《霜猿啼夜录》（连载于《妇女杂志》1917年3卷11号、12号），发表时标明"哀情小说"，显示了她多方面的才情。②这篇小说以倒叙的手法，以女子自述的方式，讲述一个出身大家闺秀的女学生和一个叫友英的外校男学生相爱，在同学们"人总要能自由才有乐趣，如今讲平等主义，做父母不能干预儿女的自由。西洋人说得好，不自由，毋宁死"的舆论下，坚定意念，不顾父母反对，与男子私奔。结果被男子所骗又被其所弃，一个人带着孩子流落上海，不得已以缝补为生，求生不得求死不能，追悔莫及，说自己上了自由的当。小说情节曲折，尤其是当女主人公沦落到给人当保姆时，她发现男主人竟然是友英，而他不知情的年轻美貌太太正如当年的自己一样沉浸在新婚的幸福中。这个情节的设置，让小说的主题变得丰富起来。女主人公命运和其他女性命运的重叠，带有强烈的宿命般的悲剧意味，一下子把读者推到强大的社会现实面前。而当女主人公无意中听到友英正和一个男子商议把她卖给这个男子时，情节达到新的高潮。总之，这是一篇技法颇成熟的白话小说，显示了此时女性作家良好的文学修养。同时，这部小说的题材本身也值得关注，女学生在西方"不自由，毋宁死"的观念影响下争取婚姻自由，这个五四女性文学母题在1917年就已经进入了女性白话文学书写。

伍孟纯在《妇女杂志》共发表三篇翻译作品，《捉迷藏》（新剧）、《奢》（小说）和《一篮花》（小说）。《捉迷藏》讲述的是几个孩子用智

---

① 茅盾：《伍译的〈侠隐记〉和〈浮华世界〉》，《茅盾全集》第22卷，人民文学出版社1990年版，第26页。
② 不知什么原因，11号封面上作者是伍孟纯女士，文中却署名若芸女士，12号全换为若芸女士。如果11号是印刷错误，按《妇女杂志》一贯做法，会有错误声明，但终究没见到，所以，极有可能若芸女士是伍孟纯的笔名。

慧救了父亲的故事。伍孟纯在《译者附识》中谈到此文翻译目的，"此剧甚短，又始终只有一幕，虽未免单简，然颇能增长儿童智勇，亦学校及家庭中极有趣味之游戏也"。由此，可以看出她后来翻译写作童话的用意，在于"启发儿童智慧"。①

《奢》讲述的是：乡下韵妮姑娘在伊格夫人的劝说下到了伦敦，很快因虚荣染了伦敦的奢靡风气，欠债颇巨，无奈嫁给一鄙俗丑陋的富老头。而伊格夫人已开始寻找下一个猎物。依稀中能看到张爱玲笔下葛薇龙的影子。《一篮花》连载 5 期，主人公有：杰姆斯（父）、玛莉（女）、亚米利阿（贵族名媛）、子爵夫人、老农夫妇（亨利与其剽悍的妻子）。故事讲的是，杰姆斯因为为人诚实可靠给人看园，与女儿玛莉相依为命。一个偶然机会，玛莉认识了子爵夫人和她的女儿亚米利阿，并成为好友。在亚米利阿生日时，玛莉送给她一篮花。结果因为亚米利阿回赠她一件衣服，惹怒婢女尤立埃。恰巧子爵夫人放在桌上的指环不翼而飞，由此惹来官司。玛莉和老父亲被判为流放。流放途中遇到老农夫妇，幸亏救济。但老父终因寿数已尽，升天。玛莉则被亨利妻子以同样的误会再次被驱逐。在这个悲伤的时刻，亚米利阿一家人出现。她们正是来寻找玛莉的，误会终于解除。玛莉回到子爵夫人家，受到优待。而尤立埃也受到报应，临死前给玛莉道歉。

这两篇作品有一个共同的特点，就是带有鲜明的说教色彩。《奢》中主人公韵妮姑娘虚荣心重，结果做了金钱的奴隶。《一篮花》中尤立埃因为嫉妒心重，结果受到惩罚得病而死。所谓善恶有报，玛莉虽然命运多舛，但因为善良仁慈，结局美好。如果我们联系王蕴章在发刊词中对"小说"栏的界定，可以说伍孟纯的这些作品都是符合其"匡正世俗"的旨趣的。

小说成为女性创作新的选择，而女性为什么此时对小说创作发生

---

① 参见《编辑余沈》，《妇女杂志》第 4 卷第 5 号，1918 年 5 月。

兴趣？研究者已经注意到《妇女杂志》3卷12号林德育的《泰西女小说家论略》一文，鉴于胡晓真[①]已经对此做了详细的分析，故本文只做简单叙述。林德育，前述黑龙江省女子教养院院长刘塎的孙女，林传甲和祝宗梁的女儿，出身教育世家。在此文中她大胆袒露了其对西方女作家的羡慕，以及自己愿意继本家林纾（林畏庐）之后，为女小说家的宏愿。原因有多种，通俗一点说就是写小说可以名利双收。她以为教育家"其名不出乎一校。若编辑著述投稿于名杂志，则名满全国"。而中国虽然昔日鄙薄小说，但是林琴南现在卓然为海内第一小说家。就连自己这样默默无闻的人，如果努力，一月靠稿酬就可以自立并养事父母。最重要的一点，她说写小说也可以为中国通俗教育尽自己的义务。虽然此说比较勉强，但是因为小说在当时确实是教育部认定的通俗教育的一支，倒也说得通。

总之，西方女小说家事迹的激励，国内男小说家的成功，尤其是专门女性刊物的创办，都为女性与杂志结缘做职业作家提供了美好的想象前景。尤其是对出身世家，能接受良好的教育的女性来说更是如此。当然林德育的文章表达的只是个体的想法，不能把它当作唯一解释女性转向小说创作的依据，但她能公然大胆地在全国性报刊表述自己想成名成家的愿望，至少说明时代正朝着有利于此的方向发展。

《妇女杂志》除了推出了前述两位女性作家外，在小说方面有成绩的还有一位女性：高君珊。高君珊（1893—1964），高梦旦女，据沈亦云回忆，早期就学爱国女学，做过蒋竹庄（维乔）先生弟子。[②]高梦旦是商务印书馆元老，曾留学日本，是商务小学教科书的发起人，历任商务印书馆国文部部长，编译所所长。高君珊最早在《妇女杂志》发

[①] 参见胡晓真《文苑、多罗与华鬘——王蕴章主编时期（1915—1920），《近代中国妇女史研究》2004年第12期。

[②] 沈亦云：《南屏十年》，《亦云回忆》（下册），台北：传记文学出版社1980年版，第612页。

表的文字为她翻译的《泰西列女传》,自 3 卷 5 号至 12 号,连载 8 期,次年 1918 年 3 月,由商务印书馆出版,更名为《近代泰西列女传》。这些翻译文字非常重要,所记十九位西方成功女性的事迹在某种程度上成为当时新女性心目中的楷模。接续此次翻译,高君珊随后在 4 卷 7 号和 4 卷 12 号分别发表小说《慈母泪》和《母心》。《慈母泪》译自美国西大洋杂志,原名《骷髅窟》,讲述一支部队夜晚在阴冷可怖的壕沟里备战休息,忽然有人言有鬼,待近时,发现乃一老妪,匍匐前行,似乎在找什么东西。她要找的是一个士兵坐着的小棺材,见此状,老妪愤怒至极。她哭诉自己战死的儿子为什么死后也不得安息,哭诉儿子的过往及牺牲,她的眼泪让士兵们感到一个慈母带给人的力量。后来,战事开始,老妪坚决不走,最后死在儿子的小棺材上。战事结束,只剩下我一个人,不知这个骷髅窟的加增什么时候才停止。小说以母爱反思战争,带有强烈的反战色彩。《母心》虽然没有标明是译作,但是看故事情节和人物,应该也是翻译作品。小说讲述一老妪(毛兰夫人),为儿孙操劳一辈子,现在她病得很重,但是她恳请医生不告诉家人,忍痛带病操作如故。后于圣诞节全家都休息后,安然逝去。值得注意的是,这篇小说中的毛兰夫人虽是一个普通的老妇,但其品质与高君珊所译《泰西烈女传》中许多著名女性有相似之处,其一是意志坚定,"其人虽老,目光尚耿耿而富坚定之力。"在得知自己重病将不久于人世之后,她几次累得在路上向上帝祷告,但是到了家里她又极力掩饰不让任何人发现;其二是做善举。这是《泰西烈女传》每个成功女性都必有的事迹,在这里,毛兰夫人反省自己"终岁为家事所困","生平无过恶,亦无善行可数",为了灵魂上的安宁,即使家事已经让她疲惫不堪,她仍然主动到慈善会要求尽义务,并为久病卧床的陶去莱夫人读小说消遣。总之,小说以大量的心理描写以及人物语言,为我们塑造了一个贤母的形象,"阿母其贤,世无其匹矣。"当然贤母除了具备以上两项主要品质以外,还应知道育儿的科学常识,比如毛兰夫人想到孙女爱丽非常瘦弱,就想应当在她每日早餐中佐加牛肉汁,更应该让她终日处于"清气阳光之中"。还有就是一个幼小女娃终日和成人相处,哪里会有兴趣。对女儿露茜的自由恋爱也抱理解支持的态度。总之,这两篇作品虽然题材大相径庭,但一致的是对母爱的歌颂,大体也可以看出此时女性对新女性的期许。

如果说王蕴章试图设立女性专属文苑具有革命性意义,那么他发掘并刊登当时并非主流的女性文学其实更具有胆略与气魄。才女不是不存在,而是有待发现与肯定,在小说莫名的时代,伍孟纯等人就以醇熟的白话语言、高超的写作技能(如果把她的《霜猿啼夜录》与1950年代斩获多项奥斯卡大奖由玛丽莲·梦露主演的《彗星美人》对比会惊讶于二者结构处理上的相似)得以载入历史,如果没有王蕴章这样的极具女性关怀的伯乐,怕是永远被埋没了。

新文化运动带来了"文学革新"和"妇女解放"的高潮。当时高举新文化运动旗帜的刊物,首先向商务出版的杂志进攻。先是陈独秀在《新青年》上抨击《东方杂志》的反对西方文明、提倡东方文明。继而北大学生领袖罗家伦在《新潮》发表《今日中国之杂志界》一文,商务四大杂志被骂得体无完肤,《妇女杂志》被指"专说些叫女子当男子奴隶的话"。[①]"商务受到这样严重的攻击,在文化教育界多年的声誉顿时一落千丈。为了迎合潮流,挽救声誉,不得不进行改革。"[②]

《妇女杂志》5卷12号(1919年12月)以记者名义刊发社论《本杂志今后之方针》,指明今后《妇女杂志》的重心在于谈论女子问题,有关文学的方针在第五条,(五):杂载。分文艺、世界妇女消息、科学游戏数种。文艺择登小说、剧本,或译或著。故从6卷1号开始,《妇女杂志》文学栏的功能基本由"文艺"这一小栏承载,同时原先在

[①] 罗家伦:《今日中国之杂志界》,《新潮》第1卷第4号,1919年4月。
[②] 章锡琛:《漫谈商务印书馆》,《商务印书馆九十年》,商务印书馆1987年版,第111页。

"余兴"栏下的"童话"归到新的栏目"家庭俱乐部",而"家庭俱乐部"栏下也有标明为小说的文章。关于为什么小说分属到了两个栏目之下,据谢菊曾讲"家庭俱乐部"作为新设栏目是由程裕清主编的,"《妇女杂志》经程裕清协助设计,扩大篇幅,增辟了一栏'家庭俱乐部',由程主编,并约我供稿。"① 既然此栏由程独立主编,故出现这种情况大约是可以理解的。整个第 6 卷"家庭俱乐部"主要刊发了一个署名"宛扬"的系列小说《灯下》,大约是由程组稿的。② 这里可以看出王蕴章试图改革的动作。果然,6 卷 2 号,《妇女杂志》刊出一份《妇女杂志社征文广告》:本杂志于六卷一号起,刷新内容,改良体例,所有"社论""评论""通论""译论""读者论坛""学术""名著""常识""杂载""家庭俱乐部"各栏,一律欢迎来稿。规则如下:(一)文字以用白话者为宜(二)圈点亦请用新文体之点句法(三)篇幅请勿过长,每一种以自一二千字至万字左右为限……为了跟上时代的步伐,王蕴章在积极做出调整,除了改用白话,特约程协助主编外,文学栏的变化也是很明显的。一是增加了五四时期兴起的戏剧,二是翻译小说的增多,更确切地说是增加了新派代表人物沈雁冰的译文。

只是这种微调是短暂的,年底章锡琛就已经入主《妇女杂志》,自 1921 年起,《妇女杂志》正式由章锡琛主编,《妇女杂志》的内容和版面设计均做出变动。从 7 卷 1 号始,《妇女杂志》不再严格分栏,大致以"论说""文艺""世界珍闻""趣味科学""常识谈话"划分为不同的版块。此时的文学栏一个重要的变化是文学观念的变化,刊载的作品不再以匡正世俗为要,文学性明显增强。同时翻译小说和戏剧作品增多,新诗、小品文的加入,使得文艺这个大园子显得热热闹闹,鲁

---

① 谢菊曾:《十里洋场侧影》,花城出版社 1983 年版,第 151 页。
② "宛扬"不知本名,《妇女杂志》7 卷 8 号《男女人格平等论》一文,署名程宛扬,不知是否一个人。而程宛扬与程裕清的关系又是怎样,因为有关程裕清的资料稀缺,不能断定是否为一人。

迅、周作人、陈大悲、白采、许钦文、焦菊隐、何心冷、陈学昭、骞先艾、吴祖襄、凤子等现代名家的加入，更使得这个园子熠熠生辉。童话仍是一个重要的小栏目，一直刊载不辍，民间故事的形态被安徒生童话、格林童话等经典童话替代，甚至出现童话剧。

在章锡琛主编的1921年1月至1925年8月，文学栏一直以每期基本5篇小说戏剧的样态出现，多的时候能达到9篇，其中不包括新诗等作品。这个时候文学与女子问题讨论互相呼应，以家庭婚恋题材居多。

至杜就田接手《妇女杂志》，白话小说、戏剧等在中国已经基本成熟，所以文学栏虽然不能保持章锡琛时候的繁荣景象，但是它一直是刊物的一个重要组成部分。只是因为编辑方针的不同，对文学的认识不同，文学栏的旨趣也在发生变化。

第二节 《妇女杂志》的文学风貌

一个刊物，不同的主编会有不同的编辑方针，不同的编辑风格；而同一个主编，时代潮流发生变化，在刊物择稿上也会有所改变。影响所至，刊物的文学风貌也会呈现阶段性面貌。

一 王蕴章时期：新旧杂陈的世界

王蕴章主编时期文学栏的基本情况，我已经在前面做了简单描述。总体而言，文苑栏多刊载传统诗词歌赋，包括寿序、墓表、贞女传一类文章，而小说栏则融合中外、文言与白话、散文体与韵文体各类小说包括少数的戏剧，在题材上涵盖"欧战小说""侦探小说""哀情小说""科学小说""滑稽小说""教育小说""家庭小说""文艺小说""写实小说""实事小说"等数种，就是文体方面亦有标明"新体小说""新小说"的，可以说小说栏在此时呈现出民初小说过渡期颇显芜杂却充满活力的景象（具体刊载作品情况见附录1）。

从作者的情况看，王蕴章（西神）、程瞻庐（文枞）、姚鹓雏、李涵秋、胡寄尘、不才（许指严）、周瘦鹃、舍我、范烟桥……如果可以仅凭作者名单指定一份杂志的性质，说《妇女杂志》是鸳鸯蝴蝶派文艺期刊[①]，大约是不成什么问题的。但如果细读作品，则会看到这份杂志正如王蕴章自己一样，他小说上被指为"鸳鸯蝴蝶派"，而事实上他从来都不是，他只是因为自己是南社成员，与这些作家较多交游罢了。[②]作为刊物主编，他从来都不是保守的，叶圣陶、王剑三（王统照）、沈雁冰、沈泽民以及在章锡琛时期颇有成绩的徐蔌蘅都有作品发表在此时的《妇女杂志》上。即使上述鸳鸯蝴蝶派作家的作品，也不尽然是鸳鸯蝴蝶派文艺，胡寄尘的白话日记体小说《我儿之日记》（5卷11号），模拟小儿口吻，写现代家庭生活，读来兴趣盎然，令人过目不忘。诚如王蕴章在发刊辞所讲，小说者，"匡俗助教，惟俾利物"，并不以文体新旧来区分。即使是对贤妻良母的塑造，与传统意义上的贤妻良母也有极大的不同，她们除了不能跨越历史条件做职业女性，在为人女、为人妻、为人母方面都有不俗的表现，在家庭中越来越居主导作用，虽然相夫教子仍然是她们的主业，但是已经明显不同于传统女性以助丈夫为己业的附属形象，而是把儿童教育、家庭改革作为社会进步的基石尽她们作为女国民的义务。此时期作品，主人公基本是女性，可以说她们基本承载了此时期《妇女杂志》女性思想的方方面面，呈现出时代女性独特的面貌。

首先，作为女学生。她们最重要的是"毋沾旧习，毋慕虚荣，毋

[①] 芮和师、范伯群等：《鸳鸯蝴蝶派文学资料》（下），知识产权出版社2010年版，第579页。

[②] 柳珊：《在历史缝隙间挣扎——1910—1920年间〈小说月报〉研究》，百花洲文艺出版社2004年版，第88页。

蔑视国粹,毋偏重欧化。将来为贤母,为良妻,颠簸摇篮者之手腕,震动世界而有余"①。这里"毁屏斥簪珥,毁家兴学已五年"的女教员的教学理念,大约有这样几层意思:(1)女学生即将来的贤母、良妻;(2)国家富强系于母教;(3)做好贤母良妻除了毋沾旧习,毋慕虚荣还要重视国粹,毋偏重欧化。这三层意思前两个比较容易理解,最后一层"毋蔑视国粹,毋偏重欧化"稍作一下解释。盖此时观念,理想之家庭是小家庭,原因是生齿日繁、生计日艰,一个家庭如果人口较多,极一人之力只能勉强维持生活,根本顾不上儿童教育,自然就不能造就儿童。这样欧美的小家庭成为当时一种理想的家庭结构,有"然则缩小家庭之范围,固强国保身之道也"②的议论。只是在当时人看来,取法欧美在于得其长处而不是一味欧化。这一点在小说《理想之家庭》有充分的议论:"我常说,家庭的复杂简单,可以不必十分具论。况亲亲之情,我国最重。那父子不相顾,兄弟不同居的欧美风俗,是勉强学不来的。既学不来,就不必专提倡。简单家庭于那姑媳妯娌间的道理一概抹杀不讲,弄到骨肉参商、身败名裂,未食欧美之赐先中欧美之毒,倒变成不欧不美,不中不西。正如常说的'画虎不成反类个狗'了。"③我们看到,此时的作家对西方有一种一厢情愿的想象,认为欧美风俗不讲"亲亲之情","骨肉参商、身败名裂",对欧化生活有着本能的排斥,但对欧美小家庭建设极其热心。此时期出现了很多表现姐妹同学、小家庭姐弟或姑嫂或年轻夫妇其乐融融景象的作品。④

至于如何才能在不偏重欧化的路上取得好的成绩,1卷7号《无才女子》给出的答案是注重实用主义教育。这篇小说,主人公是一对姐

---

① 瞻庐:《一小时之思潮》,《妇女杂志》第1卷第2号,1915年2月。

② [美]Carl Eastern Williams:《家庭大小论》,西神译,《妇女杂志》第3卷第1号,1917年1月。

③ 韦西:《理想之家庭》,《妇女杂志》第4卷第8号,1918年8月。

④ 参见叶圣陶《春燕琐谈》《秋之夜》,韦西《理想之家庭》,梅梦《中秋月》,蕢孙《飞机》,王剑三(王统照)《秋声》《纪念》,明珠女士《新年》等。

妹，姐姐琼英，妹妹碧英。在叙述中，琼英是"女子无才便是德"的典型；碧英则奉罗兰夫人为师，认为"女子无才便是德"这句古话坑死了我国无数女子。整篇小说便围绕两姐妹的命运展开，其实主要是两种观念的交锋。碧英惨败，琼英成功，琼英的解释是，古人说"无才便是德"但并没有说"无学便是德"，读书是求学，不是逞才。这是一种很有意思的解释，相比古代，女学正统地位得到承认，但是女学目的则有明确的政治指向，像碧英这样选择进入政治领域是不被认可的。有意思的是晚清被女界极力尊崇的罗兰夫人，在这儿竟成了空谈主义者的代表，入滑稽一流，由此可见在我们建构中国女性思想的过程中有时并不计较是否符合人物和理论的本来面目，托外改制重心在改制。此篇小说，作者认为"可为女学界鉴"，其实就是借此故事倡导实用主义教育，所谓"寓言八九为小说常例"。①

《女博士》和《鸟类之化妆》中的"痴丫头"和"舜华"是实用主义教育的代表，科学知识改变了她们的命运。《女博士》中的"痴丫头"原本只是个村女，后来到王家作小姐宝珠的陪读，痴迷上了科学。但因为屡屡闹出笑话，她一直是大家嘲笑的对象，最糟糕的一次是她被主家遣返。然而她回到家，竟然以她那股寻根究底，似醉似痴的痴劲儿，"偶然间发明了一种新原质，这种原质与镭素相似，其光更强十倍，其名为钌"，被环球各国的化学大家开讨论会承认为女博士。《鸟类之化妆》里的主人公舜华，本生在一个开明之家，父亲在媒人踏破家门的时候一再坚持让她读书完成学业。但一旦嫁人，她在婆家就还要得到婆婆的认可。最终靠所学科学知识让婆婆对她刮目相看。这两篇作品，主人公皆因所学派上了用场而赢得世人和家里人的尊重，而不是受教育本身。

其次，作为妻子。除了性情好，受过教育，会不会"管理家政"成为衡量妻子好坏的一个最基本的标准。小说《蔷薇花》（3卷2号），

---

① 胡寄尘：《红儿》，《妇女杂志》第3卷第4号，1917年4月。

男主人公王志琴，女主人公黄素秋。志琴是律师，才名家世都很好，素秋则是个聪颖过人的女学生，衣食无缺，又是个新式小家庭，加上两人感情很好，这本应是个幸福的家庭。但王志琴却总不快乐，"志琴的家庭最可以算得温和甜蜜的了。不过他的夫人时常发些孩子气，不会管理家事。这是志琴心中惟一忧闷之事。"比如，素秋早上会吃那种吃后会生病的果子——雪梨；比如素秋喜欢看迭更司的小说和林纾翻译的小说，却不喜欢看家政学和儿童教育的书；比如素秋会孩子气的让保姆去摘花而没弄好他的早餐；比如志琴正和一个道貌岸然的客人走进来的时候，素秋正把一个球扔了过来打落了志琴的帽子，还在那嗤嗤地憨笑；比如素秋写信给志琴说有要紧的事，而事实上她只是想告诉志琴她给金鱼起的名字；比如素秋女扮男装走进志琴的书房打扰他看书。这一切，都让志琴觉得素秋既不懂常识又任性，烦闷而又无可奈何。小说的后半部显得意味深长。所谓天有不测风云，志琴竟然破产了。让志琴非常惊讶的是，"那专会嬉戏憨态可掬的素秋夫人居然变了一个勤俭操劳的贫家妇。操作、烹调、缝纫、提汲，一切躬亲。她倒还嘻嘻哈哈的不改其乐。"一日，志琴从现任职的报馆回到家中，觉得眼前雪亮，"屋子虽小，收拾得雅洁非常。"饭菜虽不如往昔，但很可口。于是志琴感叹："我爱，我早晓得今天这样快乐，恨不早儿破了产啦！"善理家政的妻子，让男主人公感到超乎寻常的温暖，宁愿破产以求此幸福。而怀此感叹的还不止王志琴一人。

《纪念》（4卷8号）中贾秋鸿的妻子慧瑛被誉为"家有一予理想中之慧瑛，其人则百事可治。"原来贾秋鸿只是一个编辑，月薪十元。妻子慧瑛毕业于高等女子文艺专科，育有一女粉儿。全家住在郊外。慧瑛认为："难道一个女子出了嫁便白白的坐受丈夫的供给，一点也不知羞愧么？"这样贾秋鸿回到家里只见"茅檐土壁却也十分幽洁"，"优雅整齐又节省经济"。这一切给人的感受是"清贫却安适。"而在这样一种条件下，慧瑛却不忘做公益慈善的事。贾秋鸿十元的月薪，拿五元帮助秋鸿姨母治病,二元助学邻家小孩志学,二元捐给了前村礼拜堂的外国牧师。最重要的是慧瑛在得知丈夫因为家计不能安心著书时,她果断劝丈夫辞了差事,表示可以用自己的十指来供家用。冬去春来又一年,贾秋鸿写的书卖得很好,得了千百元的稿费,一所中学亦慕名请秋鸿去做教员;姨妈的病已经痊愈,去年资助上学的志学非常感激秋鸿夫妇,每逢秋鸿回来就跟他问字念书很是努力。一个贫寒之家,在善理家政的慧瑛主持之下,过得其乐融融,日子越来越好。

　　两篇小说如果和前面关于女学生的作品对照起来看,会发现一个很有趣的现象,就是此时理想的家庭,住宅一定是俭朴雅洁,饭菜虽不丰盛,但可口。这其实是当时一种理想的女子教育思想。在此时的观念里,认为教学应以实用为主,主张女子会家政烹饪、簿记等的观点很有代表性。据《妇女杂志》3卷2号《记述门》介绍,蔡元培在上海爱国女学十五周年演讲中,就谈到"徒知读书,放弃家事为不合理"[①]。而像素秋之前的样子,则被认为是女子教育的弊端,为人们诟病。也即是说,女子教育的目标并不是养成女子独立的人格,而是借助教育让她们掌握比较科学卫生的家庭管理方法。至于在家庭中,相夫教子仍被认为是女性的天职。素秋在丈夫未破产前的行为,之所以令志琴不满,原因就在于她不能履行一个妻子在家庭中要照顾、辅佐丈夫的职责,相比之下,慧瑛则自主地认可相夫教子的职责,并把这种职责看成是不白白受丈夫供养的生利之举。只是细究起来,此处的相夫教子并不是要求女性物质上、精神上都附属男性,而是要求她们科学持家,发挥家庭对社会的作用,不仅仅生活在自我个人的情感生活中。客观地说,志琴对素秋不满意的地方,除了不让素秋进他的书房带有传统对女性的偏见外,其他对素秋没有生活常识、任性的不满则包含着爱与关心,比如素秋不会照顾自己、不懂得应酬场合必要的礼节等。

---

① 陆璋:《蔡孑民先生演说记》,《妇女杂志》第3卷第2号,1917年2月。

在女性普遍没获得职业自由的时代，作为全职太太，素秋的生活方式很小资，缺乏那个时代对家国的担当。慧瑛则不同，她对丈夫事业的支持以及她对慈善事业的热心，都是她主动参与社会的表现，尤其是她以十指养家让丈夫安心写作的举动，体现出一个时代女性的眼光与胸怀。女性作为家庭精神支柱的作用，已经让她们完全不同于传统女性在家庭中屈从的地位。

除了善理家政，做妻子的还应注重实业，轻男子之负担，共谋国家之富强。《马头娘》（2卷9号）中予之妻，认为"人定胜天"，勤学苦研养蚕之术，破除村民迷信，由没有一点常识到成为养蚕行家里手，让做丈夫的倍感自豪。而《织机娘》（3卷10号）中的织机娘，在丈夫职业一筹莫展之际，用自己节衣缩食积蓄的二百元钱购买东洋机器，改良土布，销数甚广，乃设工厂，分厂之后达十余处。不仅自立，而且还帮助很多人自立，最重要的是，织机娘的行为也是发展民族经济、抵御外来资本侵入的一次小小的尝试。"中国人惟事事见为难，故无一事可成；惟事事依赖他人，故无一人足以自立。"织机娘的见识已经超过了普通男子。

"家庭之幸福实为社会改良之基"①，协调好大家庭关系、使家庭和睦也是做妻子的应具备的本领。《三妇鉴》（4卷11号）中妯娌三人冯莲珠、徐墨芬、裘小玉，为了调和三兄弟之间的矛盾，同心协力，想尽一切办法，最后做到"弟兄穆穆，夫妇怡怡，父子婆媳融融泄泄"，要算是狄家一位大功臣。

再次，作为母亲。"国之强弱系于国民，而国民之良否，系于母教。"②《机声灯影》（2卷11号）里的节妇，堪称母教典范。节妇本姓朱，母家中产，生活康乐。幼时随两兄就父读，聪颖过人，尤其长于

---

① 王剑三（王统照）：《纪念》，《妇女杂志》第4卷第8号，1918年8月。
② 朱翰芬：《推广女子初等小学私议》，《妇女杂志》第1卷第6号，1915年6月。

植物一科，父亲戏称长大后将为一女博士耶。所嫁周氏，翁父向以仁慈为人称道。可怜连遭不幸，先是丈夫去世，留下一遗腹子名长寿，五年后公公也去世，只剩节妇孤儿寡母一起度日。为了长寿的教育，节妇竭尽心力。其一，为了促长寿的进取心，节妇拒绝两兄让其回娘家的邀请，拒收来自娘家金钱方面的资助。其二，开辟自家荒园，"非直树木兼欲树人"。在长寿8岁之前，亲自授课，教以识字、植物学知识等，重在培养其纯良之品性。其三，长寿8岁，为了培养其乐群的品性，送长寿入私塾。等发觉私塾环境不佳时，思孟母三迁之意，亲自受教，并邀来邻家品性好的孩子做儿子陪读。其四，长寿入县学，反对儿子参与反对校长的学生风潮中，因为这违反礼法；这样在节妇的教导下，长寿入京师大学，随后又留学欧美八年，回国后就职农工部，名誉卓著，且为中国实业家。作者在文中言"得贤母一，胜良师百。"所谓贤母，就是如节妇一样，本身受过现代教育，教育孩子也知道采用科学方法，教授知识不仅关乎传统文化，还包括植物学这样的科学知识。还有一点非常重要：靠自己双手自立，不依赖他人。小说结尾，叙事者称其为真人真事，"独取其关于母教者，泚笔记之。或亦于妇女教育界，为涓流土壤之助乎。"

"教育之基，首在家庭。"① 学校教育不令人满意，为人诟病，"家庭教育乃为其因"，② 这是《妇女杂志》此时非常流行的论调。在这种情况下，怎样教育孩子成为时人热议的问题。不会做母亲的女性，被称为"国民之敌"。③

《国民之敌》刊载在5卷9号余兴栏。作者称在《新青年》"随感录"栏看到唐俟的文章，有感而发。小说讲述了一位母亲，在对待孩

---

① 西神（王蕴章）《西神识》，[美] Carl Eastern Williams：《家庭大小论》，西神译，《妇女杂志》第3卷第1号，1917年1月。
② 髯莽：《家庭日记与家训》，《妇女杂志》第4卷第1号，1918年1月。
③ 黄逸农：《国民之敌》，《妇女杂志》第5卷第9号，1919年9月。

子不愿上学的问题上,她采取的是棍棒式教育。"拿了一个竹头,打他的儿子,迫他去读。那小的就哭了,逃在我阿姊的后面,我的阿姊劝他去读,他是不肯。他母亲愈打得利害,他也哭得利害,逃来逃去,没有遮蔽的地方,很是苦楚。"对此,叙述者表示非常伤心,在他看来,小孩子不愿上学,父母应该引导他欢喜去读,不应该强迫他,使他身心受伤,产生逆反心理。不然,长大后,他们也极容易变为坏人或变为痴人。由此作者感叹:"唉!我们中国绝不是亡在武人政客的手内,一定亡在妇女的手内;因为他们不能和西妇一样,造出如欧战内勇敢的好国民,恰天天伤害他,戕贼他,使他成了痴子痴人,使他成了不健全的国民,一点没有力量去干事,恰还算他是能够教育的。唉!唉!这岂是国民之母,实是国民之敌了。"在这里,母亲职责与国运民生联系在一起,关注点并不在女性解放,而是儿童教育。

通过对王蕴章时期小说中女学生、妻子、母亲形象的构建,我们发现此时的女性书写基本停留在"匡世救俗"的框架里,强调女性作为女儿、作为妻子、作为母亲等角色的职责,女性仍然处在男性附属的地位,家仍然是体现女性价值的重要场所,这应该是王蕴章时期被指保守的原因。但激进与保守到底是以什么为界限的?贤妻良母到底是激进的还是保守的?事实上,通过上述分析,我们可以看到女性在此时期角色扮演中越来越趋向以科学为价值取向的一面,而且呈现出精神独立的重要面向,这无疑对女性解放起到潜移默化的推进作用。另外,王蕴章时期的文学还重构了一系列"贞节"的女性形象,[①] 勾画了一幅幅活泼可爱、聪明伶俐、求知欲强的现代小儿图像,[②] 还有有趣

[①] 参见刘侗玉《〈妇女杂志〉(1915—1920)女性叙事研究》,硕士学位论文,苏州大学,2011年,第12-19页。

[②] 如《我儿之日记》(胡寄尘著,《妇女杂志》5卷11号)、《中秋月》(梦梅著,《妇女杂志》4卷10号)、《秋之夜》(叶圣陶著,《妇女杂志》5卷9号)、《飞机》(薏孙著,《妇女杂志》5卷9号)、《虹》(张盛之著,《妇女杂志》5卷10号。等等。

的外国"女小说家"[1]，叱咤风云的"中国女飞行家"[2]……但是综观此时期小说，有一个颇引人注目的细节，就是"自鸣钟"的频繁出现，"日曜日，壁上时计鸣八下，崇实女校之管理室中，一灯荧然，照眼生缬，倚灯而坐者乃一年事四十许之女士……""女士得书抵掌大乐，笑痕遍于面部，而壁上时计琅琅鸣九下，与女士之格格声相和也。"（《一小时之思潮》）；"鹦鹉催人，菱花戴晓，绿纱窗里，曙色宜人。玉芬姑娘猛然掀开帐子说，'呵呀，不早了！太阳已经这样高了！'说时，案上自鸣钟正当当当……打了六下。""正说着，忽听得时钟当的一声，已是一点钟了。浣蘷说，'哦，不早了，我要走了。'"（《理想中之家庭》）"少妇是莹姑的嫂嫂，年纪是二十二岁，穿着淡灰色爱国布的夹袄，玄色缎子的坎肩儿，深青色的裤子，容貌甚是端丽。屋里本甚清静，静悄悄的只闻得自鸣钟滴答滴答的声音。"（《秋声》）"夜间已打过了十二点钟，朔风吹冷的街道上，走的人非常稀少""过了一会儿，园内钟楼上自鸣钟打过三下，便奏了一排音乐"（《毒药》）类似这样的描写不一而足。如此多对时钟的突出描写，或许在作者只是一种无意识，但它们屡屡出现在当时的文本中，就很值得关注。

1915—1920年的中国，正处在四顾茫然的境遇。晚清以来向西方学习的声音由于第一次世界大战的爆发而变得不再确定，但先进的西方仍然在那里，从教育、科学到妇女解放。"我国前途绝大之希望寄予青年女子之身"[3]，女子责任重大，"欲女权之振，必求女德之尊。知识者，德之基也；文艺者，德之符。"[4]"救世为心，训示为用"[5]。在这样的时代潮流中，《妇女杂志》选择文艺作为振兴女权的辅助工具，希望"救世为

---

[1] 拜兰：《女小说家》，《妇女杂志》第3卷10-11号，1917年10月、11月。
[2] 谢君直：《中国之女飞行家》，《妇女杂志》第4卷第1号，1918年1月。
[3] 瞻庐：《对于主持女学者之厄言》，《妇女杂志》第1卷第6号，1915年6月。
[4] 《发刊辞一》，《妇女杂志》第1卷第1号，1915年1月。
[5] 汪集庭：《女青年与出版物之关系》，《妇女杂志》第3卷第6号，1917年6月。

心"，显见主编的一份担当。作为外来物的自鸣钟频繁出现在当时的文本中，"铛铛"的声响既提示人物也提示读者注意时间，现在看恰恰是一种现代性焦虑隐隐地威胁着人心。在不偏重欧化却又不得不取法欧美的时代大潮下，《妇女杂志》塑造的一系列人物都寄予了作者和编者试图通过女子自强、图新来实现"妇女进步""民国进步"的理想。

当然，现在看这些作品很幼稚，充满太多的幻想。如前述《织机娘》，在男性失业无着落的境况下，织机娘让丈夫托人从日本购进一台织布机对中国土布加以改良，那台机器的样子竟是："与吾国旧制略相似。不过旧制粗陋，而此精细；旧制简略，而此繁复；旧制以手运梭，而此以机运梭而已。"这样，这台进口机器，在织机娘夫妇手中，就像会开电动三轮的要学开拖拉机一样，非常容易上手。"不旬日而心手相应，如素习矣。"另外如《女博士》中那个痴丫头，大家都认为她痴痴呆呆的，而确实她也有些呆，当听到宝珠讲水有"硬水"和"软水"之分后，她就跳到水里试水的硬度，差点淹死。而叙述者竟然想出她最后发明了一种和居里夫人发明的镭相似的元素钌，简直是异想天开。其他如各类对理想女性的塑造都存在类似问题，不一而足。但幼稚也好，异想天开也好，因了他们在现代性焦虑面前展现的一份赤诚，还是很可爱。

总之，王蕴章时期小说栏呈现出一种理想主义的色彩，这与文苑栏形成鲜明对照，构成其新旧杂陈的世界，但肯定不是保守的。

二 章锡琛、周建人时期：写实主义文学的兴盛

周建人（1888—1984），鲁迅三弟。字松寿，又字乔峰，笔名克士、高山等。中国现代生物学家。1922年应章锡琛之邀进商务印书馆协助编辑《妇女杂志》，用周建人、建人、克士、乔峰、高山等名字发表了大量文章，1925年与章锡琛一起被迫辞去《妇女杂志》编辑职务。

章锡琛主编时期文学栏（见附录2）最大的特点就是翻译作品所占比重很大，几乎占据了此时期文学的半壁江山。这些作品，以小说居

多，童话和戏剧次之，在国别的选择上不再仅仅局限于个别国家，增加了俄国和日本文学的分量。而具体到作品的选择，此时期非常注重刊载名家作品，左拉、莫泊桑、爱罗先珂、契诃夫、屠格涅夫、高尔基、王尔德、苏德曼、梅德林克、波特莱尔、泰戈尔、易卜生……都是我们现在熟知的世界名家。就是翻译队伍，也可说得上是名家荟萃，鲁迅、周作人、沈雁冰、沈泽民、胡愈之[①]、胡仲持[②]、赵景深、曹靖华、李青崖[③]、王鲁彦、吴觉农[④]……

[①] 胡愈之（1896—1986），浙江上虞人。1914年进上海商务印书馆编译所当练习生，翌年起，任《东方杂志》编辑，1920年和郑振铎、沈雁冰共同发起成立文学研究会。"九一八"事变后与邹韬奋共同主持《生活》周刊，主编《东方杂志》等刊物。抗战爆发后，组织翻译出版了埃德加·斯诺（Edgar Snow）的《西行漫记》，并首次编辑出版了《鲁迅全集》。一生集记者、编辑、作家、翻译家、出版家于一身，学识渊博，被称为新闻出版界少有的"全才"。据其子胡序文介绍，作为出色的翻译家，连胡适也十分钦佩和赞赏。见胡序文《胡愈之和商务印书馆》，《商务印书馆九十年》，商务印书馆1987年版，第129页。

[②] 胡仲持（1900—1968），浙江上虞人。中共党员，著名编辑、翻译家胡愈之之弟。1920年后历任上海《新闻报》《商报》及《申报》外勤记者、编辑，生活书店《集纳周刊》主编，《香港华商报》编辑主任，桂林文协总务部主任，《现代》半月刊主编，上海《解放日报》编委，《人民日报》图书资料组组长。1919年开始发表作品。1952年加入中国作家协会。译著《忧愁夫人》《世界文学史话》《忆列宁》《大地》《月亮下去了》《文艺鉴赏论》《苏联小说集》《愤怒的葡萄》，编辑《世界文学小史》《世界大都市》《三十二国风土记》等。其翻译德国剧作家、小说家苏台尔曼（今译赫尔曼·苏德曼）的作品《忧愁夫人》在《妇女杂志》9卷2-12号连载，文笔细腻、优美。

[③] 李青崖（1886—1969），著名文学翻译家，早期法国文学翻译专家。《东方杂志》和《妇女杂志》经常投稿人，其译作大部分由商务印书馆出版，其翻译法国雷里·安端的《木马》在《妇女杂志》10卷10-12号连载，1925年由商务印书馆出版。主要译著有莫泊桑的《髭须》（1924年，上海霜枫社）、雷里安端的《木马》（1925年，上海商务印书馆）、《莫泊桑短篇小说集》（1926—1927年，商务印书馆）三册、法朗士的《波纳尔之罪》（1928年，商务印书馆）和《艺林外史》（1930年，商务印书馆）、福楼拜的《波华荔夫人传》（1928年，商务印书馆）、《莫泊桑短篇小说全集》（1929—1933年，上海北新书局）九册，都德的《俘虏》（1932年，上海开明书店）等。

[④] 吴觉农（1897—1989），浙江上虞人，与胡愈之兄弟为同乡。早年留学日本，主攻农业。在章锡琛主编《妇女杂志》时是经常投稿人，在《妇女杂志》刊载译作有［俄］爱罗先珂：《松孩》《爱伦凯的自由离婚论》《近代的贞操观》《爱伦凯的母权运动论》等。

其次，创作上也显出实绩。鲁迅《鸭的喜剧》《幸福的家庭——拟许钦文》，许钦文《已往的姊妹们》《介绍》《怀大桂》《一生》《后备姨太太》《病儿床前的事》，陈大悲五幕戏剧《父亲的儿子》等现代名篇最初均发表在此时的《妇女杂志》上。除此之外，白采、蹇先艾、陈学昭、凤子、吴祖襄、邵洵美、黎烈文、徐施蕙、王任叔、焦菊隐、何心冷、徐卓呆等现代著名作家的供稿，无疑也为此时期《妇女杂志》文学栏增色不少。

《妇女杂志》与中国现代文学的关系由此可见一斑。

相比王蕴章时期文学对"言志""载道"古文学传统的延续，章锡琛时期文学更注重作品思想性和艺术性的结合，故说教的气息不再浓厚。整体上文风也一改王蕴章时期充满乌托邦气息的理想主义色彩，而趋向写实主义。对理想女性的塑造改为对现实女性生活命运的书写。

《一个妇人的结局》①写的是一个女子从明太娘到秀太娘到光坤太娘，就像一头牲畜一样任人摆布欺凌，最后选择上吊自杀的故事，揭露了当时农村社会不把女子当人的现实。《鸢飞鱼跃》②中三姍只因为丈夫离家前替她说了一句话就不被婆婆见谅，结果夫妻双双吊死在花园的树枝上，是对大家族扼杀青年个性的控诉。《以往的姊妹们》③是许钦文根据家里姐妹真人真事写成，写了三个姊妹的死，其中二姐的死最令人痛心。二姐因为两次订婚都是男的在婚前去世，所以被冠以"克夫命硬"的标签，精神上受了大刺激，只能嫁给一个37岁死了两回妻的男人。但婚后男人咳血，有人提供偏方让吃"童便"，男的不肯吃，二姐就先尝，每次劝他都要哭。二姐22岁就死了。这部作品是女性不幸命运的浓缩体，二姐的命运是传统婚姻观念压制下女性不

---

① 蕙蕙：《一个妇人的结局》，《妇女杂志》第8卷第2号，1922年2月。
② 吴祖襄：《鸢飞鱼跃》，《妇女杂志》第11卷第3号，1925年3月。
③ 许钦文：《以往的姊妹们》，《妇女杂志》第10卷第5号，1924年5月。

幸命运的代表。《村妇》①中的二姑娘，只因为放羊时走神丢了一头羊，就被丈夫打婆婆骂。在黑夜中找不到羊的她，不敢回家只能暂时住到娘家，而娘也只能安慰她先在这里过半夜。这里的二姑娘，在婆婆眼中不抵一只羊，以婆婆的话说"媳妇不值钱，一头羊可以买两三个媳妇呢"。小说对女性在社会中的卑下地位充满同情，揭露了女人不是人的社会现实。《回信》②中TS学校的优秀学生玉英，只因为给TH男校写了一封信被发现，就被教务长勒令用肥皂刷牙，并喝下一玻璃杯肥皂水，说是洗心。女学生在学校不但被禁锢身体，还被禁锢心灵，喝肥皂水的惩罚，写尽了女学生屈辱的内心，也写出了社会对男女社交、恋爱自由思想的封杀。但女性亦已不再是完全沉默的群体。当她不能忍受丈夫越来越暴躁的脾气时，她离家出走，留下一封信，告诉丈夫自己准备去学习自立的本领，然后再来找他和孩子。③当宁予无意中听到丈夫说只要心真给他一万元，就可以把自己让给心真的话后，愤怒冲出表示要与丈夫离婚。④

而徐菢蘅的《反乡》⑤可以说是此时期写实主义文学在创作方面最大的收获之一，这篇小说艺术上的醇熟即使放在中国现代文学史作品长廊里也毫不逊色。小说以类似鲁迅小说"返乡"的叙事模式展开，带着些川端康成《伊豆的舞女》那样感伤的调子。"我"从香港返回家乡绍兴，途经杭州，寓在福禄旅馆。这家旅馆是"我"每次回家途中都住的，十分熟悉。这次本打算住一晚第二天就渡江回家去，结果半夜下起了雨，"雨落天留客"，"我"决定在这里再逗留一天。

福禄旅馆老板的女儿月琴年纪在十八至二十岁之间，穿着打扮让

---

① 梦雷：《村妇》，《妇女杂志》第9卷第4号，1923年4月。
② 霁野：《回信》，《妇女杂志》第11卷第7号，1925年7月。
③ 黄慎之：《他的忏悔》，《妇女杂志》第10卷第9号，1924年9月。
④ 黄慎之：《急变》（独幕剧），《妇女杂志》第11卷第7号，1925年7月。
⑤ 徐菢蘅：《反乡》，《妇女杂志》第9卷第3号，1923年3月。

人觉得"刺目",以"我"的观察,她是这旅馆"活动的有血有肉有色有香的招牌",这让"我"感念"唉!中国的一部分的女性!……女性的问题!……"想着想着,"我"便渐渐苦闷起来。这时,朋友乔突然进来。他要我讲些旅途的情形和广州的现状,"我"也就把这件事情忘怀了。

突然,从旅馆后进的堂里传出一阵嘈杂的声音,里面可以辨出月琴在那里大着喉咙说话。我和朋友就从屋里走出来,原来是月琴正和老板娘在远处争论着什么。看到我们走近,她们作暂时的沉默。"我"就和老板娘开玩笑,"你们什么事情这般热闹?我听得你们在说光脸毛脸,怎么回事?"母女倒也并不避讳,原来是月琴看上了一个戏子准备嫁给他,老板娘不同意,说话间两个人争吵了起来。

作为小说的高潮,月琴和母亲的争吵场面写得相当精彩。起初在"我"觉得只要吃好穿好,能够尽情地玩耍作乐就无不尽兴的月琴,在自己的婚姻大事上表现出一个少女少有的坚定和决绝。

"看我没手段么?"月琴很怒恼使劲地说,"他何尝当我女儿看待,他是只认金钱不认人的。只要妈答应了,我便跳上火车,一走了事。他要吃官司,我也不怕。等上堂时,我只说他逼女为娼,看他有什么方法?给这老不死尝尝辣味看!"

"妈!"月琴很恳挚地呼喊:"现在你不用说什么了!以前总是外婆做主,许配给现在这老不死的爹;他待你的景况,你总也尝着滋味了。如今你说起外婆,还是牙痒痒地一天到晚抱怨。外婆当时何尝不是给你拣而又拣呢?现在你若答应了这门亲,我总无论如何,我可以在这里立誓,虽则到讨饭,绝不抱怨你娘半个字!要是抱怨,给我倒路死,死无葬身之地!而且如今我已是十九岁的人了,我喜欢的,你既不答应,又没个做媒的人来,难道要养我过世不成?其实呢,像我那样身份,媒婆看了也就会吓跑了。

我实在只配嫁给戏子,我也喜欢嫁给戏子!"

月琴说到这里,眼泪便像喷泉似的喷了出来。她实在充满了心中的悲愤,无从发泄,她靠在桌上呜咽起来!

这里,对月琴的刻画是相当出彩的,她一改之前在"我"眼中的不堪形象,带着些泼辣、带着些大胆,在她母亲面前极力争取自己的幸福。她的个性是那么倔强,让人不由得想起丁玲笔下的贞贞,也让人想起曹禺笔下的繁漪。最终,老板娘在月琴决绝的态度面前,兼在旁人的劝导之下,怒冲冲地走了进去。"我"和乔担心月琴会受骗,也担心她的母亲将来还会阻止,但月琴显得颇从容淡定:

"也没有什么大不了的事!"月琴很轻易地说:"我不是刚才说够了么?她们真也管不住我。无论什么时候,我都可以走;火车也好,轮船也好,但不到计穷力竭的时候,我总不肯这么办。……妈这人,不是我又要说她,她真也太不思量了!她要攀高亲,也不想想自己。她憎恶吃开口饭的,自己怎么又开小客栈?——只要付了房饭钱,便是贼也接,强盗也接,讨饭也接;和戏子的变来变去又有什么两样?……"

面对意已决的月琴,我们也唯有默然。第二天清晨,"我"便离开了杭州。

这篇小说虽以一个小旅馆母女的争吵展开整个故事,表面上看是在写婚恋中子女和家庭的冲突,写女性的反抗,但实际却又意蕴悠长。虽然父亲未出面,但是他在故事中并不缺席;母亲虽然表现出势利和在家庭中的威严,但在女儿的叙述中她又是个很可怜的女性。女儿月琴看似安心于做自家旅馆招牌的工作,一旦找到相对合适的恋爱对象,她就要决绝地逃离这个家庭。蕴藏在人物内心的故事,在争吵中其实只露出冰山一角,月琴的决定掀开了同时也拉起了更多故事的序幕。

旅途中永远有"人生"。陈中舫的《侯渡》[①],讲述一群候渡的人聚在一个小饭店里闲聊,都是穷苦人。但还是有人故作轻松,讲自己日子过得如何美满舒适,夸说一顿,但很快被人揭穿,笑声咯咯。

自然,章锡琛时期的文学还有更多的侧面,比如白采的《友隙》[②],带有更多浪漫主义色彩。虞迈伦一生追求友谊,但最后离友人越来越远。但他追求友谊的心太热切了,直到晚年得病,念念不忘的还是儿时共同玩耍的朋友。他矜持着,最后,终于管不住自己要回故乡了。回到故乡,却不敢径直去找朋友。他只是在街道随意看,希望撞见朋友。但见到的多是不相识的年轻人。一天,他来到一个土堆前,这正是儿时和朋友们一块玩耍的地方,他多么希望会有旧日朋友来。最后,他听到马声,看到一个白胡子的人骑马过来,他觉得一定是朋友来寻他了。他不管不顾地朝来人招呼,但骑马人的鞭子击中了他的头部,马蹄踏过了他的胸膛。他含笑着,带着他不绝的希望,不再向人世作声了。伤感浓烈的抒情色彩,让这篇小说在此时期文学中煞是突出。但这并不是此时期文学的主流。

三 杜就田时期:自由主义的文艺

杜就田和《妇女杂志》前两任主编最大的不同,就是他本人与文艺圈较少交往。王蕴章自己通诗词,晓戏曲,擅作小说,又是南社成员,在"民元之际,文坛方面,充满着南社的势力"[③]的时代,他基本有固定的稿源。章锡琛虽然自己不写小说,但他非常有才干,颇善交

---

① 陈中舫:《侯渡》,《妇女杂志》第9卷第12号,1923年12月。
② 白采:《友隙》,《妇女杂志》第10卷第7号,1924年7月。
③ 秋翁:《三十年前之期刊》,《鸳鸯蝴蝶派文学资料》(上),芮和师等编,知识产权出版社2010年版,第260页。

际，朋友圈中都是五四文化界名人，如鲁迅、沈雁冰、郑振铎、王伯祥、叶圣陶、胡愈之、吴觉农、赵景深、谢六逸、彭家煌、王统照、周予同、樊仲蕓……不一而足。[①] 所以在文艺稿源方面，他能充分发挥自己的人际优势。而杜就田就不一样，他擅长的是摄影和篆刻，而且从仅有的材料看，他并不擅长交际，所以我们看到他接手《妇女杂志》后文艺栏基本都是生面孔，除了刘大杰、彭家煌、王平陵、何心冷、陈伯吹等有限的几个名人外，大多都是文坛无名之辈，大约都是靠读者投稿来维持。投稿较多的，有徐学文、望透、徐鹤林等人。稿源也很不稳定，少时一期会刊载同一作者多个作品，多时一期竟有13篇作品刊发；甚至有一个年份（1928年），全年才有不到20篇的作品。

杜就田这种与文学界比较疏离的情况，决定了《妇女杂志》文学无帮派的性质，可以说是一种"自由主义的文艺"。而这种自由主义的态度在某种程度上保证了文学作品题材的多样性和丰富性，反倒使得此时期的作品虽参差不齐但也多值得玩味。

《阿鹅的家庭》（13卷3号）、《小绅士的入学》（13卷4号）《眇女》（14卷11号）、《送瓜的小鬼》（15卷8号）、《阿美》（15卷9号）、《永不泯灭的一幕》（15卷9号）都是儿童题材，或写恶劣的家庭教育对儿童的影响，或写儿童苦难的遭遇，读来让人感思。

《梧桐叶落的秋夜》（11卷10号）、《可怜的晚会》（11卷12号）、《觉悟》（12卷1号）、《郎才女貌》（12卷7号）、《凄断故人情———封凄婉的信》（12卷10号）、《洋房子》（12卷12号）、《到外婆家去》（13卷11号）、《自他走后》（13卷12号）、《亚珊的言论自由》（14卷5号）、《病》（14卷10号）、《归去吧》（15卷3、4号）、《回国以后》（15卷5号）、《情敌》（16卷4号）等，写恋爱自由思潮中的男女，多佳作。

---

① 商金林：《叶圣陶年谱》（商金林撰著，人民教育出版社2004年版）中有大量朋友聚餐的详细人员记录及情状，可以见证章锡琛（雪村）与上述诸人非常密切的关系。

《一个月饼》(12卷9号)、《流泪的中秋》(12卷9号)、《离别》(12卷10号)、《湖上》(13卷6号)、《大廉价的末一日》(14卷1号)、《母亲的化身》(14卷6号)、《乡梦的残者》(14卷9号)、《世路荆棘》(15卷11号)等,写离家在外的青年学生的生活,他们的孤苦和窘迫让人印象深刻。

《荷心》(12卷6号)、《他所爱的金刚钻》(12卷7号)、《娼妓生活的穷途》(14卷1号)、《火腿与青橄榄》(14卷6号)、《沈三嫂子》(15卷8号)、《盲寡妇》(15卷11号)、《陈嫂》(15卷12号)、《盲妇人》(15卷12号)等,写底层人物的命运,她们或愚昧可笑,或可怜可叹,写作都有可取之处。

其他如《我的将来》(13卷4号)、《妇人的胜利》(13卷12号)写女性的自立;《明月和玫瑰》(16卷4号)、《博士先生的续婚》(16卷5号)写男性拙劣的表演;《离散之前》(15卷11号)写相爱而不能在一起的青年的幽会;《白太太的哀史》(15卷6号)写日本东京附近乡下姑娘水田花子被中国留学生白如水欺骗,先甜后苦的生活;《父亲的忏悔》(13卷11号)、《除夕》(14卷12号)写浪子幡然悔悟的故事;《双亲大人》(14卷4号)写麻木冷酷的父母……皆呈现出此时文学多彩的一面。

另外,天游的《佳偶怨偶》是此时期的重磅作品,作品以章回小说形式写成,共计十八回,自13卷7号始至15卷2号终,除去14卷1号和7号外,共连载十八期。作者称这是他拿一个美国朋友的家庭小史演绎而成,意在给好高骛远、尘梦正酣、改革家庭组织的新青年以殷鉴。其反对当时以组织新式小家庭为青年解放这一途径的目的相当明了。小说虽标以"社会小说",但颇具"侦探小说"的形貌,情节离奇、引人入胜,可以说是披了新式和西洋外壳的典型通俗小说。

四 叶圣陶、杨润馀时期:名人精品和长篇小说

叶圣陶和杨润馀女士主编《妇女杂志》时间共计18个月,文学风

貌与杜就田时期还是有明显的变化。最大的收获就是名人精品和创作长篇小说的刊发。沈从文的《一个女人》、巴金的《亚利安娜》、（吴）组缃的《离家的前夜》，乃至杨润馀的《遗失》，都是不可多得的佳作；庐隐《京东小品》，不但是中国现代文学经典作品，更是《妇女杂志》女性创作方面最重要的收获。尤其是李健吾长篇小说《心病》的连载，它是《妇女杂志》刊载的唯一一篇现代长篇小说，无论在中国现代文学史上，还是在中国意识流小说史上都是值得书写的一笔。

即使一些现在看没有名气的作家作品，都体现出叶圣陶作为文学编辑独到的眼光。如16卷7号李谷饴的《京班戏》很有代表性。首先题目为京班戏，内容写的也是山村财主家的太太们去看戏，但小说很巧妙地把看戏变成了被看的戏，由于这样的构思，小说充满喜剧性。比如，小说非常细致地交代了戏的主角"二头妈""盘柱妈"、"银祥妈"，这些妈字上冠以儿子名字的山村太太，作为村里的"有闲阶级"其独特的地位。因为有闲，她们在穷苦的村人面前有着说不出的优越感，连平时说话都大声大叫、嘻嘻哈哈。自然对于去镇上看戏这样的事情，也是做足了戏码。"她们都穿上唯一的大布衫，这布衫在一年中非有重要事情是不轻易穿出的，所以万古常新，而且有久摺的摺痕。她们的儿媳妇都送出门外，扶着她们上了坐骑，都说，'妈！好好记着戏！回来替我们讲'她们上了坐骑，都显出很熟练的样子，一手拉着缰绳，一手把扇子举到头顶上遮着太阳。"这种轻喜剧的叙事风格，更能把农村媳妇和婆婆之间的地位反差描摹得细致入微。女性无名的地位，在同性之间则有鲜明的阶级分差、等级分差。

做了足够的铺垫以后，戏才真正开场。这一次作者采用了自己隐身而把镇上更有优越感的太太们推向高高看台的地位。在她们眼中，原本自觉光彩照人的"二头妈""盘柱妈""银祥妈"却变成了"山老鸦"，"满身黑，皮色黑，加上脑后一个馒头大的髻子"的古怪样子。这种视角的转换，本身就预示着一场精彩的表演，作者把自己置身于更高的看场，让台下的戏愈演愈酣。

　　一阵嘻嘻哈哈中，"二头妈""盘柱妈""银祥妈"出现在镇上老板太太们的视线里，"她们下了驴，她们的'当家的'便拿下驮篓，把驴拴在驮篓脚上，她们便坐在驮篓中间的横木上。""一忽儿，她们竟一起抓耳摸腮起来，仿佛有一件极重要的事情急待解决。""她们先吃切糕，油炸糕，落得满嘴的油，最后拿起煎饼里裹猪头肉的长卷，两手捧着这好吃的东西，伸长脖子迎吞着，仿佛老鹳吞蛇似的。"以看戏的名义，目的在于像男人一样大吃大嚼。她们其实仍然无看戏的资格，有闲也无非是在同村穷苦女人的对比中，食才是她们更基本的要求。一场突降的暴雨，把镇上老板太太和"二头妈""盘柱妈""银祥妈"这样的山村太太打回原形。"老板太太们淋得落汤鸡似的，鬓角和眉间的黑色都被冲下来，和胭脂粉搅在一起，已成一个花花的脸了。""'山老鸦'虽然也被淋湿了，但不觉怎样痛苦，因为这是在田间常遇到的事情。"雨过天晴，她们的"当家的"又给她们牵着毛驴，她们又买了些切糕、油炸糕，预备犒赏她们的看守家门的儿媳妇们。看戏的与被看的，都是戏。一个以戏命名的短篇，却容纳了人生百态，令人回味无穷。

第二章

《妇女杂志》与现代中国女性意识的变迁

在研究中国现代文学的过程中,一直有一种困惑:丁玲、茅盾笔下的"时代女性群"是从哪里走来的?她们以完全不同于冰心、庐隐、冯沅君、凌叔华笔下女性的姿态,卓然独立于文坛,这中间思想界到底发生了什么?《新青年》在中国现代思想文化史上特殊的地位,让研究者很快关注到它在现代中国女性意识变迁中所起的作用,但是这份在1910年颇具影响的杂志并没有在1920年延续它在女权启蒙领域的影响。这样,梳理中国女权启蒙小史就成为一项很有必要的工作。

第一节 清末民初中国女权概念的变迁

一 "女权"概念的出现

"女权"作为一个概念在中国出现,时间大约在1900年,其与近代中国权利观念的起源演变有很大关系。

女权之"权"字,虽在中文中早已有之,但其含义与我们现在理解的"权利"(rights)完全不一样,在中国传统文化中,"权"和"利"两个字连用,一般主要有两种意思,一种是指权势和货财;另一种是作为动词使用，意思是权衡利害。①这与rights包含的正当性毫无关联。据考证，1864年清廷总理衙门刊印的《万国公法》中译本，是中国最早且多次使用"权利"译rights的，指合法的权力和利益，②而在某种意义上，"权"是20世纪之前中文里用于表达可以超越法律之外的自主性之关键术语。③但1895年前无论是"权"还是"权利"的使用都很少，甲午后，"权"的使用次数激增，于1898年达到第一个高峰，但是其使用绝大多数仍是在谈国家、政府如何解决外务问题，"主权""国权""民权"和"君权"是使用较多的词汇。④因为在中国传统文化价值观念里，个人自主的正当性是与儒家伦理道德相悖的，所以个人权利一直受到排斥，遑论女权。庚子事变后清廷宣布新政，在1900—1911年中，"权利"一词成为最常用的政治文化词汇，1902年后中国人对"权利"的了解开始最接近西方的rights的原意，不但国家、群体而且个人自主性的正当得到承认。

在这种背景下，"女权"一词出现。须藤瑞代认为1900年《清议报》(38号)(1900年2月)上登载的《男女交际论》首次出现"女权"一词。⑤夏晓虹也说，《清议报》石川半山《论女权之渐兴》(1900年6月刊出)"二十世纪乃女权时代"的说法，此文已经发明。⑥而在这之前，"男女平等"是讨论女性问题的核心词语，先是在夫妇人伦关系中使用，随后成为提倡女学的理论依据。只是，如何实现男女平等尚是一个未及展开的命题。夏晓虹认为，广东女学堂学生张肩任1902年2月发表在《女子世界》上的文章《欲倡平等先兴女学论》，虽说只

---

① 金观涛、刘青峰：《观念史研究》，法律出版社2010年版，第111页。
② 金观涛、刘青峰：《观念史研究》，法律出版社2010年版，第112页。
③ 金观涛、刘青峰：《观念史研究》，法律出版社2010年版，第116页。
④ 金观涛、刘青峰：《观念史研究》，法律出版社2010年版，第117页。
⑤ [日]须藤瑞代：《中国"女权"概念的变迁——清末民初的人权和社会性别》，姚毅译，社会科学文献出版社2010年版，第18页。
⑥ 夏晓虹：《晚清文人妇女观》，作家出版社1995年版，第67页。

是平等和女学侧重点的偏移，却具有将男女平等从观念形态转向事实形态的意义，对于思想的确立有实在之功。①所谓"女学兴，女权复"，而在观念与新词瞬息万变的时代，戊戌变法前后形成并流传的"男女平等"一语，迨到20世纪初，已越来越多地被"男女平权"尤其是"女权"的说法所置换。并且"二十世纪乃女权时代的说法"开始流行，至1904年前后"女权"代替"男女平等""男女平权"成为新兴名词。②

二 清末民初女权概念的变迁

（一）女权与公德、公权

"女权"一词在20世纪初的出现，并没有带来真正意义上的女权。首先，女权一词在此时被广泛接受，与中国对西方权利观念的理解接受不无关系。这就是权利与权力、权利与义务的纠葛。个人权利的获得是为增强国家权力，个人尽义务是获得权利的前提。权利道德化的倾向让国人"一直是从能否令国家立于天地间来强调个人权利的"，"即从强调国家为权利主体，而认识到国家要强盛必须立足于争取个人权利"。③也就是说，"女权"在1904年前后被广泛接受是基于"国家权利个体化"的时代主潮。故讲公德（为国家尽义务）④成为20世纪初女权基本内涵之一："吾中国之人数也，共四万万，男女各居其半。国为公共，地土为公共，财产为公共，患难为公共，权利为公共。我辈既有公共责任，宁能袖手旁观，国既为公共，宁能让彼男子独尽义务，

---

① 夏晓虹：《晚清文人妇女观》，作家出版社1995年版，第62页。
② 夏晓虹：《晚清文人妇女观》，作家出版社1995年版，第64页。
③ 金观涛、刘青峰：《观念史研究》，法律出版社2010年版，第137页。
④ "公德者，爱国与救世是也。"见[日]本间久雄：《妇女问题十讲》，章锡琛译，开明书店1927年版，第250页。

第二章 《妇女杂志》与现代中国女性意识的变迁

而我女界漠不问耶？故吾辈既欲与之争，须先争尽我辈之义务，则权利自平矣！"①"世岂有不尽义务而能享权利者也？"②女子也是国民之一分子，国家的事也有责任的，③人立，国立，中国之衰弱女子不得辞其罪。④女子要是没有爱国的思想，救国的责任，充其量最好也不过是"高一等的奴隶"。⑤"只顾自己，不顾国家"，被指责没有人瞧得起，没有脸面活在世界上！所谓"男女平权天赋就"，男女并重，女子自然不能放弃爱国的责任。

"尽义务，享权利"，与公德对应，公权成为1900年前后女权概念的另一基本内涵。所谓公权，与私权相对，特指参政权、选举权。日本石川半山在《论女权渐盛》中讲"夫势力所在，则权力所存也"。什么意思呢？就是他认为权势是一体的，女子在哪个领域具备了势力，才能在哪个领域具备权力。在他看来，西洋列国夙崇女权，在宴会、歌舞会等私人领域女子已经占了上风。不独此，即使在政治局面，亦为女子权力所及，"其势有隐凌男子者"，即使如拿破仑，虽"一世之雄"，"不能永处其位"，是因为被法国一妇人攻击。但他的意见是，虽然如哈丁克达维斯所言，"英国政治家失妇人之望者，不能一日安于朝廷之上"，但欧美女子权力若是之盛，而未有参政权，就无从与男子并驾齐驱，谈不上男女平等。⑥男女平等关键在于女子有没有参政权。柳

---

① 陈撷芬：《女界之可危》，《近代中国女权运动史料》（1842—1911）（上册），李又宁、张玉法主编，台北：传记文学社1975年版，第416页。
② 楚南女子：《中国女子之前途》，《近代中国女权运动史料》（1842—1911）（上册），李又宁、张玉法主编，台北：传记文学社1975年版，第395页。
③ 《告全国女子·其二》，《近代中国女权运动史料》（1842—1911）（上册），李又宁、张玉法主编，台北：传记文学社1975年版，第412页。
④ 胡彬：《论中国之衰弱女子不得辞其罪》，《近代中国女权运动史料》（1842—1911）（上册），李又宁、张玉法主编，台北：传记文学社1975年版，第403页。
⑤ 《告全国女子·其一》，《近代中国女权运动史料》（1842—1911）（上册），李又宁、张玉法主编，台北：传记文学社1975年版，第410页。
⑥ ［日］石川半山：《论女权渐盛》，《近代中国女权运动史料》（1842—1911）（上册），李又宁、张玉法主编，台北：传记文学社1975年版，第373-375页。

亚子基本也持此种看法,他在《哀女界》中这样评价西方与日本:虽然以女权自号于众,但因为"私权有,公权无",其国女子也只能说"有半部分国民之称,政治上却与黑奴无异"。①盖此时女权在之前废缠足、兴女学基础上,更注重女性在政治领域的权利和义务。

具体说来,这个时期,对中国女权启蒙思想发展做出重要贡献的人是马君武和"爱自由者"——金一。

1902—1903年,马君武接连翻译出版《斯宾塞女权篇》和《弥勒约翰之学说·女权说》,成为把西方女权理论介绍到中国的第一人,其影响一直到1910年。具体说来,其影响有三:一是明确定位女性为权利主体,主张女性参与政治,争取和男子同等权利的公权。从"无男女之别"理解"平等";二是"一国人民的文明程度,以其国女人之待遇为断"作为"不易之定例"被广泛接受;三是建构出"欧洲之所以有今日之文明者,皆自二大革命来也。二大革命者何?曰君民间之革命,曰男女间之革命"的概念。

几乎与此同时,金一的《女界钟》出版,如果说马君武对西方女性理论的输入为中国女权启蒙提供了立言的依据,那么金一的《女界钟》则真正敲响了"女界钟"。作为中国妇女思想史上最早的一本系统全面阐述女权革命理论的小册子,论者认为《女界钟》对中国女权启蒙最大的贡献是"国民之母"概念的提出。金一认为"国于天地,必有与立。与立者,国民之谓也。而女子者,国民之母也。"有关"国民之母"概念在晚清的接受与影响,夏晓虹曾做过梳理。她认为,"贤母良妻"和"国民之母"作为晚清关于女子教育与女性的社会定位两种最具有代表性的说法,"国民之母"其实是一个处于"贤母良妻"和"非贤母良妻"中间状态的概念。它因为既可直译成"国民的母亲",

---

① 亚庐:《哀女界》,《近代中国女权运动史料》(1842—1911)(上册),李又宁、张玉法主编,台北:传记文学社1975年版,第463-467页。

也可意会为"女国民",从而获得了兼顾女子在家庭与在社会中不同角色及权利的优势,成为晚清关于女性使用频率最高的词语。① 在金一看来,"女子与男子,各居国民之半部分",女子不但是独立的个体,而且还是国民一分子,所以女子不但应该争取属于自己的权利,也要尽"爱国与救世"的义务。故金一提出,"顾亭林曰:'天下兴亡,匹夫有责。'岂独匹夫然哉,虽匹妇亦有焉则耳!"对此,夏晓虹曾有比较精到的描述,"在传统社会中一向处于卑贱地位的女子,一旦改称'国民之母',便似乎立刻操有无上权利,而理应责以左右国家、改变社会的重任。"② 查看此时相关论述,署名黄公的作者言"女界者,国民之先导也。国民资格之养成者,家庭教育之结果也。"③ 认为唤起国魂,应自女界起,女界要助男子共争主权于异族;亚特在《论铸造国民母》中认为"国无国民母,则国将不国";④ 亚卢柳亚子更称女子为文明之母,与女界为直接之公敌,与祖国为间接之公敌也。⑤ 一切皆指向女子民权的争得。

在女性自己,最突出的变化是权利意识增强、自我意识觉醒。龚圆常认为,尽义务的目的在于"自立","与民权并现于社会之上,而有待于倡导者,实惟女权"。⑥ 许玉成发表演说,"自尊自贵,自轻自贱"是五洲万国一个顶大的公理。天赋人权,"要晓得天地间既然生了我们这样一个人,我们就应该享一份自由权,这个自由权是神圣不可

---

① 参见夏晓虹:《晚清文人妇女观》,作家出版社1995年版,第79—83页。
② 夏晓虹:《晚清文人妇女观》,作家出版社1995年版,第92页。
③ 黄公:《大魂篇》,《近代中国女权运动史料》(1842—1911)(上册),李又宁、张玉法主编,台北:传记文学社1975年版,第437页。
④ 亚特:《论铸造国民母》,《近代中国女权运动史料》(1842—1911)(上册),李又宁、张玉法主编,台北:传记文学社1975年版,第460页。
⑤ 亚卢:《哀女界》,《近代中国女权运动史料》(1842—1911)(上册),李又宁、张玉法主编,台北:传记文学社1975年版,第465页。
⑥ 龚圆常:《男女平权说》,《近代中国女权运动史料》(1842—1911)(上册),李又宁、张玉法主编,台北:传记文学社1975年版,第404-405页。

侵犯的。"自贵才是靠得住的尊贵,与夫贵妻荣有本质的区别。① 秋瑾在《敬告中国二万万女同胞》一文中,对女子自身革命提出要求,"诸位晓得国是要亡的了,男人自己也不保,我们还想靠他么?"② 在"女权不昌,国邻于亡"的历史语境中,摆脱对男性的依赖,寻找属于女性自己的精神家园,秋瑾已然走在了时代的最前列。

"天下兴亡,匹妇也有责",20 世纪初至民元时期,中国的女权启蒙思想基本是在马君武和金一指定的争取参政权,即民权的获得的轨道上行进。"争民权"成为晚清中国女权启蒙运动史上继废缠足、兴女学之后最重要的妇女解放思潮,也成为 20 世纪初至民元时期中国最主要的女权实践。

(二) 女权与人格

民国元年,随着唐群英等为代表的女子参政同盟会争取女子参政权运动的失败,中国的妇女运动一度陷入沉寂,女权启蒙出现短时期的中断。"袁世凯死后,中国陷于军阀割据的局面。也就是在这个时期,新思想开始萌芽,新文化运动开始发动,这是中国妇女思想发展上一个重要的关键,妇女问题正式成为学者和思想家注意力的焦点。"③ "如果说戊戌、辛亥时期人们分别着眼于妇女应尽的义务和应享的权利,这一时期(指新文化运动早期,笔者注),人们则更多地着眼于女子的人格独立。"④

---

① 许玉成:《金匮许玉成女士对于女界第一次演说稿》,《近代中国女权运动史料》(1842—1911)(上册),李又宁、张玉法主编,台北:传记文学社 1975 年版,第 444-450 页。
② 秋瑾:《警告中国二万万女同胞》,《近代中国女权运动史料》(1842—1911)(上册),李又宁、张玉法主编,台北:传记文学社 1975 年版,第 424 页。
③ 鲍家麟:《民初的妇女思想》,《中国妇女史论集续集》,台北:稻香出版社 1991 年版,第 306 页。
④ 中国伙伴关系研究小组:《阳刚与阴柔的变奏——两性关系和社会模式》,闵家胤主编,中国社会科学出版社 1995 年版,第 353 页。

第二章 《妇女杂志》与现代中国女性意识的变迁

"人格"大约是中国 1910 年末至 1920 年讨论妇女问题使用频率最高的一个词语。关于这一点，已经有学者关注到。白露指出，"人格"一词是从日语借用到汉语中的词，它是进步论中国女性主义的分析基础，也是女性主义者断言"中国女性"首次出现的地方。女性的"人格"可以被理解为个人"身份"（standing）的形式或社会及道德的前提。和其他具有重要意义的分析术语——个体、身份（meibun）、文化一样——有着复杂的历史。[①]须藤瑞代考察梅生《妇女问题讨论集》6 册后发现，"人格"在 1920 年几乎所有妇女问题的讨论中都被反复提起，故她用了整整一节的篇幅来讨论"人格"到底是怎样一个概念。她表示认可叶圣陶和王平陵的定义，认为"代表了那个时期的一般性共识"，她把之提炼为："人格是作为社会构成成员之个人应该具有的一种精神、性质。"她认为，这一概念可塑性较大，社会、个人兼顾，可以有效地批评主张家庭内角色为女性"天职"的贤妻良母论。[②]可惜的是，她并没有就白露所谈人格是从日本借用过来一事做出回应。那么，"人格"作为 1910 年末至 1920 年女权概念的关键词，其在中国女权思想发展史上到底有着怎样的蕴涵？

综合张玉法、李又宁主编《中国近代女权运动史料：1842—1911》（鼓吹女权的重要言论）部分、《五四时期妇女问题文选》、梅生主编《妇女问题讨论集》1-6 册、《妇女杂志》（1920—1925）言论部分、《新青年》等涉及人格一词的相关论述，人格一词大约有如下一些解释：[③]

（1）与体弱对立。例：鸦片烟最为弱种之物，凡吸烟者，皆不成

[①] 参见［美］汤尼·白露：《中国女性主义思想史中的妇女问题》，沈齐齐译，上海人民出版社 2011 年版，第 150-161 页。
[②] 参见［日］须藤瑞代：《中国"女权"概念的变迁——清末民初的人权和社会性别》，姚毅译，社会科学文献出版社 2010 年版，第 133-140 页。
[③] 主要是为了归类人格一词不同解释，省却了文献出处。标出的 4 个，前两条意在划开晚清和民初两时间段，后 2 条因为作者的定义比较抽象，是笔者根据全文概括出的解释，没有引原文，故标明出处。

人格。(《女权将伸》,《女学报》东京,1903年)

（2）与倚赖、幼稚、卑屈男子对立,重自全、自主。例:中国之女诫、女四书,即教成女子倚赖、幼稚、卑屈男子之法之教科书。人格有最高尚之定点二:一曰自全,一曰自主。(《问中国女子人格宜用何种养成之法方可完全》,《警钟日报》1904年)

（3）与男性保护压制对立。例:而在女子方面,也自觉处于男子保护压制之下,是无人格不合理的。例:可惜这种女子,自己以为是丈夫体贴她,并不说丈夫不叫她自己谋生,是轻视妻子的人格,叫她做丈夫的寄生物。

（4）与肉（情欲对立）。例:恋爱的对象实在以对手的人格之美为要素。要保持人格的庄严,非于由社交到恋爱的期间中,在态度上互相尊重不可。

（5）强调恋爱中灵的方面,性格、人品等。例:真正的恋爱,须经过人格底试验,待双方人格,完全了解,始得趋向于灵肉合一的真正恋爱。断不是那浮荡少年心里所起于肉的一方面的意念,可以稍为恋爱的。例:今后的妇人,不可当作结婚是由母家到夫家去,应该存和志趣相同的男子共同组织一新家庭之想。不要出了学校,急遽结婚……应该先从事职业,积数年的经验,有相当的贮蓄,方可以不计算夫家的财产,自由品评其人格,得适当的配偶,不致做男子的玩弄物。

（6）品格。例:父母应引导爱别人如自己的兄弟姐妹,尊重他人,以养成高尚的人格。

（7）认识到自己独立的价值和权威,摆脱"夫本位""子女本位"束缚。例:人格的陶冶。先认自己人格的存在,有独立的价值和权威,更进而把"夫"和"子女"也视为和自己同等的人格,自行树立自己的理想,自觉自己的价值。

（8）自由权,莫受束缚。"自由底人格"的意义,就是主张个人绝对自由，不受一切政治，威权，宗教，形式……底束缚；除出自然律以外，不受一点限制。

（9）做人的资格。知情意完备。例：支配社会的一切道德、风俗、习惯、法律、政治、经济，都以男子为中心，女子的人格，堕落在万丈深坑的底下去了；人格之所以完成，由于知情意三者完备均等。

（10）类似"素质"这样的综合概念词。例：（二）是娼妓的发达，社会的人格，无形堕落。

（11）自主、自立。例：到哲学上去看，有统一底精神做意识的行动，能受道德上的责任，这个资格叫人格；在法律学上说，能够自营自己底生存和变迁，有这能力的叫人格。

（12）自主。人格为人自主精神的中心点。

（13）精神独立。女子自身要充分发展做"人"的能力——独立自主、知识健全。见叶绍钧《女子人格问题》

（14）内外兼修，改造社会、促社会进化的能力。见王平陵《新妇女的人格问题》

（15）个性。例：人的要务在于从自然人的位置进化到人格的所有者。所以理想的生活，应该是尊重人格，发展个性的人格主义的生活和个人主义的生活。在这生活之下，没有男女的区别，人人都互相尊重个人的人格，使个性都能得到正常顺遂的发展，谁不必服从谁。

（16）重视自己的生命权和所应得的利益，但同时也重视别人的生命利益。人格的个人主义。

（17）女性独立自尊。例：现在的女学生和十年前的女学生比起来，就是那时的女学生，有一种要求人格的精神，现在的女学生，表面上拿独立自尊做口头禅，精神上和没有入学校的差不多。

综上，我们很难统一"人格"一词的具体含义，但毫无疑问它们绝大多数指向女性，是对女性缺失的一种集体命名。这种缺失，大体可以用作"人"的资格来界定。在男性看来，所谓"妇女解放"，就是女性"受了历史上社会上种种的束缚,变成了男子的附属品——奴隶——现在要打开这种束缚,使他们从'附属品'的地位,变成'人'的地位,使他们做人,做他们自己的人。"①而放眼国内,未免失望。"看不见几个妇女,只望见奴隶。""奴隶"是对中国女子丧失人格的最集中的表述,包括身体没有自主权,生命没有继续权,思想没有自由权。②而要改变中国女性这样的处境,塑造中国女子独立的人格,在知识界基本达成共识。只是如何塑造女子的独立人格,女子怎样才算是有人格,在持妇女解放不同意见的人中众声喧哗。

《妇女杂志》十卷十号《卷头言》有这样一段话:

> 男女争斗的发生,源于男女的不平等,这是十分明白的事。但其不平等,可分为两方面看:其一是男子不把女子认为是与男子平等的人,而女子要求与男子平等;其二是女子不把自己认为是与男子平等的人,而男子却要求其与自己平等。但前者的平等,即女子所要求于男子的,往往只在权利的平等;而后者的平等,即男子所要求女子的,则又往往专在能力的平等。一方急于能力的发展而要求权利,一方靳于权利的让与而要求能力。这便是男女间发生剧烈的争斗的原因。

这段话有一句颇值得注意,就是男子所要求女子的,专在能力的平等,是基于权利的让与而要求能力;这种男性解放女性的逻辑,基本和辛亥前要求女性"尽义务,享权利"的思维一致,其实在谈新妇女的人格问题时,仍然是重要的价值取向。如茅盾在《解放的妇女与

---

① 罗家伦:《妇女解放》,《第一编 18 中国妇女问题讨论集 上 第 1 册》,《民国丛书》编辑委员会编,上海书店出版社 1989 年版,第 1 页。
② 吉生:《妇女运动的路径》,《第一编 18 中国妇女问题讨论集 上 第 1 册》,《民国丛书》编辑委员会编,上海书店出版社 1989 年版,第 109 页。

妇女的解放》一文中就直言"有权利就有责任";[1]沈玄庐在《〈劳动与妇女〉发刊大意》中呼吁"我们不要和男子比权威,我们要和男子比责任";[2]王平陵在其著名文章《新妇女的人格问题》中也表达了同样的意见,"权利义务本是对待的东西,不尽应尽的义务,哪能得相当的权利。"[3]如果说辛亥革命前,女性在尽义务之前应具备的能力——人格独立——还仅限于家庭,[4]那么此时期最大的变化就是指向社会。

(一)自此以后,要从片面的,局部的,卑狭的个人主义,进而到高尚的,纯洁的,远大的境界。**要从村落的,家庭的人生观,进而为社会的,世界的人生观。**要熟悉世界的大势,要明白现代的思潮,及过去的历史,确定今后做人的方针。

(二)自此以后,要极力发挥固有的天才,提高优美的本能,对于环境以内的现象,及自身一切的问题,要严格地减少盲目的感情冲动,积极地增长理智的批判精神。凡切实的有用知识,要充分吸收,无谓的家事琐谈,不如暂时抛弃。思想的工具,要能直接活用,直接吸收西洋的文明,和吾国固有的文化。

(三)自此以后,学修的方法,不可专在艺术方面用功夫,专偏在性情切近的音乐图画缝纫上面用功夫。惟其不长于思考,不

---

[1] 佩韦(茅盾):《解放的妇女与妇女的解放》,《妇女杂志》第5卷第11号,1919年11月。

[2] 沈玄庐:《〈劳动与妇女〉发刊大意》,《五四时期妇女问题文选》,中华全国妇女联合会妇女运动历史研究室,生活·读书·新知三联书店1981年版,第86页。

[3] 王平陵:《新妇女的人格问题》,《妇女杂志》第7卷第10号,1921年10月。

[4] 叶浩吾:《问中国女子人格宜用何种养成之方法方可完全》(《警钟日报》,1904年)一文认为,为中国国民计,应以养成男子人格为重,但之所以谈女子人格之养成,一是因为如果女子没有自主之知识能力,那么男子必为家计所累;二是如果女子没有普通的学识,那么教养子女的职责就不能"克善"。故对女子人格要求无论是自主还是知识自全,目标在于尽贤妻良母的责任。当然此处为公德意义上的贤妻良母。见李又宁、张玉法主编:《近代中国女权运动史料》(1842—1911)上册,台北:传记文学社1975年版,第421页。

长于推理,正要多练习推理的学科,正要多研究思考的学术;万不可避难就易,把脑力的作用,完全缺少了一部。要扩充艺术的嗜好性,应用到生活上面去,要当作生活就是艺术。

(四)自此以后,要有**哲学家的头脑,文学家的态度,科学家的眼光,劳动家的身手;**以养成一个社会革新运动的健全分子,建筑人类永久的,普遍的,幸福的工人,为唯一的目标。①

——王平陵《新妇女的人生观》

这份长长的妇女能力学修的清单,王平陵详细地讨论了新妇女[②]应该具备的人格修养。其中"哲学家的头脑,文学家的态度,科学家的眼光,劳动家的身手"基本可以看作此四项要求之纲。在王平陵看来,女性长于艺术、容易感情冲动、偏好家事琐谈,所以当务之急是要具备"哲学家的头脑","要从片面的,局部的,卑狭的个人主义,进而到高尚的,纯洁的,远大的境界。要从村落的,家庭的人生观,进而为社会的,世界的人生观。"而要做到这一点,"科学家的眼光"即理性非常重要,在他看来,人格的意义在于,"利用有意的动作,来帮助盲目的暗示,由理性的作用,来校正感情的冲动,立一个高尚的,远大的,超宇宙的志趣,创造一个稳健的,适宜的生活。"人格的最后目标在于,"要把理性和感情的作用,去适应实际的生活,增进实际的生活,改造实际的生活,他的永久任务,不但能完成人的一生,而且能提高人类的精神生活,精神财产,享受至于无穷。"王平陵非常强调理性的重要性,认为理性可以修正感性的盲目性,故,"人格是什么?——是合理的感情,和充分的理性的具体化。——是遗传的优根性,社会

---

① 王平陵:《新妇女的人格问题》,《妇女杂志》第 7 卷第 10 号,1921 年 10 月。
② 郭妙然认为,新妇女的定义是:"新妇女是有完全人格,为社会上一个有用的人"。参见郭妙然:《新妇女与旧家庭》,《五四时期妇女问题文选》,中华全国妇女联合会妇女运动历史研究室,生活·读书·新知三联书店 1981 年版,第 230 页。

第二章 《妇女杂志》与现代中国女性意识的变迁

的良刺激良习惯的普遍化。"感性在理性的规约下，发挥合理的作用，他的观点是能改良遗传。由此我们嗅到了来自晚清妇女承担"强国保种"、为"国民之母"的气息。当然这是后话。

王平陵内外兼修的人格观念，其意义在于丰盈了辛亥前要求女性人格自主、自全的内涵。与此时很多以"打破贤妻良母的人生观，为社会之一人的人生观"[①]的不同之处，他在确定女子做人的方针时，并不像须藤瑞代所论断的那样以人格有效地批评主张家庭内角色为女性"天职"的贤妻良母论，[②]而是扩大了公德意义上贤妻良母修养的范围与空间。

叶绍钧的《女子人格问题》在此时相关文章中引人注目之处在于其男性自省。

基于当时对历史上女子无人格问题的共识，[③]他深刻地剖析了男子不把女子当"人"的"诱惑主义"及"势力主义"的表现。这些表现恰恰是女子无人格的最有力的说明。其一，机器论。说女子仿佛一架机器，（一）他是可以听凭选择，出了彩礼，搬到家里来的。（二）取得之后，供男子自由玩弄，供男子自由使用。（三）他能制造货品，——儿女——越是制造得出，越是这样机器的优点。（四）购机器玩弄使用，不嫌其多，所以不妨多备几架。（五）这机器不合我意，或是不能出货，尽可抛在一旁，另换别的。这个比喻是如此贴切，如此震撼人心！这种把女子当物品，随意买来、随意处置，把女子当生育

---

① 持此观点的有高一涵和张慎广等。参见高一涵：《女子参政问题》，《第一编 18 中国妇女问题讨论集 上 第 2 册》，《民国丛书》编辑委员会编，上海书店出版社 1989 年版，第 129 页。张慎广：《女子人生观的改造问题》，《中国妇女问题讨论集续集》，梅生编，新文化书店 1929 年版，第 166 页。

② ［日］须藤瑞代：《中国"女权"概念的变迁——清末民初的人权和社会性别》，姚毅译，社会科学文献出版社 2010 年版，第 140 页。

③ 这种观点在《五四时期妇女问题文选》和梅生编《中国妇女问题讨论集》文章中带有普遍性。

工具、性工具的做法，无视女子作为人的情感和意志，是男子对女子人格最无情的践踏；其二，"巾帼须眉""可愧须眉"这样的词语，叶绍钧指出它们是男子对能力较强女子做批评或做传记时常用的，从男子的角度是存"激励风尚""勖勉男子"的苦心的，但是他看到的是词语背后的性别歧视："有功有德的事业，是男子专利的，今竟被女子做了去，我辈高贵的华胄、须眉，快当自奋才是。"根本是认为女子不配那什么事业。在叶绍钧看来，所谓"天赋人权"，那"人权"两字，不过是"男权"的变相罢了。① 不再一一枚举。与权利与权力、权利与义务纠葛的妇女解放论不同，叶绍钧更强调民主平等意义上的女子人格问题。在他看来，女子既然和男子一样同是大群的一分子，就应该具有平等的人格。男子根据着自己的"迷信"和"自私心"，把诱惑主义来骗女子，把势力主义来欺女子，遂使女子人格丧失。但是女子应该觉醒：

> 女子自身，应知道自己是个"人"，所以要把能力充分发展，做凡是"人"当做的事。又应知道"人"但当服从真理，那荒谬的"名分"，"伪道德"，便该唾弃他，破坏他。至于"他"和男子不同的地方，单单在生理方面，这是天然的，光明的，绝不应牵涉善恶问题，伪劣问题。他那生育的事实，应知道并不是替男子生儿女，乃是替社会增新分子，这也是一种很重要很神圣的事业。在这个当儿，他不能从事独立自营的生活，社会就有报答他的义务。为了这一层，所以一方面只要把社会上经济制度从根本上改革一番，这一事虽是历史所未有，然而将来必定要做到——

---

① 李达在《女子解放论》一文中，也提到，近代"天赋人权"四字出世以后，世界的男子，先先后后都拿着这四字作根据，热心的运动恢复民权，后来都渐渐地奏了些效果。于是多数的人都说现在是"民权世界"了。我说：你们说得也对，但是你们说的"人"字"民"字都应改为"男"字，简直说"天赋男权""男权世界"，不要撒诳的好。

而且为期不远。他那做妻的事实,应知道是顺自然之理,和男子做女子的夫一样。并不是去做男子的财产、奴隶,替他管家事,长财产。①

叶绍钧怀着极大的真诚希望女子尽快由妻的位置进到"人"的位置,从"母"的位置走到"国民母"的位置。按照他的意见,如果社会一直是男权的社会,如果社会不承认女子有人格,那么必将"自绝于进化"一途。为国家前途计,男女双方要深知深信女子是"人",与男子应有一样的人格。人格的内涵,在他这里,非常明确地指向社会的进化,国家的进步。具体来说,女子的人格是精神独立和思想独立。《妇女杂志》10卷4号(卷头言)这样解读"妇女的独立":"不过与经济的独立同时不可不更加注重的,乃是思想的独立。如根据自己的思想决定自己的人生观,根据自己的判断选择自己职业的种类,根据自己的意志选择自己恋爱及结婚的对象,都是今日妇女独立的最大的要务。小之,即如游戏、服饰、化妆等也都遵从自己的思想,趣味来决定,这才能说是真正的独立。"这是一种很透彻的思想,比之叶绍钧的观点,相比于大多数谈女子人格的文章,它更加完善合理,这就是女子要做完全意志主体。她们不但能决定自己人生大事,人生观、诸如择偶、职业,还能决定生活细节,比如服饰和化妆。这是一种很了不起的思想!要知道妇女问题中关于女子服装、发式等等一直与政治牵扯在一起,成为人们讨论的对象。甚至妇女的购物习惯,也因为关涉家庭经济受到批评,妇女被要求购物遵循经济的原则。② 从这个角度看,人格就是一个人的自由意志,是摆脱了父权、夫权等男权压制的女性的个人意愿。

---

① 叶绍钧:《女子人格问题》,《五四时期妇女问题文选》,中华全国妇女联合会妇女运动历史研究室,生活·读书·新知 三联书店1981年版,第129—130页。
② 《妇女购物之通病》,西神辑,《妇女杂志》第3卷第5号,1917年5月。

而人格在女性作者那里，则更多与女性平时的言谈举止对应起来。李佩兰在《解放后的妇女人格观》一文中，谈道"人格为人自主精神的中心点"，"倘若人格方面，稍有缺陷，那么一切知识才能都归于无用。""因为知识才能系人格的附属物，倘没有人格以统御他，虽有偌大才识，也不为人尊敬。"故在她看来，在解放改造和自由平等的时代大潮中，女子要受人尊敬，与男子等量齐观，女子人格修养需要改正两种毛病：一是没主见，二是举动羞涩，容易使人生疑；需要注意以下三个方面。（一）态度须落落大方；（二）行为须光明正直；（三）意志须百折不回。总之，女性要注意并克服与男性交往中的缺点，不留旁人议论，自可得人尊敬。这种"不留旁人议论"女性当自尊自立的人格观念，基本源于这样的担忧："目前我国妇女运动最为迫切的，并不是浮面上少数妇女的参政运动，乃是实际上大多数的妇女的觉悟运动。如果大多数的妇女，都能觉悟到自己地位的卑下，向上挣扎的紧要，凡是妇女应享的权利，可以不争而自得的。否则即使获得了一切的权利，自己不能运用，还是无补。"[①] 对妇女解放论者而言，妇女自身的不觉悟，是最可怕的。余竹籁《装饰与人格的关系——敬告艳妆的女学生》[②] 一文，直接把女学生的装饰与人格挂钩，便是一例。作者在历数女学生的着装时，愤慨难抑，称之为"娼妓化"的装饰，并特引时人三段话以证实自己所言不过。在他看来，女学生这种"妖冶"的着装，其本质与旧式妇女讨男子欢心一样，是奴性的表现，徒增男子侮辱女子的心，是妇女解放的障碍。故他主张：对于那种"奴性"的装饰，绝对应该废止，真真实实去求学问，去做有人格的妇女。人格在女性行为举止方面，与去装饰化，去虚荣，去依赖，去攀附，去附属等一系列依附男子的行为相对。

---

① 宴始：《民国十二年的妇女界》，《妇女杂志》第9卷第2号，1923年2月。
② 余竹籁：《装饰与人格的关系——警告艳妆的女学生》，《妇女杂志》第8卷第1号，1922年1月。

第二章 《妇女杂志》与现代中国女性意识的变迁

人格一词更多地出现在男女社交、恋爱自由等问题的讨论中，尊重对手方的人格成为讨论的中心，"恋爱的对象实在以对手的人格之美为要素。要保持人格的庄严，非于由社交到恋爱的期间，在态度上互相尊重不可"①。"真正的恋爱，须经过人格底试验，待双方人格，完全了解，始得趋向于灵肉合一的真正恋爱。断不是那浮荡少年心里所起于肉的一方面的意念，可以稍为恋爱的。"②"婚姻最广大之意义，即在两种人格之调和。"③"我的意思先要把'尊重彼此的人格''不苟且一时的快乐'一语来做信条。"④"自从精神生活发达文化进步以后，结婚条件，便慢慢地高尚起来，实际上结婚，于种族的意义之外，又渐渐添了个人的意义和人格的意义，这就是结婚个人化的发达，而实在依恋爱的精神化和理想化而行的。"⑤……人格一词成为时人谈论恋爱婚姻问题的流行语。1919年胡适、周作人和蓝志先关于"贞操问题"的讨论（《新青年》六卷四号），分歧点也基于对"尊重对手方的人格"的不同理解。在蓝志先看来，尊重对手方的人格，就应该在夫妇关系中加一层道德的制裁，即要求贞操。他的意见，夫妇关系中爱情是很重要的部分，但不是唯一的条件，因为爱情是盲目的、易变的，所以爱情之外应当有一种道德的制裁，贞操就是道德的制裁中应当强迫遵守的义务之一。胡适和周作人，则更信奉日本与谢野晶子的观点，认为贞

---

① 西泠：《异性社交底态度问题》，《第一编 18 中国妇女问题讨论集 上 第 2 册》，《民国丛书》编辑委员会编，上海书店出版社 1989 年版，第 152 页。
② 陈德徵：《社交公开和恋爱》，《第一编 18 中国妇女问题讨论集 上 第 1 册》，《民国丛书》编辑委员会编，上海书店出版社 1989 年版，第 154 页。
③ 林昭音：《两性教育之研究》，《第一编 18 中国妇女问题讨论集 上 第 3 册》，《民国丛书》编辑委员会编，上海书店出版社 1989 年版，第 86 页。
④ 林长民：《恋爱与婚姻》，《第一编 18 中国妇女问题讨论集 下 第 4 册》，《民国丛书》编辑委员会编，上海书店出版社 1989 年版，第 141 页。
⑤ 李三无：《现代结婚基础的缺陷和今后应取的方针》，《第一编 18 中国妇女问题讨论集 下 第 4 册》，《民国丛书》编辑委员会编，上海书店出版社 1989 年版，第 173 页。

操不是道德，不能强制遵守，恋爱即贞操，无恋爱即无贞操，恋爱本身即人格之爱，离婚也未必不由于个人人格的尊贵。对此，茅盾的总结是，旧的贞操观念要打破，大家基本认可，只是贞操新定义、新范围还不能确定，贞操究竟要不要？社会上有不要贞操派与要贞操派的区别，要贞操派也有"以为贞操是一种信仰"和"以为贞操是一种义务"的区别。他更信奉恋爱即贞操、贞操即恋爱，恋爱本身是人格爱的观点。①总之，在新的恋爱理论与中国传统贞操观念的矛盾纠葛中，新道德的建立将与恋爱一样同为外来词的人格赋予核心价值，这本身使得观念的接受变得复杂起来。

应该指出，人格这一概念是与期待中国新女性的出现并行而至的一个新观念，它是中国新女性应具备的资格，是中国新女性应具备的觉悟，它的未来意义远远大于其现实意义。人格平等作为民初时期不同派别的妇女论者共同的目标，其自身内涵的演绎是此时期一重要的社会文化现象。

第二节 《妇女杂志》对中国女性理论的建构

目前，研究界虽然已经关注到《妇女杂志》在1920年妇女问题讨论中的引领作用，但是关于《妇女杂志》的理论提出、传播尚没有人做细致梳理，这直接影响到我们对《妇女杂志》女性论的评价，间接影响到我们对《妇女杂志》在中国女权启蒙史上地位的认识。

---

① 佩韦（茅盾）：《恋爱与贞操的关系》，《民国日报·妇女评论》1921年8月31日。

第二章 《妇女杂志》与现代中国女性意识的变迁

刘王立明①在其著作《中国妇女运动》中这样讲女子教育：

> 梁启超代表的第一期女学教育的宗旨：贤妻良母之养成纯以富国强种为目的，故此时对于女子个性的发展及承认女子有她自己的人格，一点也还没有想到。
>
> 《女界钟》为代表的第二期：从此新妇女不但担负着贤妻良母的使命，还能发展个性，改造社会提倡革命。
>
> 第三期（五四运动时期）：女子教育宗旨，乃是女子自己为着要与男子同样的效劳国家，自动的要求教育机会平等。②

之所以大段引用刘王立明的结论，是因为她虽然谈中国女子教育宗旨的阶段性变化，却很好地概括了中国女权启蒙主旨的变化。查看《妇女杂志》1915—1920年间言论部分，能明显感受到，1920年之前谈妇女问题，是目中无女子，只是设定了目标，告诉她们照做，比如"夫女子之责任在齐家而不在济世"，③"故余谓今日女子，当首重实业"④，就是题目也多为"忠告""警告"等，无视女子的主体地位。到新文化运动时期，则变为唤醒女子，女子开始主动争取与男子在一切方面的机会平等，文章多从"大家""女同胞""我们"等角度立论，女子的主体性得到重视。女权启蒙思想的这一巨大变化，《新青年》杂

---

① 刘王立明，本名王立明，婚后随夫姓。1921年留美回国到上海，1923年与友人发起成立"上海女子参政会"（后改为"中华女子参政会"），任会长。1924年创办《女国民》月刊，后任"中华基督教女青年会"董事。北伐军克复上海后，被委任妇女运动委员会委员。创立"中华妇女制协会"，反对封建包办婚姻、娶妾蓄婢、娼妓制度，倡导节制生育、妇婴卫生和禁酒、禁烟。致力于妇女职业教育和妇女福利事业。（此简介，主要参照刘王立明《中国妇女运动》一书《自序》部分。）

② 刘王立明：《中国妇女运动》，商务印书馆1934年版，第74—79页。

③ 遐珍：《吾之忠告女学生》，《妇女杂志》第1卷第4号，1915年4月。

④ 辜亚荟：《女子首重实业谈》，《妇女杂志》第1卷第5号，1915年5月。

83

志功不可没。① 然而公允地说，《新青年》作为一份思想文化的综合性刊物，现在看，其在妇女问题方面的作用与影响仍是我们需要重新清理和叙述的文化遗产。因为，"至少在五四新文化运动的发轫期——1915 年至 1917 年间"，"在关于妇女问题方面并不走在《妇女杂志》的前列，甚至也没有走在时代的前列。""《新青年》真正拉开以讨论妇女问题来抨击传统的序幕，并提出'五四式'妇女解放口号的则是在 1918 年。"② 这一年，《新青年》发表"易卜生专号"，以胡适的《易卜生主义》为轴心引发了中国青年关于个人、家庭、婚姻、贞操等问题的广泛而热烈的讨论；周作人译介日本与谢野晶子《贞操论》，引发胡适、鲁迅、叶圣陶等人关于贞操问题的讨论。此二者皆为 1910 年代末中国文化史上极重要的事件，其影响在于：第一，易卜生连同娜拉成为个人主义的代名词，娜拉"我务必努力做一个人"成为青年们新的

---

① 鲍家麟指出，在中国妇女史的研究方面，民初（1911—1923）这一时期应特别重视。这不仅是因为这一时期男女社交，婚姻自主，寡妇再嫁，经济独立，女子教育，参与政治，在学者思想家的笔下都成为顺理成章的事，不容怀疑，影响极大。女子教育方面，由师法日本转而师法欧美，是超贤妻良母教育的开始，也是中国在女权方面超越日本的关键；而且此后妇女劳动法的厘定，女子财产权与继承权的确定，选举权的获得，民法的修改，立法上的男女平等的实现，都可说是基于这个时期。而自从 1916 年，也就是民国五年开始，新的报章杂志纷纷出笼。在四百多种新期刊中，《新青年》杂志最受欢迎。（鲍家麟：《民初的妇女思想》，《中国妇女史论集续集》，稻香出版社 1991 年版，第 306 页。）陈东原更是这样评价《新青年》："世界上谈到近年新文化的，必归功于'五四'；谈到'五四'的，又必归功于《新青年》杂志：这是显然的事实，也不必——尤其是不能否认的。""妇女有独立人格的生活，实在是《新青年》倡导之后。而'五四'是一个重大之关键。"（陈东原：《中国妇女生活史》，商务印书馆 1928 年版，第 365 页）。章锡琛认为，作为新文化运动的发源地，新青年杂志社以陈独秀、钱玄同、胡适、周氏兄弟（周作人、鲁迅）、刘复等为中心，"破坏孔教，破坏礼法，破坏国粹，破坏贞节，破坏旧伦理（忠孝节），破坏旧艺术（中国戏），破坏旧宗教（鬼神），破坏旧政治（特权人治）"，建设民主政治，科学思想，个人主义的伦理，实验主义的哲学的思想界革命，对于妇女思想的改革有极大的影响。（［日］本间久雄：《妇女问题十讲》，章锡琛译，开明书店 1927 年版，第 265 页）。

② 刘慧英：《从〈新青年〉到〈妇女杂志〉——五四时期男性知识分子所关注的妇女问题》，《中国文化研究》2008 年春之卷。

信仰，娜拉的"出走"更是引发了五四青年"集体出走"以追求解放、自主、独立的浪潮。在这一新思潮的激荡下，男女社交公开、男女同学、恋爱自由等问题随之萌发；第二，打倒旧贞操，建立新贞操，确定女子也应有同男子一样的人格，主张在贞操问题上女子应该与男子同待，虽然讨论只局限于已婚夫妇间，却是中国女性解放运动开始关注性的问题的开端。概言之，《新青年》在中国女权启蒙史上的重要意义即在于以易卜生和与谢野晶子的思想为理论资源，对"作为人的女人"的发现。

从现实层面看，《新青年》如一剂猛药炸开了中国妇女问题的一道口子，最关键的是它用个人主义（individuality）的思想把青年男女从家庭中解放进入社会中来。但是妇女问题并不是它讨论的重心，随着五四运动的深入发展，有关妇女问题的讨论很快就停滞直至消失。因此，这个在现代叙事中举足轻重的刊物，在中国女权启蒙史上其实就相当于露出了冰山一角，接下来有关男女社交、恋爱婚姻、新性道德等一系列直接关涉女性自身的问题的深入展开是由与《新青年》创刊于同一年的《妇女杂志》完成的。

一 从易卜生到爱伦凯：中国女权启蒙的另一种逻辑

从易卜生到爱伦凯的发展逻辑，是我们理解和评价《妇女杂志》女性理论——"新性道德论"不容忽视的理论背景。脱离开此背景，仅就"新性道德论"在中国的选择性传播进行评价，很容易出现重大的理解偏差。因为类似"恋爱自由""母职""性的解放"等重要概念与今日用语有很大的不同，需要把它们放置在当时的语境才能更好地理解理论本身。同时，期刊本身言论的开放性，也要求我们在众声喧哗中辨别代表《妇女杂志》的声音，才能对《妇女杂志》的女性论做出比较客观公正的评价。

易卜生连同他笔下的娜拉之于新文化运动的影响，茅盾当年就曾多次作文谈及:"易卜生和我国近年来轰动全国的'新文化运动'是有一种非同等闲的关系;六七年前,《新青年》出《易卜生专号》,曾把这位北欧的大文学家作为文学革命,妇女解放,反抗传统思想……等等新运动的象征。那时候,易卜生这个名儿,萦绕于青年的胸中,传述于青年的口头,不亚于今日之下的马克思和列宁。"①"易卜生的剧本《娜拉》(《傀儡家庭》)与中国妇女运动很有点关系。《娜拉》被介绍过来以前,《新青年》已经谈到妇女运动,但是《娜拉》译本随《易卜生专号》风行以后,中国社会上这才出现了新的女性。妇女运动从此不再是纸面上一个名词。……如果我们说:'五四'时代的妇女运动不外是'娜拉主义',也不算是怎样夸张的。"②如今,易卜生在中国的传播与影响,易卜生主义对中国20世纪女性文学与女性意识的影响,学界已经给予了足够的关注。笔者随机于2015年3月16日在CNKI系列全文数据库以篇名"易卜生在中国"进行搜索,就有5420条结果。

然而,爱伦凯女性理论在中国的传播与影响,研究界在中华人民共和国成立后曾有很长时间处于被遗忘状态,近几年才引起研究者的关注,③但鲜有研究者注意到1918年后《妇女杂志》的女性论者把易卜

---

① 沈雁冰:《谈谈〈玩偶之家〉》,《文学周报》1925年第176期。
② 茅盾:《从〈娜拉〉说起——为〈珠江日报·妇女周刊〉作》,《茅盾全集》第16卷,人民文学出版社1988年版,第140页。
③ 代表性研究有:[日]白水纪子:《〈妇女杂志〉所展开的新性道德论——以爱伦凯为中心》,《东洋文论 日本现代中国文学论》,吴俊编译,浙江人民出版社1998年版;杨联芬:《爱伦凯与五四新文化》,《中国现代文学研究丛刊》2012年第5期;杨联芬:《新伦理与旧角色:五四新女性身份认同的困境》,《中国社会科学》2010年第5期;杨联芬:《五四时期社交公开运动中的性别矛盾与恋爱思潮》,陈平原主编:《现代中国》第10期,北京大学出版社2008年;杨联芬:《"恋爱"之发生与现代文学观念变迁》,《中国社会科学》2014年第1期;刘慧英:《"妇女主义":五四时代的产物——五四时期章锡琛主持的〈妇女杂志〉》,《南开学报》(哲学社会科学版)2007年第6期;许慧琦:《1920年代的恋爱与新性道德论述——从章锡琛参与的三次论战谈起》,《近代中国妇女史研究》2008年第16期;许慧琦:《〈妇女杂志〉所反映的自由离婚思想及其实践》,《近代中国妇女史研究》2004年第12期;徐仲佳:《性爱问题:1920年代中国小说的现代性阐释》,社会科学文献出版社2005年版等。

生与爱伦凯以思想承继关系进行介绍,试图建立中国女权启蒙另一种逻辑的努力,尤其是这种努力在中国女权启蒙史上的先锋与正面意义。在谈易卜生与爱伦凯在中国女权启蒙史上的思想承继关系的建立前,有必要梳理一下爱伦凯在中国的传播情况。

爱伦凯(Ellen Key)(1849—1926),瑞典的妇女运动者,教育理论家,主要代表性作品有《儿童的世纪》《恋爱与结婚》《恋爱与道德》《妇女运动》《母性的复兴》等。来自不列颠百科全书的词条认为她有关性别、恋爱和婚姻、道德方面的先进思想产生广泛影响,被称为"瑞典的帕拉斯"(也译瑞典的雅典娜,意为妇女运动的保护者)。[1]《恋爱与结婚》英文版出版声明中这样写道:"即使读者不准备接受她的结论和建议,但绝对能感受到这些结论是经过学者式的思考和调查、经历过阵痛产生的结果。它的观点尽管是冒险的反传统的,但表达是哲学的方法、是平静的,是绝对和任何要引起轰动效应的追求的迹象远离的。"[2] 她的思想主要受达尔文、卢梭、歌德、孔德、穆勒、斯宾塞、尼采、易卜生等人的影响,侧重关注人类的心灵生活和社会生活,个性自由与发展是她所有努力的目标,对"生活自身"和"人类本性奇迹般进化"怀有一种差不多是教徒式的虔诚信仰。她对妇女解放的意见,跟她同时代的妇女运动者不同,在"女性是母亲"和"女性是人"两派中她不属于任何一派,她认为"女性是人,也是母亲",既强调女性要争得跟男性一样的权利又强调性别差异,反对把男女平等变成男女相同,认为要保护女性做母亲的权利。在有关恋爱、婚姻、道德等方面,她主张"恋爱"是婚姻道德的基础,是衡量婚姻道德与否的唯一

---

[1] "Ellen key", Encyclopaedia Britannica, http://www.britannica.com/.

[2] 原文为 "Whether or not the reader be prepared to accept the conclusion and recommendations of the Swedish thinker, he must recognise that these conclusions represent the result of painstaking and scholarly thought and investigation. Daring and iconoclastic as they may be, the views of Ellen Key are presented with a calmness and philosophy of method that is absolutely free from any trance of sensationalism."

标准，主张恋爱自由、离婚自由。她的这些主张跟她儿童本位、儿童中心的教育思想结合，在 20 世纪初产生世界性的影响。

她的著作得以十种欧洲语言出版，并且一般版次都是 7 到 8 版，有的是 15 版。①在由乔治·帕尔默·普特南子孙出版公司（Geoge Palmer Putnam's Sons）出版的爱伦凯著作的英译本中，英国著名社会学家霭理斯（Ellis H.）几乎为每本书作序，并给予高度评价，认为她的《生命线》（*Lifslinjer*）（前两册即为后来著名的《恋爱与结婚》）的公开发行是对妇女问题的一大贡献，是继玛丽·沃斯通克拉夫特（Mary Wollstonecraft）一世纪前建立的"为女权辩护"的现代性的更成熟的版本。②同时，她在欧美被理解为"道德先锋"，"天生的世界公民"，"儿童中伟大的解放者"，"妇女解放的灵魂"，爱人类的"理想主义者"，等等。③她的声誉在德国形成，之后蔓延英美乃至东方国家，如日本和中国。原因是爱伦凯把这些国家的妇女运动带向一个新的阶段，由原先追随一系列的英国妇女运动者——倡导女子争得和男子同样的权利：相同的教育权、职业选择权和政治权利——走向新道德的建设。

在西方女性主义理论史上她的重要意义主要体现在两个方面：一是女人是人，也是母亲的女性观，拓宽了以往妇女解放运动的思路；二是恋爱与优生学结合，让恋爱成为一种新的宗教。因为恋爱而生的孩子（包括私生子）比无爱而生的子女优良，这样就把个人主义心灵的主张和社会种族的主张看似矛盾的两方变为同一，从而确立了恋爱对个人与社会两方面的意义。这是爱伦凯理论最大的特色，她总能在看似矛盾的学说、观念中找到二者真理性的存在而贯通之。个人主义

---

① Louise Nystrom-Hamilton,Translated by A. E. B. Fries, Ellen Key (Her Life and Her Work), New York and London: G. P. Putnam's Sons, 1913. p.159.

② Ellis H., Introduction, Ellen Key, Translated by Arthur G. Chater, *Love and Marriage*, New York and London: G. P. Putnam's Sons, 1911. p.xv.

③ Louise Nystrom-Hamilton, Translated by A.E.B.Fries, Appendix, Ellen Key (Her Life and Her Work), New York and London: G. P. Putnam's Sons, 1913 .pp.179-187.

第二章 《妇女杂志》与现代中国女性意识的变迁

与利他主义的调和是爱伦凯的生命哲学。

陶履恭在1918年最早以克倚的译名将爱伦凯介绍到中国，但从文章看陶对爱伦凯的思想并不了解，只是提及爱伦凯是现代女子四大著述家之一。①之后，《妇女杂志》第五卷第二号有一篇袁念茹的《爱伦轩女史传》，②是最早对爱伦凯生平进行介绍的文字，但似乎是作者根据阅读记忆所写，以致有"自出嫁后，专事著作"这样与爱伦凯终生未嫁事实明显不符的文字。再之后田汉、罗家伦都有介绍，译名为依编克怡、爱伦凯③从现在看，罗家伦是最早使用爱伦凯这个译名的。罗文注释说明他主要参照了爱伦凯的 *Love and Marriage* 和 *Love and Ethics*，所以可以确定在罗家伦发文章的1919年10月之前爱伦凯这两部著作的英译本国内已能看到。只是罗家伦犯了一个低级错误，把爱伦凯作为德国人给予介绍。田汉的文章是对日本爱伦凯研究专家本间久雄《性的道德之新倾向》一文的译介，由此可以知道爱伦凯在日本的传播在1919年开始波及中国。但恰切地说，这个时候爱伦凯对中国还没产生影响，以致1920年当茅盾以四珍的笔名在《妇女杂志》译介爱伦凯的《恋爱与结婚》第五章的时候，很是焦虑。他在按语中说："爱伦凯女士的杰作久已风行全球，独我中国还没人讲起……现在国内女子运动大兴，而爱女士的学说却尚没人介绍，这真是一大遗憾。"④茅盾这篇《爱情与结婚》的译文，是中国最初正式介绍爱伦凯著作的文章。

爱伦凯在中国大规模、系统化的译介在1920年代，并一直延续到新中国成立前。据不完全统计，新中国成立前出版的爱伦凯著作有：

---

① 陶履恭：《女子问题——新社会问题之一》，《新青年》第4卷第1号，1918年1月。
② 袁念茹：《爱伦轩女史传》，《妇女杂志》第5卷第2号，1919年2月。
③ 见田汉：《秘密恋爱与公开恋爱》，《少年中国》第1卷第2期，1919年8月15日；罗家伦：《妇女解放》，《新潮》第2卷第1号，1919年10月。
④ 四珍（茅盾）：《爱情与结婚》，《妇女杂志》第6卷第3号，1920年3月。

《恋爱与结婚》（Love and Marriage），爱伦凯著，朱舜琴译，光明书局1922年版。

《恋爱与道德》（Love and Ethics），爱伦凯著，沈泽民译，上海书店1925年版。

《爱伦凯的离婚论》（Ellen Key's Divorce Theory），爱伦凯著，云让译，北新书局1929年版。

《妇女运动》（The Women Movement），爱伦凯著，译者不详，商务印书馆1930年版。

《妇女运动》（The Women Movement），爱伦凯著，林苑文译，商务印书馆1936年版。

《母性复兴论》（The Renaissance of Motherhood），爱伦凯著，黄石译，民治书局（出版年不详）。

《儿童的教育》（The Education of the Child），爱伦凯著，沈泽民译，商务印书馆1933年版。

《儿童的世纪》（The Century of the Child），爱伦凯著，魏肇基译，上海晨光书局1936年版。[①]

专门译介爱伦凯的文章，更是层出不穷。《新青年》《东方杂志》《少年中国》《妇女杂志》《教育杂志》《民铎》《晨报副镌》《玲珑》《民国日报》等各大报刊杂志均参与了对爱伦凯的介绍传播。但其中用力最勤的要数《妇女杂志》。据笔者统计，从1920年到爱伦凯去世的1926年，《妇女杂志》就发表有：《爱情与结婚》（6卷3号），《自由离婚论》（6卷7号），《爱伦凯女士与其思想》（7卷2号），《爱伦凯之更

[①] 其中《爱伦开的离婚论》为《恋爱与结婚》的选译本。《儿童的教育》为《儿童的世纪》的选译本。

新教化论》(7卷6号),《爱伦凯的自由离婚论》(8卷4号),《妇人道德》(8卷7号、8号),《未来的女子》(8卷9号),《唱母性尊重论的爱伦凯女士为什么独身》(8卷10号),《爱伦凯世界改造与新妇论》(8卷10号),《近代妇女运动的先导——几个重要的妇女主义者的意见》(9卷1号),《妇女运动概论》(9卷1号),《爱伦凯的母权运动论》(9卷1号),《爱伦凯儿童的两亲选择观》,《儿童的特权》(9卷11号),《爱伦凯的母性教育论》(9卷11号),《爱伦凯的〈恋爱与道德〉》(11卷1号),《爱伦凯的思想及其晚年》(12卷9号)17篇文章,对爱伦凯进行了全面系统地译介与倡导。

同时,日本爱伦凯研究专家本间久雄的著作,在国内备受关注。出版有:

《社会改造之八大思想家》,(日本)生田长江、本间久雄著,毛詠棠、林本、李宗武译,上海商务印书馆1921年初版,1922年再版。

《妇女问题十讲》,本间久雄著,姚伯麟译,学术研究会1921年版,1934年3版。

《妇女问题十讲》,本间久雄著,章锡琛译,开明书局1924年版,1926年版,1927年3版。

从现有资料看,国内很多研究妇女问题的人都深受本间久雄的影响开始关注爱伦凯。甚至很多研究妇女问题的人,其编著缘起就是因为读了本间久雄的书。比如张佩芬的《现代思潮与妇女问题》,在绪言中她就提到对性的道德的关注是因为看了日本本间久雄的《妇女问题》。[①]总之,日本是中国开始关注介绍爱伦凯的中转站。

---

① 参见《现代思潮与妇女问题》,张佩芬编著,泰东书局1929年版。

而主持"青年必读书""初中学生文库"的编者很明显想让青年关注爱伦凯,在"青年必读书"、《世界各国成功人传》①、"初中学生文库"《世界女名人列传》②中爱伦凯榜上有名。另外《世界名人小史》《中外女杰传》③两书都有爱伦凯专章。从以上情况可以看出,在1949年以前大有普及爱伦凯的趋势。

事实也证明了爱伦凯在中国被接受之速与被认可程度。虽然1920年沈雁冰对中国还不知爱伦凯表示遗憾,但到了1922年爱伦凯在中国就已经产生影响。据《妇女杂志》一篇文章讲:"'不论怎样的结婚,要有恋爱才可算得道德。倘若没有恋爱,即使经过法律上的结婚手续,也是不道德的。'爱伦凯女士这句话,在现代已公认为婚姻的唯一原则了。"④而且从文章所记周颂久先生夏韫玉女士的结婚可以看出,具有新思想的青年男女,已经努力于爱伦凯这种恋爱结婚主张的实现了。1923年,邓颖超在她著名的《姊妹们起哟》文章中,为了唤起女性姊妹们觉醒、不做张嗣婧第二,同样引用了这段话立论:"爱伦凯女士曾说'结婚应以恋爱为中心的。有恋爱的结婚,是道德的。无恋爱的结婚,无论法律上的手续怎样完备,也是不道德的。'从伊这段话里,可知道强迫毫无爱情、毫不相识的两个人去度共同生活,确是不道德的事。"所以号召姊妹们要勇敢地反抗父母代办婚姻。同样借用爱伦凯这句话,告诉已婚的姐妹们"无恋爱而离婚不是败德事,且是道德的。即使离婚后再婚,也不是无耻败德的事"⑤。同年,柳亚子有文说:"我对于婚姻的主张,是崇拜爱伦凯女士的,他说婚姻以恋爱为道德,那

---

① 《世界各国成功人传》,陈陟、张翼人编,经纬书局1936年版。
② 《世界女名人列传》,沈兹九编,中华书局1936年版。
③ 夏㠱:《世界名人小史》,燮记书局1932年版;陆曼炎:《中外女杰传》,提拔书店1942年版。
④ 记者:《恋爱结婚成功史——周颂久先生夏韫玉女士结婚的经过》,《妇女杂志》第8卷第3号,1922年3月。
⑤ 参见颖超《姊妹们起哟》,《女权运动同盟会直隶支部特刊》,1923年5月24日。

么，除了恋爱，就没有可以成立婚姻的原素了，所以我以为两性问题，只要有纯洁的恋爱，不夹杂金钱肉欲的臭味，那婚姻就可以合于道德而成立，用不着什么法律的保障。倘然没有恋爱，随便你经过什么手续，在法律上有不可解除的铁索，然而在道德上终究是不成立的，当事人实在没有承认这种婚姻的义务。"[1]不仅一般青年男女，就连邓颖超、柳亚子这样的青年领袖和导师都表示对爱伦凯的崇拜，这足以证明爱伦凯"恋爱道德论"已经深入人心。

同时，爱伦凯"灵肉一致的恋爱观"，经过《妇女杂志》等各大媒体的公开讨论，成为最受五四青年欢迎的理论。"最近爱伦凯所主张的灵肉一致，我确信这是爱的大发现，爱的大成功，不久定会实现的。""白先生歌颂的爱，是灵肉一致的爱，正是这个。"[2]这是陈学昭在1926年看到白采《赢疾者的爱》后发表的批评。蒋光慈中篇小说《野祭》发表一年后，钱杏邨以《野祭》为题写的评论，也讲："我们在全书里可以找出真正的婚姻的条件不是在相貌的问题，是和爱伦凯所主张的人格的合抱的主张是一样的。今后的婚姻的第一个重大条件便是人格的合抱，便是思想的一致。这一个扼要的意义，作者是为我们解答了。"[3]陈学昭、钱杏邨的批评文字，不仅说明他们自身对爱伦凯灵肉一致恋爱观的推崇，而且也提示我们白采、蒋光慈也是爱伦凯这一观点的拥护者，并且他们已经用文字来将这种观念向更多的人传达了。就是一般女子，在谈到自己理想的配偶时，明确提出一个条件就是"恋爱始终如一"。"灵肉一致，方称恋爱真义"，[4]她们已经开始叩问"爱"

---

[1] 柳亚子：《对于啸岑、华昇结婚时茶话会上各人演说的批评》，中国革命博物馆、上海人民出版社编：《磨剑室文录 上》，上海人民出版社1993年版，第743页。原载《新黎里》，1923年12月1日。

[2] 陈学昭：《北新周刊》第1期，1926年8月21日。

[3] 钱杏邨：《野祭》，《太阳月刊》，1928年2月号。

[4] 碧峰女士：《我之理想的配偶》文章五十一，《妇女杂志》第9卷第11号，1923年11月。

是什么了。

　　这一时期，对爱伦凯在中国的传播作出重要贡献的人物当推茅盾、沈泽民兄弟和章锡琛、周建人。从发表中国第一篇正式介绍爱伦凯的文章起，茅盾译介、研究爱伦凯的文章有15篇之多，其中《评儿童公育问题——兼质恽、杨二君》《爱伦凯的母性论》《家庭改制的研究》、《所谓女性主义的两极端派》①是研究爱伦凯很透彻的文字。沈泽民除了前述对爱伦凯两部著作的翻译外，还以极其简练的文字将爱伦凯的理论在《妇女杂志》专号介绍并作出评价。他的《爱伦凯的〈恋爱与道德〉》②一文，是迄今为止研究爱伦凯的一篇重要论文。需要提及的是，虽然日本是中国开始关注介绍爱伦凯的中转站，茅盾、沈泽民兄弟阅读的却是爱伦凯著作的英文版，这样比之取道于日本的研究译介就少了一层被误读的好处。对爱伦凯极力倡导并积极努力推进爱伦凯在中国接受的人当推《妇女杂志》（1921—1925）的主编章锡琛、副主编周建人。如果说爱伦凯被人们所熟知是《妇女杂志》的功劳，③这功劳可说很大程度上来自章周二人对中国"新性道德"的积极建构。他们不仅译介爱伦凯的理论，还做各种讨论、答疑、通信、发社论、出专号等传播工作，积极推动爱伦凯理论在中国的接受。④ 1925年《妇女杂志》因为"新性道德"的讨论，被北大教授陈百年认为是"一夫多妻

---

① 分别见《解放与改造》第2卷第15号，1920年1月；《东方杂志》第17卷第17号，1920年9月10日；《民铎》第2卷第4号，1921年1月15日；《民国日报·妇女评论》，1926年10月26日。

② 沈泽民：《爱伦凯的〈恋爱与道德〉》，《妇女杂志》第11卷第1号，1925年1月。

③ 如前所述，《妇女杂志》在众多媒体中对爱伦凯用力最勤，而且每月万份以上的销售量，加上国内外不少于35个的发行处，保证了它的接受范围之广。

④ 在二人任主编其间，离婚问题号、新性道德号，恋爱自由与自由恋爱的讨论等引发了读者对爱伦凯热烈的关注。并且因为设有"通信栏"，读者的参与度极大提高。也正是这些措施，让《妇女杂志》销量递增。被誉为妇女界"第一把椅子"。

制的新护符",①结果直接导致章锡琛退出商务印书馆和周建人的离职。但二人并没有灰心,把讨论文章编成集子由开明书店出版,1926 年又出版了《新性道德讨论集》增补版。1926 年章锡琛任主编的《新女性》创刊,章周二人继续为传播爱伦凯的"恋爱道德论"努力。

另一个对爱伦凯有较多译介的人物是任白涛。②他在《民铎》杂志发表由他翻译的爱伦凯的《恋爱与道德》《妇女之道德》两篇很重要的论文,③并且他辑译的《近代恋爱名论》、厨川白村的《恋爱论》④都对爱伦凯有很重要的文字介绍与评价。他推崇的是爱伦凯人格的恋爱观。他认为爱伦凯的恋爱观推崇的是诚实。"人对于男女关系有真爱,则对于别的关系也会有真爱",⑤他认为新的两性观的建立关系着中华民族的崛起。

如果说易卜生曾经激荡了 1918 年后中国人的心,在中国诞生了无数的"娜拉",那么爱伦凯在 1920 年代提倡妇女解放的人心中卷起的巨波,却是触摸那段历史的人能真切感受到的。《妇女杂志》的女性论者继《新青年》之后,义无反顾地接起了中国女权启蒙的大旗,他们的理论导师就是爱伦凯。从易卜生到爱伦凯,他们试图在中国建立起一种不同于主流妇女解放思想的新理论。那么,易卜生与爱伦凯在中国女权启蒙史上到底存在怎样的思想承继关系呢?

1923 年 1 月,《妇女杂志》"妇女运动号"出版,章锡琛以瑟庐的

---

① 陈百年:《一夫多妻的新护符》,《现代评论》第 14 期,1925 年 3 月。
② 任白涛(1890—1952),新闻学家。辛亥革命后,任上海《民主报》《神州日报》《新闻报》驻汴特约通讯员。1916 年东渡日本,读于日本早稻田大学政治经济科。对我国应用新闻学有重要贡献。
③ 分见《民铎》杂志第 5 卷第 1 号、第 2 号,1924 年。
④ 见[日]厨川白村:《恋爱论》,任白涛译订,启智书局 1923 年版;《近代恋爱名论》,任白涛辑译,上海文艺出版社 1989 年版。
⑤ 见《漫话》,《近代恋爱名论》,任白涛辑译,上海文艺出版社 1989 年版。

笔名①在头条位置发表《妇女运动的新倾向》一文，②以主编的名义表明杂志的主张，现在看，它其实具有《妇女杂志》女性论理论纲领的意义。③此文的中心论点是："我们今日从事于妇女运动，应该以女权运动为手段，而以母权运动为目的。"所谓女权运动，章锡琛认为这是英美诸国的妇女运动，这派妇女运动由个人主义思潮引发，是要求与男子同等的自由的运动，是认为女子具有和男子同样的能力，所以不该受到比男子卑劣的待遇的运动，是追求女性"人的自由"权利的运动。所谓母权运动，章锡琛认为这是北欧诸国的妇女运动，这派妇女运动由性的启蒙思潮引发，是要求女性独特的自由的运动，是认为女子不但具有和男子同样的能力，更具有女子所独特的能力，所以不但该受不劣于男子的待遇，更该受到不同于男子的待遇的运动，是追求女性"为人，为女，为母"的自由和权利的运动。

在章锡琛看来，女权运动和母权运动虽属妇女运动的两个流派，但如果把它们放到整个妇女运动的历史长河中，就分出了先后优劣，成为进化链条中两个不同阶段：

> 个人主义的思潮，使妇女发生了"人的自觉"；性的启蒙思潮，使妇女发生了"性的自觉"。人的自觉，是妇女的第一的觉醒，这

---

① 根据王政与陈姃湲的分析，瑟庐应为章锡琛的笔名。见 Zheng Wang, *Women in the Chinese Enlightenment:Oral and Textual Histories* (Berkeley:University of California Press,1999), p.87. 陈姃湲《〈妇女杂志〉（1915—1931）十七年简史——〈妇女杂志〉何以名为妇女》，第 1-36 页。另见袁湧进编，《近代中国作家笔名录》（台北：文海出版社，1973），第 40 页。此注释转引自许慧琦《1920 年代的恋爱与新性道德论述——从章锡琛参与的三次论战谈起》，《近代中国妇女史研究》2008 年第 16 期。

② 瑟庐：《妇女运动的新倾向》，《妇女杂志》第 9 卷第 1 号，1923 年 1 月。

③ 这一论断，是论者在完整地阅读了《妇女杂志》言论部分和现能见到的章锡琛、周建人有关妇女问题的全部文章、著作、译作以及爱伦凯《恋爱与结婚》《恋爱与道德》《儿童的世纪》等英文译本以及爱伦凯传记，并参考爱伦凯研究资料基础上做出的。即使瑟庐不是章锡琛的笔名，但此文理论纲领的意义，基本是成立的。

时她们要求有个性的人的权利和自由,营自我本位的生活,这便是所谓女权运动,可以称之为妇女运动的前期。性的自觉,是妇女的第二的觉醒,这时她们再进一步,更发觉女性独特的使命,要求这使命的完成,这便是母权运动,可以称之为妇女运动的后期。

在进化论视角观照下,女权运动因为与之对应的是兴起于文艺复兴时期、在17世纪开花至近代结果的个人主义思潮,很容易出现以下弊害:

> 从个人主义发生的女权运动,以男女的同等对立为唯一的目标,以个人性的发展为唯一的理想,其结果是遂致女性被个人性抑压,而发生所谓第三性化的妇女。稍能自立的女子,都主张独身,避免母性,只追求一己的快乐与幸福,脱除一切的系累,而成所谓性与个人性冲突的时代。当冲突达到剧烈的顶点,恋爱因之破产,家庭因之毁灭,男子与女子,各主张个性的权威,不肯退让,甚至双方成为仇敌,便是有夫的妇人,也为了经济独立的缘故,而离家奔走;夫妻间的感情,非常疏淡,对于儿女的慈爱,十分稀薄,总而言之,妇女失其所以为妇女,而变成与男子对立的男子。

这里"性与个人性的冲突"指的是恋爱、母性与个人主义的冲突。进入20世纪,个人主义被看作是极端地肯定自己,希望按照自己的意愿自由行动。这样通过婚姻组成的家庭与觉醒的现代人的自我要求会发生冲突,娜拉被指认为这种现象的代表。对女权运动发生的悲剧,章锡琛谈道:"基于个人主义的女权运动,……发现了男女对抗的不良的状态,于是遂有性的理想主义为之纠正。"在章锡琛的叙述中,性的理想主义以个人主义的新阶段出现,被命名为"理想主义的个人主义"。所谓性的理想主义,便是对于性的生活,予以正确的目的、意义与价值，主张灵肉一致的性爱，确认性爱为新生命的原动力，婚姻为对于人类进化的伟大服务，母性有神圣崇高的价值，妇女有为人，为女，为母的自由和权力，把这理想表现于实际运动的，就是所谓母权运动。所以母权运动比女权运动进步。

在此基础上，章锡琛谈道：

> 我国的妇女运动，目前既然尚在萌芽，大多数的女子，还是伏处在男子的压抑下面，以得男子的庇荫为幸福，从事这运动的人，当然先须唤醒一般妇女之人的自觉，以求脱离旧思想旧道德旧习惯的束缚，获得真正的人的自由。

章锡琛认为目前中国的妇女运动第一要获得"人的自由"，这是不可跨越的阶段。但是，西方的妇女运动既然发生"妇女解放的悲剧"，所以我们"万不可再蹈人家的覆辙"。预防的方法，"只有一方面主张男女的应该完全平等，而一方面却提倡性的启蒙思潮，发扬性的理想主义"。换一句话，就是："我们今日从事于妇女运动，应该以女权运动为手段，而以母权运动为目的。"

在理论上，这是一种很理想的路径，有点类似于当代物质文明、精神文明一起抓，"两条腿走路"的思想路线。只是在章锡琛这里，是女权运动和母权运动一起抓，女权运动是初级阶段，是手段，母权运动是高级阶段，是目的。那么中国的女权运动是什么？母权运动又是什么？同文，章锡琛谈道："我国的妇女运动，本随近年所谓新文化运动而发生。这新文化运动，正和西洋的文艺复兴运动相似，而带有鲜明的个人主义的色彩，所以妇女运动者的目标，当然要注意于人权。"这段话一方面肯定新文化运动对我国妇女运动的成绩，一方面认为目前妇女运动者以人权为目标合理；另一方面特意强调我国妇女运动鲜明的个人主义色彩，鉴于前述对女权运动弊害的论述，这种既肯定成绩又强调弊害的做法，无非是想阐明"新青年派"进行的是女权运动，而《妇女杂志》"妇女主义"者进行的是母权运动。如果说《新青年》对中国女子问题的启蒙主要借助的是"易卜生主义"，那么章锡琛主持时期的《妇女杂志》更注重对爱伦凯理论的译介与倡导。既然从个人主义发生的女权运动与性的理想主义引发的母权运动存在进化逻辑，自然"从易卜生到爱伦凯"就成为中国女性解放的另一种逻辑。从易卜生到爱伦凯，《妇女杂志》的女性论者用这样的方式宣示了他们要衔接1910年"新青年派"对中国女子问题进一步启蒙的志愿，也宣示了他们立意建构中国女性解放理论的抱负。

二 《妇女杂志》女性论及其传播

章锡琛主持时期《妇女杂志》（1921—1925）的女性理论，即"恋爱道德论"，又名"新性道德论"，主张通过改革两性关系、建设新性道德实现妇女解放，主要持论者以章锡琛、周建人为代表，以沈雁冰等《妇女杂志》社同人和周围亲友为主体。"恋爱道德论"，简括地说，就是在两性关系中进行"恋爱自由"与"离婚自由"两大改革。"恋爱自由"指恋爱应该绝对自由，就是说，应该完全依从当事人的选择，他人、社会、家庭、父母、法律、习俗等都不当加以一点限制或干涉。离婚自由指"在婚姻的生活中发生不协调的时候呢？应当自由离婚！小孩子的问题不能算作离婚的障碍，对方的不愿意不能作为离婚的障碍，法律？习惯？更不能做离婚的障碍了！只要一方要离（男女不论），立即应该分开"。恋爱婚姻是他们所极力主张的，爱伦凯"不论怎样的结婚，要有恋爱才可算得上道德。倘若没有恋爱，即使经过法律上的结婚手续，也是不道德的"是其不二的信条。

"新性道德论"的价值取向，持论者曾于不同的地方表示在于"心的革命"。"如果经济状况不改变，想用合理的道德观去改革，原是很难的。"但是，"无论在怎样经济状况之下，显明性的真义，恋爱的道德，等等，毕竟仍然是重要的一部分。我们对于未来社会不特要谋制度的改革，并对于因袭的性的观念还当予以'心的革命'"①。"我国的妇女运动，当然有实际的和精神的两方面。在实际的方面，如教育上，政治上，经济上及在其他一切的文化事业，可以正当地发挥女性的都很重要。……但无论怎样，都不可不以上述真正的弗尔涅士姆为其根本，这便是所谓精神方面的事业。将来妇女运动的进行，及妇女问题的解决，必须以这样的弗尔涅士姆为根基，才可以收效果，这是本书的著者和译者所极力主张的。"②那么什么才是真正的弗尔涅士姆呢？"就是要改革男女的心，使男女各皆承认其相互的状态，从本心上相信所谓平等的事情。"③"心的革命"是 W. L. Jeorge 的话，本间久雄在《妇女问题十讲》中常常谈到。长期的习惯形成了人们的性格模式，改变这种性格模式，要比打破外在的组织结构与制度，更需要加倍不屈的勇气与深邃的智慧。④"新性道德论"者着力要做的就是要打破那种认为实现了女性经济独立、女性有了选举权、女性问题就可基本解决了的女性观神话。在他们看来，经济独立并不代表经济自由，选举权并不代表政治独立，职业权并不代表有职业选择权，"男女相同"并不代表"男女平等"，只要"中国人把女子作为男子的所有物，把子女作为家长的所有物，不承认她们有个人的人格，有自由的意志"观念存在，即使把财产私有制度打破，也不能保证女子对于男子，子女对于家长有个人的人格和意志的自由。真正的妇女主义是谋男女机会的均等，除去观念中加于妇女上的障碍，"使妇女在种种分野上从前

---

① 《主张与批评》，《妇女杂志》第 10 卷第 12 号，1924 年 10 月。
② 章锡琛：《中国妇女思想的发达》，《妇女问题十讲》，[日]本间久雄著，章锡琛译，开明书店 1924 年版，第 288 页。
③ [日]本间久雄：《妇女问题十讲》，章锡琛译，开明书店 1924 年版，第 22 页。
④ [日]白水纪子：《〈妇女杂志〉所展开的新性道德论——以爱伦凯为中心》，《东洋文论　日本现代中国文学论》，吴俊编译，浙江人民出版社 1998 年版，第 525 页。

未曾发挥的可能性和天赋的才能发挥出来"[1]。简而言之，从易卜生到爱伦凯的发展，其实质是在女性"人的发现"基础上对作为人的"女性的发现"，女子教育、女子参政、女子就业等要求与男子在法律地位、社会地位、政治地位上的平等是一个必需的目的，而不是"不以为然"。[2]只是它并不以此为最终目的，"性的解放"才是其终极目标和高级目标。

这里需要对"性的解放"做一些解释，"性的解放"是对爱伦凯"恋爱道德论"和"母性论"理论取向的一种概括，它与"性解放"有本质区别。"恋爱道德论"强调恋爱而不是法律是决定道德的决定性要素，认为"Marriage is immoral without love" and "Love is moral without marriage"，（无爱的婚姻是不道德的；无婚姻的爱是道德的。）[3]两性关系中不注重结婚的形式，只注重是否恋爱。爱伦凯把恋爱与优生学结合起来，认为恋爱而生的孩子（包括私生子）比无爱而生的子女优良，恋爱虽然以个性解放、个人幸福为中心，但是其结果是人种的改良，社会的整体进步。"母性论"又称之为"母职论"，需要注意的是它并非主张"母亲"角色，而是强调女性的文化特质——慈爱，"当自然建立了人类的本能，女人重塑它成为爱；当需要造成居住地，妇女

---

[1] ［日］本间久雄：《妇女问题十讲》，章锡琛译，开明书店1924年版，第21页。

[2] 关于此观点，可参考《爱伦凯小传》，［瑞典］Ellen Key：《妇女运动》（林苑文译，商务印书馆1936年版）第3—4页相关论述。另外，有学者质疑周建人《新人的产生》一文中"妇女主义的运动，目的不真在专与男子抗衡，若为了参政，法律，社会，工业地位的平等而竞争，这等地位即使竞争到手之后，而男女两性间仍然隔膜着，彼此没有了解的心，妇女的处境仍然是不幸的。两性的关系，是人间社会的根本，若是这根本的结合上的态度没有改良，虽然争到了别的权利，妇女主义的要求，还是留着极大缺憾，那里能实现同情，了解，均等，友谊，自由，恋爱的家庭呢？"这段话，认为《妇女杂志》的"妇女主义"者对女子参政、要求与男性在法律地位、社会地位或就业上的平等"是不以为然的"，其实是没有考察《妇女杂志》女性论理论背景的结果。

[3] Nancy M. Schoonmaker, *Ellenkey's Ideals of Love and Marriage, Current History* (NewYork), 24:4(1926:July), p.529.

把她改造成家。她对文化的最大贡献是这慈爱"[1]。"爱伦凯以为'母性'是有广大无边的力,他的本性,是'授予',是'牺牲',是'抚爱',是'温柔'","'母性'不仅妇人有之,男子也有,因为凡能和'一切创造之原'相等的,不论他是男的是女的,或是不属性的,都可称之为'母性'"。[2] 爱伦凯主张用"集体慈母心"(collective motherliness)创造人类的大和谐。总之,"爱伦凯对于妇女解放的意见,是以一个爱字为中心",[3] 主张以"爱"为中心讨论女性问题。只是这种"爱"不是普通的爱,而是"大爱",这种爱不仅仅是为爱而爱,它达到令人难以置信的程度:爱被爱的人胜过自己。所以,在对具体问题发言时,她的做法是用"心"来战斗,用"心"来体会,所以她能做到真正的"为女权辩护"。她的女性解放的目标不是女子争得和男子所有的平等,而是所有平等的机会,主要是女子能有"意志自由"。她不反对妇女工作,而遗憾于妇女没有选择权。她认为一个人最大的幸福在于"自我实现"。"她以为自我发展的能力的增加比要求权利的才能之增加更会使妇女运动进步。女子的价值或男子的价值,最后是以他们之为人,不是以他们所获得的东西而定。"[4] 所以,"只从法律方面去衡量一种妇女的真正地位是最肤浅不过的"。[5] 总之,"人的自由""人的发展"是她最主要的理论诉求。她不认同以改变法律为目标的妇女运动,而倾向于改变习俗。"性的解放"便是以爱为中心,肯定恋爱的价值和意义,肯定母性的价值和意义,认为女性有为她自己以及做母亲全面发展的权利,其目标在于性别公正而不是男女平等或相同。

---

[1] Ellen Key, Translated by Arthur G. Chater, *Love and Marriage*, New York and London: G. P. Putnam's Sons, 1911, pp.246-247.

[2] 雁冰:《爱伦凯的母性论》,《东方杂志》第17卷第17期,1920年9月。

[3] 雁冰:《爱伦凯的母性论》,《东方杂志》第17卷第17期,1920年9月。

[4] [英]霭理斯:《霭理斯序》,载[瑞典]爱伦·凯《妇女运动》,林苑文译,商务印书馆1936年版,第13页。

[5] [瑞典]爱伦·凯:《妇女运动》,林苑文译,商务印书馆1936年版,第5页。

爱伦凯虽然以私人化的恋爱立论，但是其立意却在人性的进化、人种的改良。这种糅合了斯宾塞社会进化论和优生学理念的理论把个人主义与利他主义进行调和，与清末民初知识群体普遍接受新胜过旧的进化逻辑融合，在民族国家现代性想象的大背景下，深具吸引力。其建立"儿童的世纪"的思想与梁启超的"新民"和五四新文化人的"国民性改造"不谋而合，是章锡琛等"新性道德论"者极力赞赏并倡导的。对他们来说，这是一种理想，而且是一种可以通过努力逐渐抵达的理想。"言论固然不能不顾到事实，但也不妨表示超于事实的理想的。"① "这样理想的爱，果然难见于事实，将来也许可能的，因为社会所遵行的虽只是习惯上的道德律，与理想本来是两件事，但理想毕竟是先驱，通俗所遵行的道德律，又不是固定不变的，只要渐渐经过一个思想的竞争，便渐渐地向着理想的指导前进了。"② "要靠自由离婚来防止目前的不幸，就是过于奢望，就是迂阔。主要的一点却是他（自由离婚）的'心理的'结果。结果可以渐渐变成一股时时生长的力，来创造美丽的，庄严的恋爱生活。"③ 既然侧重言论的启蒙意义，既然认为"从易卜生到爱伦凯"是中国女性解放的另一种逻辑，章锡琛等人最重要的工作自然是与妇女解放的主流意见进行对话并争取话语权。在《妇女杂志》女性论者看来，要谋男女间"心的革命"最重要的是灌输中国青年以恋爱的真意义与真精神。为此，他们采取了以谈恋爱为中心迎合青年心理却以恋爱艺术的培养为指归在中国建立恋爱理论的传播策略。

1920年的女性解放思想，"以认为实现女性的经济独立、女性问题就可基本解决的强调社会主义优越性的女性解放论最为引人注

---

① 《我们今后的态度》，《妇女杂志》第10卷第1号，1924年1月。
② 周建人：《恋爱的意义与价值》，《妇女杂志》第8卷第2号，1922年2月。
③ 沈泽民：《爱伦凯的〈恋爱与道德〉》，《妇女杂志》第11卷第1号，1925年1月。

目"。① 但是，章锡琛主持时期《妇女杂志》谈女性问题的另一个背景是前述《新青年》对易卜生主义的译介，一时间易卜生连同娜拉成了个人主义的代名词，娜拉"我务必努力做一个人"成为青年们的新的信仰，娜拉的"出走"更是引发了五四青年"集体出走"以追求解放、自主、独立的浪潮。在这一新思潮的激荡下，男女社交公开、男女同学、恋爱自由等问题随之萌发。恋爱自由、婚姻自主成为青年学生的标志。这里需要指出的是，"恋爱自由、婚姻自主"的命题是晚清以降虽然提出但一直没有解决的问题，因为它关系到每个青年的切身利益，所以备受青年关注。在此背景下，《妇女杂志》对恋爱婚姻问题情有独钟，尤其是对"恋爱自由"情有独钟就具备了接受基础。诚如本雅明所讲："译作虽来源于原作，但它与其说来自原作的生命，倒不如说来自其来世的生命。"译介对象只有契合了它到达的国土的需要，才能生根发芽。只是此"恋爱自由"非彼"恋爱自由"，章锡琛、周建人等人以爱伦凯理论为依托期望厘清"恋爱"的本质，在青年中培养"恋爱的艺术"，借此达到以"恋爱"重塑国民性的目的，从而实现男女"心的革命"。

"恋爱"这个词，是日语来源的外来词，对应于英语"Love"，当时一般人并没有这个字的概念。因为在中国人的头脑里，"恋爱"一般与"性爱"等同，与"奸淫"同义，属于"儿女私情"，是不道德的。所以有读者给章锡琛写信，建议废"恋爱"一词，而用"挚爱"或"神行一致的异性爱"。② 日语"恋爱"的词义其实也不同于中国现在的"恋爱"，我们现在用的"恋爱"仅仅相当于日语的"恋"，日语"恋爱"的意思既包括我们现在所用"恋爱"也包括"性爱"。章锡琛等人就是借用的日语词义。所以，即使"恋爱自由"的呼声在五四时期已经是一浪高过一浪，人们对"恋爱"本质的理解却五花八门，除了上述存在于一

---

① ［日］白水纪子：《〈妇女杂志〉所展开的新性道德论——以爱伦凯为中心》，《东洋文论　日本现代中国文学论》，吴俊编译，浙江人民出版社1998年版，第508页。

② 金素存：《对于恋爱名词的提议》，《妇女杂志》第9卷第2号，1923年2月。

般人头脑中的说法，青年中有的把"恋爱"与"结婚""性交"划等号；有的把"恋爱"与"男女社交"划等号；有的把"恋爱"看作就是男女间的小动作，甚至把单方面对异性的纠缠也一概称之为"恋爱"；大有把除开夫妻、家人以外所有的异性交往都称为恋爱的倾向。在这种混沌的状态下，①厘清"恋爱"的本质，在青年中培养"恋爱的艺术"就显得极其迫切。爱伦凯作为"近代性道德革命的第一人"，②她有关恋爱问题的论述为1920年代中国知识分子打开了一扇通往光明的窗。

首先，爱伦凯对"恋爱自由"与"自由恋爱"的差异做出了区分。"所谓自由恋爱的恋爱，是有可结婚可不结婚的自由的；是有仅仅一朝相处或可终身相守的自由的；是有可易居或可同居的自由的；是有可同时恋爱多人或只恋爱一人的自由的，是有对于子女可负责任或可不负责任的自由的；是有可只有性交或可兼有灵感的自由的；这种恋爱，因为太自由——却也未必是放纵——了，所以爱伦凯要反对他。……至于所谓恋爱的自由，则如爱伦凯女士所说，'只是一种感情的自由，'就是对于异性有不受任何干涉的恋爱的自由。但至于有了恋爱以后，则此两性必须成为夫妇，直到恋爱破裂为止，不能再和第三人发生恋爱；并且组织家庭，必须对于所生的子女负相当的责任，不是像所谓自由恋爱的都可以自由，这便是所谓恋爱自由。"③"自由恋爱"强调的是"自由"，"恋爱自由"强调的是恋爱；"自由恋爱"更多是一种"自发"性的情感，"恋爱自由"则是灵魂与负责任的性爱的结合体；"自由恋爱"的"自由"趋于"放纵"，带有无政府主义爱情虚无主义的色彩，"恋爱自由"的"自由"更多指不受外界任何事物（金钱、法律、道德伦理等等）的

---

① 有关"恋爱"在中国的发生，可参见杨联芬：《"恋爱"之发生与现代文学观念变迁》，《中国社会科学》2014年第1期。
② 《编者的话》，载《恋爱与贞操》，生活书店编译所，生活书店1933年版。
③ 章锡琛：《读凤子女士和Y. D. 先生的讨论》，《妇女杂志》第9卷第2号，1923年2月。

约束，完全听凭自己的意志，其哲学基础是个性解放、个人主义。

其次，在爱伦凯看来，如果一个时代已经意识到爱应该成为婚姻的道德基础，那么，爱进化了，人性也就发展了。因为爱不同于法律、习俗等外部的权威，爱是一种深层的道德。外部的权威往往简化生活，比如即使一个妻子或丈夫能从外表上战胜诱惑，这并不能阻止一个人在拥抱（丈夫或妻子）的时候想着另外一个人，所以，相信生活的人，要求自由从权利中走出，只从法律方面去衡量一种妇女的真正地位是最肤浅不过的，女子的价值或男子的价值，最后是以他们之为人，不是以他们所获得的东西而定。爱，则不同，它承认生活（人性）的复杂性、丰富性。生活中，女性不能期望她的丈夫有微妙的举止，那是一个恋人必须表示的，然而当离婚变得自由时，他（她）们开始关注彼此的感觉；两性关系中，"最伟大的喜悦"和"一生拥有"两个概念到底哪个更值得选择？要求不幸福的父母为了孩子必须在一起，看似有道理，只是这种用孩子的权利来反对个人的权利的做法，只能助长人性的虚伪。因为，如果青年人习惯于看到比他们大的人满足于虚假和丑陋的关系，他们也会这样做。反对离婚自由的人看到自由离婚的种种危险，但忘记了在爱的影响下，人类整个灵魂的性情是忠实的。当时代以爱为人生新的宗教时，首先获益的是个人的幸福快乐，其次是社会的幸福、种族的向上。爱产生最优秀的小孩。对爱伦凯在中国的传播做出重要贡献的新闻学家任白涛曾这样写道："人对于男女关系有真爱，则对于别的关系也会有真爱。""拿手段去应事接物，虽是能够侥幸成功于一时，结局终必失败；恋爱尤其是要适应这个原则的：所以斯丹大尔主张正义，爱伦凯主张诚实，其余如加本特们的学说的核心，没有不是这样的。"[1] 鉴于爱（真正的"恋爱"）趋"诚实"、去虚伪的特质，爱伦凯的人生观是"以恋爱为宗教"，《妇女杂志》女性论

---

[1] 《近代恋爱名论》，任白涛辑译，上海文艺出版社1989年版，第10页。

者则尊爱伦凯为"爱情教"①"恋爱教"②的教主。他们认为"只有培养恋爱的艺术",才能养成两性间的"坦白和真诚",才能实现真正的"心的革命"即妇女真正的解放。这是《妇女杂志》女性论者力主"恋爱自由是妇女解放重中之重"的最根本原因。

《妇女杂志》女性论者一方面要迎合青年心理谈"恋爱"问题,一方面期望在青年中植入正确的恋爱观,于是在翻译与传播方面采取了一些策略。如果把 1920 年茅盾翻译的爱伦凯的《恋爱与结婚》与英译本进行对照,发现茅盾不仅将"love"译为"恋爱""爱情",而且对"erotic"(引起性欲的)也译为"恋爱",如将"erotic attraction"译为"吸引恋爱",将"the erotic problem of the youth"(青年的性欲问题)译为"青年的恋爱问题",原因恐怕是担心人们曲解爱伦凯的"恋爱",因为如前所述,那时在一般人心中普遍有将恋爱与性爱等同的观点。另一方面,在新文化运动中作为个性主义觉醒代表的娜拉,在此时则已经被命名为"古式的娜拉",因为"娜拉式的结婚,是最初没有自觉的功夫,不以恋爱观念为基础,所以一切都是违反自己的意志,结果都成了因袭的贤母良妻主义和虚伪的结婚生活"。③陈望道(笔名 Y.D.)④在翻译中途不由停笔,"我国妇女的结婚生活,还完全在原始时代的状态,想效'娜拉'的'人的觉悟'跳出火坑的观念,多没有萌芽,我

---

① 李三无:《自由离婚论》,《妇女杂志》第 6 卷第 7 号,1920 年 7 月。
② 雁冰:《读〈对于郑振埧君婚姻史的批评〉以后》,《民国日报·妇女评论》,1923 年 4 月 25 日。
③ [日]厨川白村:《近代的恋爱观》,Y. D. 译,《妇女杂志》第 8 卷第 2 号,1922 年 2 月。
④ 关于 Y. D. 是谁的笔名,须藤瑞代提到据前山加奈子考察是吴觉农,参见 [日] 须藤瑞代《中国"女权"概念的变迁——清末民初的人权和社会性别》,姚毅译,社会科学文献出版社 2010 年版,第 235 页。据许杰回忆,也可能是吴觉农,见许杰《章锡琛诞生一百周年纪念》,《出版史料》1989 年第 1 期,第 103 页。但据复旦大学出版社出版的《恋爱 婚姻 女权——陈望道妇女问题论集》(2010 年版)一书,Y. D. 则是陈望道的笔名。《编后记》系陈望道在复旦大学带的第一个研究生陈光磊和其子陈振新所写。笔者采取了后一种说法。

译至此，惭愧无地，不知阅者作何感想。"① 虽然我们没有理由怀疑陈望道在此加《译者按》的真诚，但是客观上却造成娜拉已经过时，爱伦凯比易卜生进步的印象。

事实上，为了在中国建立恋爱理论，为了在中国青年中培养恋爱的艺术，《妇女杂志》"妇女主义"者做出了他们最大的努力。在整个1920年代，章锡琛共参与三次恋爱与新性道德论争，② 周建人离开《妇女杂志》后在《生活周刊》与人展开了长达四个月之久的恋爱与贞操问题的讨论。③ 其他人表示希望自己的工作能起到现实的教育意义，任白涛期望自己介绍恋爱的工作能使"新时代的青年——尤其是轻佻浮薄的子弟们"马上得到教训。④ 陈望道在他译介的爱伦凯的《恋爱的自由》一文的按语中写道：

"恋爱"是解放妇女人格的一种途径。

我们对于时代落伍者的任意的反对，固然可以一笑置之；但是号称觉悟的青年们，也时常把神圣的恋爱，借作口头禅以玩弄女性者有之，对于恋爱的本质，还没有深确的见解者有之。因此，不避酷暑，节译是篇。

希望阅者能够于开襟当风，挑灯夜读的时候，细细的读！⑤

殷切的期望溢于言表。作为"新性道德论"的代表之一，陈望

---

① [日]厨川白村：《近代的恋爱观》，Y. D. 译，《妇女杂志》第8卷第2号，1922年2月。
② 详见许慧琦《1920年代的恋爱与新性道德论述——从章锡琛参与的三次论战谈起》，《近代中国妇女史研究》2008年第16期。
③ 详见《恋爱与贞操》，生活书店编译所编辑，生活书店1933年版。
④ 任白涛：《卷头语》，载厨川白村《恋爱论》，任白涛译，学术研究会1933年版，第3页。
⑤ 陈望道：《恋爱 婚姻 女权——陈望道妇女问题论集》，复旦大学出版社2010年版，第358页。

道这段话很值得关注，首先他指出恋爱重在人格解放，其次他明确指出他们的工作是让青年了解恋爱的本质，其三对青年以恋爱的名义玩弄女性深表忧虑。这对我们理解《妇女杂志》女性论有重要帮助。对《妇女杂志》女性论者这项工作，邹韬奋曾有发言："我们并不把恋爱问题看得很重，却也不看得很轻，要是因了恋爱与贞操这个问题的讨论，能够引起青年们的意识的转变，决不比空谈'航空救国''长期抵抗'更为无聊。"[1] 以恋爱重塑国民性，邹韬奋的话可谓切中肯綮！

其实无论是爱伦凯还是《妇女杂志》的女性论者，受优生学影响，他们讨论恋爱是希望重塑恋爱观念，目标在于人性的完善、人种的改良、社会的进步，带有很浓的进化论色彩，这和他们儿童本位的思想密切相关的。遗憾的是，人们往往根据他们所谈论的问题，而给他们加上"恋爱至上"[2]"自由恋爱论的权威"[3] 等标签，而忽视了他们理论的整体性存在。

三 为"恋爱"辩护

1923 年，读者金素存来信，建议主编章锡琛废"恋爱"一词，而用"挚爱"或"神行一致的异性爱"。原因是恋爱作为译介词汇，人们不懂它的真义，足以阻碍"恋爱学说"的进行。章锡琛的回复简洁明了，这些词与"恋爱"的真义不符，不准备改。"新词汇，尤其是外来

---

[1] 邹韬奋：《编者的话》，《恋爱与贞操》，生活书店编译所编辑，生活书店 1933 年版，第 247 页。

[2] 见杨联芬《新伦理与旧角色：五四新女性身份认同的困境》，《中国社会科学》2010 年第 5 期；杨联芬：《五四社交公开运动中的性别矛盾与恋爱思潮》，《现代中国·第十辑》，北京大学出版社 2008 年 1 月。

[3] 陆曼炎：《中外女杰传》，提拔书店 1942 年版，第 47 页。

词,往往不是对固有现象变换称呼,而是对新现象进行命名。"①对章锡琛等来说,在中国建立恋爱理论,在青年中培养恋爱的艺术是一项事业。设想一下,有谁会因为一时兴起而"为恋爱辩护"长达八九年?②

章锡琛在整个1920年代共参与了三次有关"恋爱与新性道德"的论战。③第一次,即著名的"新性道德论争"。1925年1月,《妇女杂志》第11卷第1号推出"新性道德专号",重要文章包括:《新性道德是什么》(章锡琛)、《性道德之科学的标准》(建人)、《新性道德的唯物史观》(雁冰)、《现代性道德的倾向》(乔峰,即周建人)、《爱伦凯的〈恋爱与道德〉》(沈泽民)、《近代文学上的新性道德》(日本岛村民藏著,莫庵译)、《恋爱是什么》(李宝樑)、《生活之艺术》(周作人)、《一夫一妻制的趋势》(纪尔曼夫人著,仲雲译)等。孰料一石激起千层浪。"《晶报》最早说我们教坏青年,《青光》其次,说女子可以多夫,'此可忍,孰不可忍!'最后,乃见陈百年先生在《现代评论》上提出抗议,说我们给'一夫多妻做新护符,'别的老先生们则说我们是提倡自由恋爱,于是我们为一大伙道德家所包围。"④周建人当年这段话虽难免话带感情,但所述事实是无误的,事态发展的结果是酿成章锡琛、周建人二人离开商务印书馆。

陈百年的文章于1925年3月4日刊发在《现代评论》,其质疑章

---

① 杨联芬:《"恋爱"之发生与现代文学观念变迁》,《中国社会科学》2014年第1期。

② 章锡琛自1921年接编《妇女杂志》就开始积极刊载爱伦凯有关文章,如果从这一年算起,到1929年12月他主编的《新女性》终刊,是9年。而即使不从这一年开始,自1922年他和王平陵展开通信《恋爱问题的讨论》正式表明自己的立场始,时间基本上是8年。

③ 许慧琦《1920年代的恋爱与新性道德论述——从章锡琛参与的三次论战谈起》(《近代中国妇女史研究》2008年第16期)一文有比较详尽的介绍,这里仅作个别补充,所引许慧琦的观点都做了标注。

④ 周建人:《答"一夫多妻的新护符"》,《新性道德讨论集》(增补),章锡琛编,开明书店1926年版,第75页。

周二人文章为一夫多妻"新护符"之处在于：

> 已婚的夫妇，一方有不贞操时，只需承认他方有离婚的权利便好，至于不贞操者的行为，对于彼方并没有何等损害，所以不该因此而受刑罚。甚至如果经过两配偶者的许可，有了一种带着一夫二妻或者二夫一妻性质的不贞操形式，只要不损害于社会及其他个人，也不能认为不道德的。
> ——章锡琛《新性道德是什么》

> 至于说同时不妨恋爱二人以上的见解，以为只要是本人自己的意志如此而不损害他人时，绝不发生道德问题的（女子恋爱多人也是如此。）
> ——建人《性道德之科学的标准》

在陈百年看来，"这种见解岂不成了一夫多妻的新护符吗？"陈百年的文章一经刊发，章锡琛和周建人就立刻做出了回应，分别写了文章寄到《现代评论》要求发表。但因为陈百年有事离开，中间出现了很多阴差阳错的事情，结果徒增了许多误会不快。[①]《现代评论》近

---

① 情况大约是这样：陈百年接到周建人、章锡琛的两篇辩驳文章后，因有事回南，所以就先交给《现代评论》，言明俟回京后，再作答。《现代评论》社以为辩难的文章最好在同期发表，以让读者看得明白。但现代评论社并没有对此发表声明。周建人、章锡琛因为文章久未刊登，就去涵现代评论社询问缘由，但现代评论社仍然没做出回应。现代评论社的做法，让周章二人极为不满，无奈之际只好寄到周建人大哥鲁迅那里。就现代评论社的做法，日后陈百年在《给周章二先生的一封短信》中做了说明，即当章周二人特意写信询问现代评论社未刊登由时，正好陈百年回京了，现代评论社见陈百年已回以为他可以立即撰文回复章周了，"似无写回信的必要，所以没有奉复，并非故意不理"。但陈百年说自己回京后杂事缠身，所以直到《现代评论》第二十二期才使得章周文章发表，一切误会皆因其过失。鲁迅在《编完写起》也交代了事情始末，他接到章周两人的文章，据说《现代评论》不给登他们的答辩，又无处可投，就寄到了他那里。但在他没刊登之前，他先看到《现代评论》已经发表的预告，本决意将两篇文章没收，但待看到《现代评论》登出的文章时，他又决定发表出来，原来《现代评论》发表的仅是删节后章周二人文章的一个尾巴，对此他觉得不得不拍案而起。

两个月按而不发，让章锡琛、周建人苦不堪言，最后由鲁迅出面，把章锡琛与周建人的三篇自辩文刊于其主持的《莽原》上。鲁迅特意写了一篇《编完写起》，介绍论战由《现代评论》转到《莽原》上的来龙去脉，并发表意见"我总以为章周两先生在中国将这些议论发得太早，——虽然外国已经说旧了，但外国是外国。"①当然这是题外话，还是回到章锡琛和周建人与陈百年的论争上。首先，陈百年最大的质疑是"新性道德"将会成为"那些有三妻四妾的陈腐老先生"和"纵欲娶妾的志士留学生"一夫多妻的新护符；其次，他认为一夫多妻是纵欲的结果；再次，他认为爱情是带有专有欲的，嫉妒相争。对此，周建人的回复是：第一，新性道德一定要注意"恋爱"两字，并且不要忽略"男女平等"的原则，中国的多妻制度是否合于恋爱和平等的原则。如果青年能够了解恋爱和知道尊重他人的人格和自由，他就不愿去纳妾和宿娼。并说明"新性道德"不是提倡某种制度，而是要把道德的教条减少，扩大道德的容量，针对的是形式主义"一夫一妻制"；②第二，爱伦凯说"真正的恋爱是给予的而非占有的。"章锡琛的意见是，"以为无论什么主张，似乎只该考察他本身的是非，不能对于所有的流弊一一防到"，说性道德应该自由，但借了这自由去行罪恶的人，该自由负责吗？③"恋爱最重要的原素，是双方人格的互相尊重；从专有欲出发的爱情，便是把对手看做自己的专有物，早已不承认对手的有所谓人格了。"④他同样征引爱伦凯说真正的恋爱是给予的而非占有的来做自己的论据。在一段带有感慨性质的话中，他强调"新性道德"在于

---

① 鲁迅：《编完写起》，《莽原》1925年第4期，第15页。
② 周建人：《答"一夫多妻的新护符"》，《新性道德讨论集》（增补），章锡琛编，开明书店1926年版，第67—75页。
③ 章锡琛：《新性道德与多妻》，《新性道德讨论集》（增补），章锡琛编，开明书店1926年版，第42页。
④ 章锡琛：《驳陈百年教授"一夫多妻的新护符"》，《新性道德讨论集》（增补），章锡琛编，开明书店1926年版，第94页。

想使人们了解"恋爱"的真义。"在中国的文字上,一向没有相当于英语'Love'的意义的字,近来虽然勉强从日本的翻译,用'恋爱'这字来代替,然而一般人却仍然没有关于这字的概念,无耻的老年,只晓得猎艳渔色,买了许多的女伶、娼妓在家中供娱乐,生儿子,传给他们一些抢来,偷来,骗来的遗产;浮华的少年,又只晓得盯梢吊膀,整天追逐在女学生,姨太太的后面,想满足青年的猛烈的性欲。这样的人们,要想使他们了解恋爱的真义,知道人类该有超于肉欲的高尚的两性关系,真是难之又难!"①

应当说争论双方都是认可爱情的,其分歧点在于陈百年认为爱情是带有专有欲的,而章锡琛、周建人认为"带有专有欲的,决不是爱情"。前者侧重从现实生活角度讨论,认为一旦相爱就会认定对方,不会出现同时恋爱两人及以上的情况,后者侧重从哲学层面讨论,认为恋爱本身就是以互相尊重、男女平等为原则的,如果出现同时恋爱两人及以上的情况,如果双方都没意见,从道德的角度应该给予他们自由,外界不容干涉;前者强调恋爱对象的排他性,看重爱情怎么回事,后者强调恋爱中尊重彼此人格和自由的重要性,至于他(她)是否唯一并不重要,看重人;前者重形式,后者重内容,这正是章锡琛等"新性道德论"者一直想阐明的问题。可惜,还没等他们在《妇女杂志》迎接"黄金时代"②的到来,就因此次意外的打击而不得不离开《妇女杂志》这块阵地。

据《新性道德讨论集》1926年版《序》及版权页看,其初版在

---

① 章锡琛:《驳陈百年教授"一夫多妻的新护符"》,《新性道德讨论集》(增补),章锡琛编,开明书店1926年版,第97页。
② 《妇女杂志》在"新性道德号"刊发前1924年底,即《妇女杂志》第10卷第12号,特意登载了一个新年号"妇女杂志新年号",右侧大大的标题是"妇女解放时代的到来",分标题分别是"妇女杂志的黄金时代""妇女杂志与新性道德",他们掩饰不住内心激动地写道:"我们深信,妇女解放时代不久即可到来,《妇女杂志》黄金时代的出现,已经近在目前了。"

1925年10月，虽然不知道由哪家书店出版，但至少可见章锡琛等的有意识推广，诚如其言"想使他流布得广远一点"。[①] 而于开明书店成立（1926年8月1日）3个月后，此书得以增补再版，章锡琛的欣慰之情跃然纸上，[②] 虽然不知道初版发行量，但能再版说明"新性道德讨论集"还是有人愿意关注的。

　　章锡琛离开商务印书馆后在友人的帮忙策划下，于1926年1月创刊《新女性》，《新女性》的历史使命其实就相当于把当时预备在《妇女杂志》推广"恋爱道德论"进行了交接转移，成为章锡琛等"恋爱道德论"者新的言论阵地。不料，很快章锡琛等又遭逢思想对手，这一次是大名鼎鼎的张竞生。张竞生曾于1923年一人独抗群雄在北京《晨报副镌》发起"爱情定则讨论"，坚持爱情具备"有条件、可比较、可变迁、且夫妻为朋友之一种"的四大定则。1927年，他在自己主编的《新文化》创刊号发表《每况愈下的〈新女性〉》一文，挑起一场笔仗。章锡琛于同年3月在《新女性》回应以《新女性与性的研究》一文。据许慧琦分析，这场论战主要围绕在"性"的知识及其宣传之道。对张竞生而言，新性道德的意义，是求世人明了正确交媾的重要性；新性道德的价值，则在于透过令男女双方满足的美好性事，使"夫妇家庭间省却许多龃龉，社会上免了许多罪恶"。对章锡琛、周建人而言，在尚未让青年男女了解何谓道德之前，像张竞生这般企图借挑逗的性文字宣扬正确的新性道德观，只能适得其反。他们仍然强调恋爱的重要性，至于恋爱的男女怎样做爱，则不在他们的讨论范围。[③] 1928年，因为《新文化》期刊被禁、美的书店也被国民党查封，张竞生再次赴

[①] 章锡琛：《序》，《新性道德讨论集》（增补），章锡琛编，开明书店1926年版。

[②] 他这样写道："出版续集的希望未免太奢了；但居然能够再版，也大可慰情的。"参看章锡琛《再版后记》，《新性道德讨论集》（增补），章锡琛编，开明书店1926年版。

[③] 许慧琦：《1920年代的恋爱与新性道德论述——从章锡琛参与的三次论战谈起》，《近代中国妇女史研究》2008年第16期，第56—59页。

法，这次笔仗草草结束。

不过，通过这场辩论，之前陈百年等质疑章锡琛等倡导的新性道德是纵欲的观点显得竟有些滑稽。但从另一个角度也说明，章锡琛等以恋爱为道德取舍唯一标准的超前性。

章锡琛参与的第三次关于恋爱道德论的论战是与"非恋爱派"的论争。"非恋爱派"属于无政府主义一派，以谦弟、①毛一波、卢剑波为代表。事情的缘起是谦弟两篇文章《非恋爱论》(《新文化》第 3 期)、《恋爱与贞操新论》(《新女性》第 5 期)，据谦弟自己介绍，此二文发表后，"便有章锡琛先生的《我的贞操观》、宴始先生的《非恋爱论的又一派》和他的《答剑波谦弟二君》、剑波同志的《璧还恋爱贞操新论者》与《非恋爱与恋爱贞操》诸文之批评。"②个中缘由是因为张竞生将《非恋爱论》原文第一段删去，使宴始误以为是他有意将前几年宴始在《妇女杂志》所写《非恋爱自由论诸派》一文加以批评或攻击。而《恋爱与贞操新论》又使章锡琛、卢剑波也以为是他有意批评他们。只是非常有意思，剑波很快又变成了拥护"非恋爱"一派。据章锡琛讲，谦弟《非恋爱与恋爱》在 5 月号发表后，剑波就寄来了《性爱与友谊》

---

① 谦弟，四川人，出生年不详，卒于 1957 年，原名张履谦，又名吕千，早年就读于重庆川东师校，后转学到四川泸县川南联合县立师范，与毛一波同班。据毛一波介绍，他与巴金认识，大概就是因为谦弟和卢剑波的介绍，而且谦弟和卢剑波似乎很熟，他们曾背了许多《告少年》之类的宣传品步行到泸县，走好几百里，一点也不知道为谁辛苦为谁忙。如此，巴金、谦弟、毛一波、卢剑波都是早年的相识。但不久，谦弟就因一篇《现代妇女的地位》惹祸，原因是文中说现在的妇女过的是整卖或零卖的生活，惹起重庆二女师校全体学生的非难，说他侮辱女性。后来事态扩大，以致不能在重庆立足，被迫逃出夔门以外，开始了六七年的流浪生活。但是一直致力于妇女问题的研究，于 1926 年前后回到上海，许多文章发表在《新女性》。据谦弟自己说，曾出刊《妇女战线》。相关材料参见毛一波《难忘的回忆》，《巴金评说七十年》，丹晨编，中国华侨出版社 2005 年版，第 25-30 页；谦弟《罗淑死了》，《罗淑罗洪研究资料》，艾以等编，北京十月出版社 1990 年版，第 12 页；毛一波《毛序》，《妇女与社会》，谦弟，光明书局 1929 年版。

② 谦弟：《非恋爱与恋爱》，《新女性》1928 年第 5 期。

一文，教在6月号发表。但因为6月号已经印好，就登入7月号中。但就在7月号将要印成的当儿，剑波又来一信，要求撤掉，说他的意见已经改变，要知道他最近的意见，就请看《世界月刊》刊载的他的《谈性》一文意见。同时，谦弟汇集了"非恋爱论"文字二十一篇，合成一册，教在开明书店出版。章锡琛认为出书尚需缓一缓，原因一是反对非恋爱论者还没有宣告辩论终结，此书不算完成；二是当局正在严禁带有性爱字样的书，像这样提倡被道德家视为洪水猛兽的性交自由论，不易取得出版自由还要立遭禁止。这样章锡琛就相当于主动接下了战牌，在《新女性》1928年8月与11月号开辟"非恋爱论与非非恋爱论"以及"非恋爱与非非恋爱论战"，集中进行论战。

双方阵营中，章锡琛代表的"恋爱派"主要有宴始、洪钧、介子等人，"非恋爱派"代表中即以谦弟为主，一波、剑波不同程度的参与。梳理一下"非恋爱论"的观点基本如下：第一，章锡琛、宴始二人有关"恋爱即贞操，贞操即恋爱"恋爱与贞操一致说已经过时；第二，主张破除恋爱的神秘性，认为恋爱与友爱或人类爱，只是同一的名词的异写，其意义都是一样的，并没有什么不同的含义；第三，主张"自由性交论"。认为两性的结合，只有性交，而"性交则完全是肉感的"，并没有所谓恋爱。只要生理条件适合，即使没有感情，也是听其自由性交，而不加干涉的。认为章锡琛等的恋爱贞操说是"情感的性趣说"，是"情感的强奸论"。要铲除"恋爱"这个"带有性的神秘，性的占有，性的自私……的'唯一公认的性的奴隶制'，"给性以它的本来面目"；毛一波甚至指责恋爱"不仅是有闲阶级的享乐生活，而且更是一夫一妻制的新护符"。第四，认为恋爱是闲余阶级、资产阶级的性的享乐生活之代名词。在谦弟看来，恋爱是人类爱的敌人。"资本制度的命还未革掉，我们将生活的时间用在恋爱方面去为个人的享乐主义消磨了，我们哪儿有时间来从事实现人类爱的社会革命工作呢？"第五，废除婚制。"在将来自由社会实现以后，人只是人，只有人（Homo），没有Viro和Virino的差别，都是同伴，都是爱侣，没有什么的夫妻关系，这才是人的至高完成；性的至高完成；男女的真实的和谐。那时的'性'才是裸露的，自然的，社会的，崇高的，善的和美的。"总括起来，就是"非恋爱论者"主张打破恋爱对个人的束缚，把恋爱看成和吃饭一样自然的事，而非神圣，从而致力于无政府主义极端自由的社会事业。

对来自"非恋爱论"者的质疑与发难，章锡琛等一一做出了回应表态。章锡琛首先承认自己是个主张灵肉一致的恋爱贞操论者，而且认为灵是一定有的，不仅存在于恋爱的关系中，也存在于人类其他感情中。他认为否认灵的存在的非恋爱论者根本是杂交论者。其次，他否认恋爱是资产阶级闲裕阶级的专有品，认为即使将来社会制度改变后，资本制度消灭后，恋爱作为人的基本情感也不会消灭。他同意将来的社会"人只是人"的观点，同意人和人之间都是同伴，但他不同意都是爱侣。他认为："即使在理想的社会里，一定有因性格之较能相投，事业之较能更多联带，信仰（当然不是说宗教）之符合，甚至于彼此性交之比别人更甜美，而其互相间的感情会比别个异性更亲密的。"总之，他无法接受非恋爱论者"性只是性"这种几至带领人返回原始社会的杂交状态的"性交自由论"，也无法接受非恋爱论者否认婚姻、否认家庭的论调，强调恋爱自由才是个人与社会都能得益的真谛，坚持恋爱至上的个人主义立场。

历史真是吊诡，当初陈百年指责"新性道德论"是一夫多妻制的新护符，如今"非恋爱"派则指责"新性道德论"是一夫一妻制的新护符；当初陈百年等担心新性道德论会引导青年变坏，走向纵欲，如今"非恋爱"派则指责"新性道德论"过分强调两性关系中恋爱神圣、灵的部分，使恋爱成为人身一种新的枷锁；当初恋爱道德论被视为超前，如今则被指责过时。短短两三年的时间，中国性观念在青年中到底发生了怎样的转变？在与"非恋爱"派进行论战的当儿，章锡琛以编者名义于1928年9月进行了一场读者征文讨论——《新恋爱问题——征求解答》。三个月后在《新女性》第3卷第12号以"新恋爱问题"专栏的形式刊发，共刊载包括剑波、姚方仁、文宙、朱梅、章克标、洪钧、静远、安之、伏园、孙福熙、陈醉云、毛君若、戈灵、波弟、龙实秀、蒲察十六位作者的文章，其中包括卢剑波、毛一波等"非恋爱"派与孙伏园、孙福熙二位文艺界人士。关于此次讨论情况，许慧琦已经做了相当详尽的分析解读，无须我赘言了。[①]这里仅借鉴其结论，"综观1928年底这场'新恋爱问题'讨论的十六篇来稿内容，可发现众人在论述恋爱的态度上，与1920年代前半期的相关讨论相较，出现重要变化。概言之，绝大多数论者仍承认恋爱的存在及其必要性，却明显削弱了恋爱的神圣性。"[②]通过这次讨论，章锡琛发现，时代确实已经在向前飞奔，原先执着的恋爱启蒙基本已经完成任务，于是在1930年1月宣告《新女性》终刊。写于1929年12月的《废刊词》首一句就是："有了四年历史的《新女性》，决定于明年废刊。废刊的原因很是单纯，就是时代已经不需要我们了。"然后章锡琛对自己所历十年的中国妇女解放进行了总结："时代真是握有无上权力的专制暴君。在五六年前使人震骇以为邪说妄谈的议论，到了今日，人人只觉得平淡无奇。'妇女解放''妇女运动'一类的名词，在五四运动以后的知识阶级里，人人都在兴高采烈地讨论着，宣传着，同时还有一部分思想落后的人在反对着，咒诅着；现在却被当作像饥了应该吃饭，冷了应该添衣一般的老生常谈，虽然饭有没有得吃，衣有没有得添还是一个问题。"《新女性》在大时代的特别快车的车头上，虽然也充过一小粒的煤块，但经过了四年的长时日，这粒煤块早已燃成灰烬，所剩余

[①] 参见许慧琦《1920年代的恋爱与新性道德论述——从章锡琛参与的三次论战谈起》，《近代中国妇女史研究》2008年第16期，第70-74页。

[②] 许慧琦：《1920年代的恋爱与新性道德论述——从章锡琛参与的三次论战谈起》，《近代中国妇女史研究》2008年第16期，第74页。

的也不过是一些细微的渣滓,早该被火夫弃在路旁,不值一顾了。"虽然带着一些怅惘,但恋爱已经植根在中国这块沃土了,也算完成了使命,至于他们当初要培养青年恋爱艺术的理想,这个复杂的话题已经在大时代的滚滚车轮中难以引起青年的重视,也只能作罢。从易卜生到爱伦凯,从爱伦凯到柯伦泰,形成了中国女性解放个人主义思潮的基本轨迹。

四 《妇女杂志》女性论的历史意义

《妇女杂志》的女性论者,以极大的热忱建构中国女性解放"从易卜生到爱伦凯"的逻辑,其价值与意义很值得现在反思。

20世纪80年代,周良沛在一篇文章中写道:"我听过很多二三十年代的革命前辈讲,他们那时争得的恋爱自由,是真正的自由恋爱。他们看到现在的年轻人找对象还得经人介绍,虽然不能说跟过去完全一样,也确实是变相的托媒说亲。当我们甚至还得赞扬'婚姻介绍所'时,他们是深有感慨地叹息道:从这一点看,时代是倒退了。""起码是我自己,有时看到莎菲这一点不顺眼时,倒不是以现在的眼光要求过去的作品,毛病倒出在比产生《莎菲女士的日记》之前的那个时代,对爱情、婚姻更落后的眼光,带着点封建思想看莎菲的恋爱。暴露了我观念上的毛病。"[①] 周良沛的话令人深思。1920年代,以《妇女杂志》为中心,"新性道德论"者致力于在中国建立恋爱理论,在青年中培养恋爱的艺术,他们希望以恋爱促青年意识的转变,重塑国民性,呼唤"新人"的产生。迄今为止,没有哪个时代的人能像1920年代章锡琛等人一样,极力对女性"为人、为女、为母"的多重社会角色进行辩证统一的研究,对两性观念的不平等郑重发言。遗憾的是,这种理论

---

① 周良沛:《丁玲与莎菲》,《丁玲创作独特性面面观——全国首次丁玲创作讨论会专集》,湖南文艺出版社1986年版,第79页。

的倡导，无论在当时还是当代都遭到质疑。①鲁迅认为当年陈百年指责章锡琛等人的做法"是论利害，不像论是非"，②此语放在当下，论者仍很以为然。

当代西方女性主义者琼·W.斯科特认为："性别是代表权力关系的主要方式。换言之，性别是权力形成的源头和主要途径。"③"对男女两性的界定是互为参照的，所以不可能将男女两性完全分开进行研究。"④章锡琛主持时期的《妇女杂志》宣称："妇女问题，并非专是妇女的问题，实在是两性的问题，是全人类的问题"，对恋爱婚姻问题情有独钟，尤其对"恋爱自由""离婚自由"情有独钟，作为男性主导的妇女理论（这是所有中国妇女运动的通病）我们并不排除他们利己的私心，但是把"新性道德论"概括为一种"以男性为本位"的"妇女主义"，则有失偏颇。恋爱观念在中国的传播，一个很重要的方面是女性自我意识的觉醒，思想的独立。此点会在后面的章节重点谈到，在此不再展开。总之，如果没有1920年代章锡琛等建构中国女性理论的努力，很难想象类似吴曙天《恋爱日记三种》，白薇与杨骚《昨夜集》，

---

① 刘慧英《"妇女主义"：五四时代的产物——五四时期章锡琛主持的〈妇女杂志〉》一文认为，《妇女杂志》的"妇女主义"是"以男性为本位的'妇女主义'"，"它与中国现代初期的女权启蒙一样，是一种男性话语对女性乃至女权主义的建构，而不是妇女自己创建和从事的事业"，是"一种个人主义的人生观与人种进化的责任与愿望的完美结合"。彭小妍《五四的"新性道德"——女性情欲论述与建构民族国家》一文，虽然是以章锡琛离开《妇女杂志》后办的《新女性》（1926.1—1929.12）与张竞生的《新文化》（1927.1—1927.6）为中心，但因为章锡琛观点的一致性与延续性，所以她对五四"新性道德"的评价也可看作她对《妇女杂志》有关"新性道德"讨论的评价。她认为"无论主张'女性中心说''女子国家'或'两性平权'，都充分显示出五四文人对女权／建构民族国家的文化想象"。总之，这两篇文章都对《妇女杂志》以"恋爱"解决妇女问题的做法提出质疑。

② 鲁迅：《编完写起》，《莽原》1924年第4期，第40页。

③ 琼·W.斯科特：《性别：历史分析中一个有效范畴》，李银河主编《妇女：最漫长的革命》，中国妇女出版社2007年版，第135页。

④ 琼·W.斯科特：《性别：历史分析中一个有效范畴》，李银河主编《妇女：最漫长的革命》，中国妇女出版社2007年版，第121页。

第二章 《妇女杂志》与现代中国女性意识的变迁

鲁迅、许广平《两地书》，丁玲《不算情书》和《飘草与旋波及倚琳的信》等的出版以及茅盾《野蔷薇》、《蚀》三部曲、《虹》与丁玲的《莎菲女士的日记》等早期作品、白薇的《炸弹与征鸟》《悲剧生涯》等作品的出现。如果以当代文学书写反观这一理论对中国女性解放的意义，答案将会更加清晰。林白作为私人化写作的代表作家，其女性书写以大胆、叛逆在20世纪90年代文坛备受关注，但是其女性文学书写有一个很重要的母题就是：男性性压迫下的女性困境。多米的人生，"逃避是一道深渊。出逃是一道深渊，在路上是一道深渊。女人是一道深渊，男人是一道深渊。故乡是一道深渊，异地是一道深渊。路的尽头是一道永远的深渊。"[1] 但深渊的尽头皆为男人。"多米一碰到麻烦就想逃避，一逃避就总是逃到男人那里，逃到男人那里的结果是出现更大的麻烦，她便只有承受这更大的麻烦。似乎她不明白这点。"[2] 这是一种深具象征性的叙述，性别权力犹如一张网，女性拼命都难逃脱，这恰恰证明了"新性道德论"的观点：当女性在法律上获得一系列与男性平等的权利时，法律并不能保障文化观念上男女两性的真正平等。林白的作品中，女性的人生犹如走迷宫，绕来绕去都绕到"性"，《说吧，房间》中的南红每换一个工作就换一个男人，林多米在成长途中一碰到麻烦就逃到男人那里，因为婚后性不和谐导致离婚，因离婚导致失业，因再次求职遭遇无数性歧视，无奈求助老朋友的结果是差点又成为性的俘虏。女性的当代现实仍是一再成为性对象。面对性的献祭，男性永远敞开怀抱，但并不负责。林白对"一个人的战争"的诠释"一个人的战争意味着一个女人自己嫁给自己"，[3] 惨痛而富于寓意，性权力制约下女性的现实是女人走向自己。这说明，直到当代我们仍然没有解决《妇女杂志》女性论者当初想完成的理想。

---

[1] 林白：《汁液：一个人的战争》，甘肃人民出版社1994年版，第138页。
[2] 林白：《汁液：一个人的战争》，甘肃人民出版社1994年版，第175页。
[3] 林白：《前言》，《汁液：一个人的战争》，甘肃人民出版社1994年版，第1页。

另外，从中国女权概念变迁史角度看，"新性道德论"丰富了女性人格概念的内涵。人格平等作为"五四"时期不同派别妇女论者的共识，在1920年代出现的最大争议就是：女子无人格是经济不独立、教育不平等的结果还是原因？经济独立了，是否就能保证女子有人格？"新性道德论"者认为女子人格不独立是经济不独立、教育不平等的因，经济独立了，并不能保证女子就有人格。而人格的建立，在他们看来根本上要从两性关系角度来解决，恋爱就是其最好的解决方式。因为恋爱本身就是人格合抱的，它不受道德、法律、家庭、金钱、名誉等任何外界权威的制约，其哲学本质就是意志自由。"不自由，毋宁死，不得志，毋宁死，此之吾不肯屈挠者也。"①奴隶是一切社会制约的集合体，无人格就等同于奴隶。前面讨论女权概念变迁中女权与人格关系时，论者曾提到人格的未来意义远远大于其现实意义，即是说女性人格是一个需要日益丰富的概念。人格平等在《妇女杂志》女性论者看来，是终极理想，而不是仅仅实现现有条件下的男女平等或相同。在他们看来，男性教育的弊端在于"学生之官迷仍难唤醒"②，从教育平等的角度谈妇女解放，也终不过是把女性培植成和男性一样高等的奴隶：

> 我们相信，现在的教育，无论是男子教育或女子教育，都有根本的改造之必要，只是把谬误的女子教育改成谬误的男子教育，是我们所不敢赞成的。……自谋生活固然是现在资本主义社会女子的要务，但仅仅以自谋生活为完了教育的能事，并且因注重生活的缘故，而把人类成为机械化，奴隶化，使人间性直接为金钱所压抑，决不是我们提倡妇女教育的本意。③

---

① 魏瑞芝：《吾之独身主义观》，《妇女杂志》第9卷第2号，1923年2月。
② 宗良：《对于不良家庭之感想》，《妇女杂志》第3卷第9号，1917年9月。
③ 《我们今后的态度》，《妇女杂志》第10卷第1号，1924年1月。

在一般讨论妇女问题的人看来，经济独立是妇女解放的重中之重，女性只有获得职业权才能获得人身自由权，才能和男性在社会上、家庭中平分秋色。《妇女杂志》女性论者不满足于男女权力均分，因为在他们看来，这个男权本位的世界本身也是他们所要立意改造的。男子有教育权，有经济权，但是目前的体制却倾向于把男子教育成金钱的奴隶，无人格的人，所以女性解放，女性人格独立其目标不在于法律上所赋予的权利，而是女性要成为完全意志主体，做到思想独立。妇女解放的目标，归结起来是男女"心的革命"而非其他。

现在来看，《妇女杂志》女性论在1925年被迫中断传播是中国女性解放的损失。

第三章

爱伦凯与中国现代文学

　　爱伦凯在 1920 年代中国知识界的普及几乎达到了谈恋爱人必言爱伦凯的地步。如果试着开一份提及或研究过她的人的名单，就包括茅盾、沈泽民、鲁迅、周作人、周建人、陶履恭、田汉、郑振铎、巴金、郁达夫、钱杏邨、叶紫、丰子恺、夏丏尊、凤子、黎锦明、李达、邓颖超、柳亚子、杨贤江、章锡琛、吴觉农、陈望道、陈伯吹、任白涛、潘光旦、梁漱溟、张崧年、王平陵、张佩芬、陈学昭、蒋光慈、白采、许杰、朱舜琴、黄石、云让、魏肇基……虽然这仅是一份有案可寻的保守的名单，但已经足以显示她在中国的影响，尤其是在文学界。

　　郁达夫在《雪夜——自传之一章》中提到自己是在日本开始接触到爱伦凯的，"两性解放的新时代，早就在东京的上流社会——尤其是智识阶级，学生群众——里到来了……凡足以挑动青年心理的一切对象与事件，在这一个世纪末的过渡时代里，来得特别的多，特别的杂。易孛生的问题剧，爱伦凯的恋爱与结婚……一时竟如潮水似的杀到了东京，而我……便成了这洪潮上的泡沫……"[①] 而在他发表于《教育杂志》的一篇不怎么出名的作品《考试》（原题《微雪的早晨》）中，则

[①] 郁达夫：《雪夜——自传之一章》，《郁达夫文集 第 4 卷 散文》，花城出版社 1991 年版，第 94 页。

忠实地记录了青年学生阅读爱伦凯的情况,"本来勤勉的他,这一学期来更加用功了。晚上熄灯铃打了之后,他还是一个人在自修室里点着洋蜡,在看英文的爱伦凯,倍倍尔,须帝纳儿等人的书。"[1]他(朱君,朱雅儒)是一名在京读书的大学生,在心里喜欢本村小学同学惠英,但是家里早就给他娶了童养媳,抑郁中爱伦凯等妇女问题研究者的书成为他的精神慰藉品。在这里我们看到,爱伦凯著作的英文译本在大学里是很方便看到的。

而在巴金的笔下,爱伦凯曾是琴等女学生耳熟能详的人物。《家》是这样写军阀混战中到觉新家避难的琴的心理的:"琴默默地站起来,在房里慢慢地踱着。她在跟恐怖斗争。她心里暗叫着'决不能',她想找出一个不同样的回答。她觉得她除了性命外还应该有别的东西。这时候什么新思潮、新书报、什么易卜生,什么爱伦凯,什么与谢野晶子,对于她都不存在了。"[2]当琴作为一位新女性,想象自己在面对军阀闯进门来烧杀抢掠如何应对时,她想自己应该有与珏和梅不一样的地方,觉得自己应该比她们有力量,而第一时间闪现在她脑中的就是易卜生、爱伦凯、与谢野晶子等流行的新潮思想家。这说明,平日这些人是她最熟悉的。只是让她非常颓唐的是,在战争面前,他(她)们都失去了光彩。

在黎锦明的笔下,大约能反映出一般青年学生了解爱伦凯的途径,除了读书阅报,进步的老师是学生了解爱伦凯的一个窗口。在小说《妖孽》[3]里,黎锦明写了一个叫王婉慧的女学生,在"我"看来她平日里"是一个明显的有反抗性的女子",但是"我"对她的印象并不太好,所以即使在"我"要离开时是她冒着被检查的危险来送我,"我"对她也很快淡忘了,直到某一天一位旧同事在回信中告诉"我",婉慧已经

---

[1] 郁达夫:《考试》,《教育杂志》,第 19 卷第 7 号,1927 年 7 月 20 日。
[2] 巴金:《巴金经典作品选》,京华出版社 2008 年版,第 164 页。
[3] 参见黎锦明《妖孽》,《黎锦明小说选》,人民文学出版社 1983 年版。

死了,是被军队包围,被缚,被兵士秘密轮奸后,装入麻袋,淋上煤油,点火,扔到河里惨死的,"我"才有了这篇《妖孽》。小说里写婉慧对"我"的敬佩、崇敬,提到一个细节:"这许是因为我平日在授课时——谈到文艺或社会一类的东西时,每每喜欢提及几个历史上著名的女子,如克娄帕屈娜,莎菲,海波霞,贞德娅,罗兰夫人,赖丁格尼,爱伦凯……的事迹,因而对女性加了不少的赞辞。"而在婉慧送别我时,"我"了解到她家里已经给她订了婚,"我"这样说道:"这个没有关系,我想,如果他同样受过教育,志向性情和你相合,不会有问题的……"这里,L先生"我"不但平日里给女学生讲爱伦凯,而且在谈关于婚姻的主张时,也是一副爱伦凯的忠实教徒的样子。婉慧听他这样说,"抬起眼来点了点头,两颗泪滚了下来",作为"我"受过爱伦凯思想洗礼的人,很明显她已经把恋爱思想植根到心里了。而通读全文,婉慧这个并不可爱的女孩子,她最大的可爱处就在于她对爱伦凯等女性的认知、对理想婚姻的憧憬。她最后的惨死,因为有了这些思想的因子,便更加令人痛心。

叶紫是众多作家中除茅盾外直接谈及爱伦凯思想的人,《爱伦凯与柯伦泰》[①]是他与瑛英、斐佩的对话式讨论,看得出他是一个对爱伦凯了解较多的人,在此话题中,他对爱伦凯妇女运动目标的总结是:(一)结婚应以恋爱为基础。(二)自由离婚。(三)母性复兴;并对爱伦凯恋爱观作了总结,"她主张以灵肉一致,以全人格的恋爱为基础,换句话说:在肉体上,知识上,道德上站在同一平行线上的男女两人,相互爱合。两者一体,这样的结合,当可永远在爱的熔炉中生活。"并谈到爱伦凯主张结婚不必形式,真挚的爱即是道德。

叶紫对爱伦凯恋爱结婚论的理解,直接影响到其作品《星》中对梅春姐形象的塑造。梅春姐从一名逆来顺受的农村苦难妇女,到后来

[①] 叶紫:《叶紫散文选集》,叶雪芬编,百花文艺出版社1992年版,第27—29页。

与有着星一般的眼睛的黄同志相爱同居,其思想的转变固然有妇女会起的作用,但整体看来其转变还是很突然的。只能说这是叶紫一种理想化的处理,与其接受的爱伦凯思想不无关系。

> 梅春姐在村子里一天比一天更高兴地活动着。并且夜间,当她疲倦地从外面奔回家来的时候,她的黄也同时回来了。她便像一只温柔的,春天的小鸟儿般的,沉醉在被黄煽起来的炽热的情火里;无忧愁,无恐惧地饮着她自己青春的幸福!他们能互相亲爱,提携;互相规勉,嘉慰!……
> ……
> 她常常地想:这才是真正的生活呢。[①]

这样一幅在外是同志、回到家里尽享灵肉一致的爱的幸福生活图景,怎么看都是作家思想的传播机而不是一个刚从"奴隶式"生活中走出来的梅春姐所具有的思想。

以上不厌其烦地罗列史料,只是为了说明一点,爱伦凯在1920年代在中国的传播与影响,不仅仅在社会,而且已经与中国现代文学发生越来越密切的关系。前面在谈爱伦凯在中国的传播时我已经提到过,陈学昭和钱杏邨已经开始明确运用爱伦凯灵肉一致的恋爱观进行文学评论的书写。下面,我将重点以茅盾、丁玲、许钦文、鲁迅笔下的涓生为中心,讨论爱伦凯与中国现代文学的关系。

[①] 叶紫:《星》,载《叶紫代表作》,叶雪芬编,黄河文艺出版社1987年版,第227页。

第一节 爱伦凯对茅盾女性观与创作的影响

茅盾作为中国第一位正式译介爱伦凯著作的人，他比较系统地研究过爱伦凯，对爱伦凯思想有比较全面的把握。茅盾接受爱伦凯的影响主要集中在五四时期，他一方面吸取爱伦凯思想内涵形成其早期女性观，一方面译介爱伦凯著作，借鉴爱伦凯思想观察与分析妇女问题，另一方面，在爱伦凯与纪尔曼之间的抉择，也是他早期女性观中一个重要的插曲。

爱伦凯于1920年2月5日首次出现在茅盾的文章中，茅盾与爱伦凯的这次相遇让青年茅盾激动不已，"瑞典有位爱伦凯女士对于女子主义运动是终身事业，讨论新道德极精辟的"，[①] "爱女史的妇女运动观真是最彻底的了。"[②] 茅盾深深服膺于这位爱女史，他亲自推翻了自己早先以经济独立为妇女解放目标的主张，[③] 转而提倡爱伦凯的学说，"我以为新道德的创立，尤为紧要，在中国尤为紧要中的紧要"，[④] "总之，我相信妇女问题不必定要从经济独立做起——西洋的往迹虽是如此，……"[⑤] 爱伦凯学说吸引茅盾的首先是爱伦凯从改造伦理、改造两

[①] 茅盾：《我们该怎样预备了去谈妇女解放问题》，《茅盾全集》第14卷，人民文学出版社1987年版，第128页。原载《妇女杂志》第六卷第三号，1920年3月，署名雁冰。

[②] 茅盾：《爱伦凯的母性论》，《茅盾全集》第14卷，人民文学出版社1987年版，第164页。原载《东方杂志》第十七卷第十七号，1920年9月，署名雁冰。

[③] 参见茅盾《妇女解放问题的建设方面》，《茅盾全集》第14卷，人民文学出版社1987年版。原载《妇女杂志》第六卷第一号，1920年1月，署名佩韦。

[④] 茅盾：《世界两大系的妇人运动和中国的妇人运动》，《茅盾全集》第14卷，人民文学出版社1987年版，第121页。原载《东方杂志》第十七卷第三号，1920年2月，署名佩韦。

[⑤] 茅盾：《家庭服务与经济独立》，《茅盾全集》第14卷，人民文学出版社1987年版，第138页。原载《妇女杂志》第六卷第五号，1920年5月，署名YP。

第三章 爱伦凯与中国现代文学

性关系入手，就是从精神方面入手，合于新文化运动的真意义。其次，爱伦凯"灵肉一致的恋爱观"，完全不同于中国世俗所称的恋爱（偏多于肉体而偏少于灵魂方面），让茅盾深深折服，"这爱……乃是一件至大至刚，至醇至法，灵肉调一的精神，施到行为上，便是利他和利己的调和。"①茅盾对爱伦凯恋爱中蕴含的生命哲学"利他和利己的调和"显然是洞见到的。再次，爱伦凯学说中承认女子不一定要经济独立的观点，不同于中国式的母教，闺训，男主外女主内等话头，而是承认男女有"性"的差别，在争得和男子一样的人格权后，女子有选择做母亲的权利。母职含有训练肉体精神两方面的意思，决不是只把小孩子抚养长大，像鸟兽哺子一般，便算尽了母职。儿童为中心、儿童本位的思想，母亲在家庭自然教育中的作用，最终不仅利己还利于种族的改良，人性的向上。对爱伦凯的母性论，茅盾专门著文介绍，是爱伦凯在中国传播中惟一对此问题颇多关注的人。茅盾早期女性观，主要吸取了爱伦凯思想中的这些精华，着重伦理的改造。

如在贞操问题的讨论中，茅盾认为："要决定贞操应该有不应该有，先须研究恋爱的性质。……所谓恋爱，一定是灵肉一致的。仅有肉的结合而没有灵的结合，这不是恋爱。但对于那以恋爱必先由精神而及肉体的说头，却也不赞成。"②"既认恋爱是灵肉两方一致的，贞操便不成问题。因为贞操之能表见者，只是肉体的，不是灵魂的。真能有灵肉一致恋爱的人们，不用贞操两个字做束缚，……所以贞操与恋爱的关系，一而二，二而一，并不分彼此。"③"女子解放的意义，在中国，就

---

① 茅盾：《爱伦凯的母性论》，《茅盾全集》第14卷，人民文学出版社1987年版，第164页。原载《东方杂志》第十七卷第三号，1920年2月，署名佩韦。
② 茅盾：《恋爱与贞操关系》，《茅盾全集》第14卷，人民文学出版社1987年版，第253、254页。原载《民国日报·妇女评论》1921年8月31日，署名冰。
③ 茅盾：《恋爱与贞操关系》，《茅盾全集》第14卷，人民文学出版社1987年版，第254页。原载《民国日报·妇女评论》1921年8月31日，署名冰。

是发现恋爱！"①在两性道德问题上，恋爱是衡量道德与否的天平，"一个人有过两三回的恋爱事，如果都是由真恋爱自动的，算不得什么一回事。在女子方面，算不得不名誉的，有伤贞洁的。"②茅盾早期女性观中这些不断被征引的部分，正是爱伦凯"恋爱道德论"的翻版。

　　茅盾受爱伦凯影响的第二个方面，是翻译介绍爱伦凯理论，用爱伦凯思想观察与分析妇女问题。从1920年2月第一次在文章中提及爱伦凯到1925年1月，茅盾共著文15篇对爱伦凯学说进行介绍，其中《评儿童公育问题》、《爱伦凯的母性论》、《家庭改制研究》、《所谓女性主义的两极端派》都是当时介绍爱伦凯学说最有代表性的文章。茅盾一方面比较全面的把爱伦凯介绍到中国，一方面依托中国现实对爱伦凯思想进行了评价，主要是针对爱伦凯学说中不利于五四反传统的地方。比如，爱伦凯不主张废除家庭，反对儿童公育，认为家是儿童成长中最重要的场所——家的作用、家的感觉、家的记忆，所有那些给它独特的声调、色彩、气味的东西——是任何组织机构难以替代的，在家中父母的教育不是应该避免，而是必须引入，这和五四时期青年反抗封建家庭获得个性自由的方向不符，也和中国妇女必须要摆脱孩子的束缚走向社会、接受教育、获得解放的现实相逆；另外，茅盾认为爱伦凯："所谓'母才'，不免偏了一点。女人的才能并不限于'做母亲'。"③总之，茅盾借鉴的主要是爱伦凯有利于五四"新道德"建设的方面，而不是爱伦凯的全部。他借鉴爱伦凯思想观察与分析妇女问题，主要的还是在爱情婚姻方面。

　　1923年4月25日，茅盾在《民国日报·妇女评论》发表了一篇文

---

　　① 茅盾：《解放与恋爱》，《茅盾全集》第14卷，人民文学出版社1987年版，第324页。原载《民国日报·妇女评论》1922年3月29日，署名冰。
　　② 茅盾：《恋爱与贞洁》，《茅盾全集》第14卷，人民文学出版社1987年版，第333页。原载《民国日报·妇女评论》1922年4月5日，署名冰。
　　③ 茅盾：《所谓女性主义的两极端派》，《茅盾全集》第14卷，人民文学出版社1987年版，第285页。原载《民国日报·妇女评论》，1921年10月26日，署名冰。

章《读〈对于郑振壎君婚姻史的批评〉以后》，这是针对同年4月1日出版的《妇女杂志》九卷四号的专栏"对于郑振壎君婚姻史的批评"的反批评。在绝大多数人为郑振壎的夫人启如辩护的情况下，茅盾站出来为郑振壎平反："因为我们信奉恋爱教，确信结婚生活必须建立在双方互爱的基础上，无恋爱而维持结婚生活，是谓兽性的纵欲，是谓丧失双方的人格！人道主义的美名固然可爱，但我们更爱我们的人格，和对手的人格！"[①] 茅盾这里所指的"恋爱教"就是爱伦凯的"恋爱道德论"。茅盾既然称爱伦凯为恋爱教的教主，所以是很忠诚地践行此理论的。他认为既然郑振壎已经对妻子没有爱恋了，那么他想逃婚是合理的，倒是那些替他妻子辩护的人以人道主义为援，颇值得商榷。茅盾曾经在其他文章中称那些"口称不忍与妻子离婚而力望其妻速死"的人为"虚伪的人道主义"[②]，对此他是极反感的。所以他认为与其这样虚伪反不如郑振壎这样的解决法可爱。这代表了五四时期大多数认同爱伦凯"恋爱道德论"的知识分子的意见，正如前述任白涛所讲爱伦凯的主张是趋于诚实。

尽管茅盾对爱伦凯是从内心里尊崇，但在爱伦凯与纪尔曼的比较中，茅盾最终还是理性地选择了纪尔曼，这成为茅盾早期女性观中一个很重要的插曲。纪尔曼（Charlotte Perkins Gilman）（1860—1935），美国著名女性主义者，主要代表性著作是《妇女与经济》，她与爱伦凯理论最大的区别是她主张泯灭"性"的界限，对于妇女问题注重经济独立，在精神方面则赞成"独身"，尤其主张严格的一夫一妻制（就是嫁娶只限于一次）。茅盾在介绍爱伦凯时，几乎都是以纪尔曼作参照。因为作为女性主义者，二人在很多话题上形成交锋，比如纪尔曼主张儿童公育，爱伦凯则极力反对儿童公育。只是对茅盾来说，单纯理论

---

① 茅盾：《读〈对郑振壎君婚姻史的批评〉以后》，《茅盾全集》第15卷，人民文学出版社1987年版，第39页。

② 茅盾：《虚伪的人道主义》，茅盾全集第14卷，人民文学出版社1987年版，第273页。原载《民国日报·妇女评论》1921年10月5日。

介绍很简单,若要结合中国自己的社会实况,就是背景来选择哪个更合适,就不是一件很容易的事。茅盾是从心底里尊崇爱伦凯的,他曾经这样说,纪尔曼"良心上使我不能反对",爱伦凯"学识上使我不能反对。勉强下个评论,我只好恭维爱伦凯,因为她的学说比较的深湛"[1]。但是茅盾也曾发表这样的意见,他认为谈妇女问题要有三个方面的准备:一要懂社会学、经济学、人生哲学和生物学等。二要了解西洋女子主义的起源、分派、趋势、现在和将来。三要晓得我们自己的社会实况,就是背景,然后可以预备了去谈解决的方法。[2] 他极反对急进派——双手捧出西洋现成的新花样、不加研究冒昧提倡——的做法。[3]他对爱伦凯是极有研究的,对纪尔曼也是极为关注的,结果是:"纪尔曼的经济独立说却不论在哪处,这几年来,总是一天盛旺似一天。使家庭简单化的'公厨''公共食堂'等等新法,在英国美国都行有成效。而今俄国又把儿童公育试办了,听说成绩也是很好。"[4]而爱伦凯却只是在北欧很有些势力,在英美不大有人讲起,近来因了她的儿童教育说,才在英美有些应声了。世界趋势上纪尔曼是占上风的,而中国的现实正如鲁迅在《伤逝》中所言,"人必生活着,爱才有所附丽",在经济独立问题没有解决时,空谈恋爱救国只是一种理想主义的做法。这样,在谈了一阵爱伦凯的伦理革命之后,茅盾再次重提经济独立的话题。但历史细节处却隐现着茅盾对爱伦凯欲罢不能的意态。

一是茅盾在将爱伦凯与纪尔曼不断比较后,虽然多次写文章暗示爱

---

[1] 茅盾:《评儿童公育问题》,《茅盾全集》第14卷,人民文学出版社1987年版,第155页。原载《解放与改造》第2卷第15号,1920年8月1日,署名雁冰。
[2] 茅盾:《我们该怎样预备了去谈妇女解放问题》,《茅盾全集》第14卷,人民文学出版社1987年版,第129页,人民文学出版社1987年版。
[3] 茅盾:《读〈少年中国〉妇女号》,《茅盾全集》第14卷,人民文学出版社1987年版,第89页。原载《妇女杂志》第6卷1号,1920年1月。
[4] 茅盾:《所谓女性主义的两极端派》,《茅盾全集》第14卷,人民文学出版社1987年版,第286页。

伦凯理论的不切实际①，但对爱伦凯却是难以搁置。比如他讲"女子解放的意义，在中国，就是发现恋爱"，时间便在明确选择纪尔曼的"经济独立"说后面。更让人印象深刻的是发表时间更靠后的《所谓女性主义的两极端派》，在推出爱伦凯理论与纪尔曼理论相较纪尔曼重要的结论前，茅盾表达了怕人们曲解爱伦凯的担忧："我猜想起来，一定有些思想复辟的先生们抬起爱伦凯来抵制主张妇女经济独立，而且或者竟至把爱伦凯的学说改变成中国式的母教，闺训，男主外女主内。等等话头，也未可知；果真如此，那真是爱伦凯的不幸，中国的糟，自不待言了。"②茅盾就像爱伦凯的维护者一样，深怕别人意错了爱伦凯的本意。在曾经深深被爱伦凯吸引的茅盾心里，他一直难以割舍掉自己对爱伦凯"真理"性的喜爱，这种潜隐的内心后来以短篇小说集《野蔷薇》面世为代表。

之所以这样说，首先是因为《野蔷薇》这个集子带有很强的"爱伦凯味"。在这儿"爱伦凯味"，主要指作品中人物的言行、心理透露出受爱伦凯思想影响的痕迹。

《野蔷薇》最初发表时包括五篇小说：《创造》（最初发表于一九二八年四月《东方杂志》第二十五卷第八号），《自杀》（最初发表于一九二八年九月《小说月报》第十九卷第九号），《一个女性》（最初发表于一九二八年十一月《小说月报》），《诗与散文》（最初发表于一九二八年十二月《大江》），《昙》（最初发表于一九二九年四月《新女性》四卷四号），这里仅选《自杀》和《诗与散文》为例。③

《自杀》，集中讲述的是环小姐在和一个男子发生性关系后，第二日这个男子便留下一封信离去，以致环小姐陷入因未婚先孕带来的内

---

① 见茅盾《离婚与道德问题》，《妇女杂志》第8卷第4号，1922年4月，署名沈雁冰；茅盾《爱伦凯学说的讨论》，《民国日报·妇女评论》，1921年11月9日，署名冰。

② 茅盾：《所谓女性主义的两极端派》，《茅盾全集》第14卷，人民文学出版社1987年版，第288页。

③ 茅盾作品引文皆见《茅盾全集》第八集，人民文学出版社1985年版。

心煎熬中。小说有个细节很值得注意：无论是环小姐还是和环小姐发生关系的男子，他们都不觉得自己婚前性行为有什么不道德。环小姐觉得"她很应该很不愧怍地对人家公开她的秘密：她与一个男子恋爱，她把全身心都给了他，但是为了更神圣的事业，他很勇敢地离开她了。这岂不是最光明最崇高的事！"因为恋爱所以她可以把身体给他。男子的话，也表明因为恋爱而发生的性关系，是不该有心理负担的。"已经发生关系？然而最好是忘得干干净净。不是你的丈夫，只是你一度的情人。你依然年轻，你依然可以使一个爱你的人得到快乐，多量的快乐，比我们经验过的要多上好几倍的快乐！"这显然跟爱伦凯"不论怎样的结婚，要有恋爱才可算的道德。倘若没有恋爱，即使经过法律上的结婚手续也是不道德"的主张相吻合。

《诗与散文》的"爱伦凯味"更加突出，这主要体现在青年丙想抛弃桂追求表妹时的一段心理描写。这段描写虽然不长，但是它在中国现代文学书写中非常重要，它标志着在中国一种新男性的形成。且看这段描写："'我的行为是不道德的么？'他忍不住自问。他的在此等时的第一念大都属于桂，他觉得既然已经全心灵爱着表妹，就不应该再和桂有往来；仍旧接受桂，便是欺骗了桂。''以前的事，自不可论。但现在还和她沾染，至少是太欺负了她罢？'青年丙十分真诚的忏悔。此时他不但没有憎恨桂的意思，反倒可怜她了；他痛骂自己是堕落到极顶的懦夫，他承认自己的态度是两面欺骗。"在爱伦凯看来，"恋爱自由"和"自由恋爱"有本质的区别，"她所尊重的，不是'自由恋爱'而是'恋爱的自由'，不是自由的恋爱，乃是自由和责任相伴的恋爱。恋爱的自由就是爱情不受胁迫，不加勉强的意思。自由恋爱不是这样，就是无论对于什么人，听我高兴，要恋爱就恋爱，毫无拘束限制的意思。两下对比起来，两个当然是不同的。"[①] 所以，爱伦凯不反对一个人

[①] 李三无：《自由离婚论》，《妇女杂志》第6卷第7号，1920年7月。

有多次恋爱，但反对同时对两个异性发生恋爱或肉体结合，认为这种行为不是真恋爱，只是肉欲的兽性的行为。如果一个人和第二个异性发生真恋爱，他首先应该告诉第一个人，请求离婚（这里的离婚也可以指离开，笔者注）。① 青年丙认为自己目前的行为——他没有告诉桂而开始追求表妹——有"自由恋爱"的嫌疑，所以他自问"我的行为是不道德的么？"但因为他感到与桂之间不再有"灵之颤动"，即爱情已消失，所以觉得既然已经全心灵爱着表妹，就不应该再和桂有往来。青年丙的思索，正是爱伦凯"恋爱自由"不等于"自由恋爱"的警示作用的结果。他认真地在心里拷问"恋爱"的本质，这无论如何不能不看作是青年的一大进步。在追逐异性时，男性开始考虑自己行为的道德属性，恋爱使得他们的情感心理细腻化了。

《野蔷薇》这个集子里的作品，除了都带有"爱伦凯味"之外，还有一个共同的特征，就是爱伦凯理想的新女性在中国的现实中普遍表现出不适应，包括男性的不适应与女性自己的不适应。《创造》表现为君实对娴娴的不适应，《自杀》表现为环小姐对革命男友的不适应，《一个女性》表现为琼华对周围环境（男性）的不适应，《诗与散文》表现为青年丙与桂奶奶的互相不适应。在此，我将以《创造》《诗与散文》为例，加以解说。

《创造》是一篇耐人寻味的作品。它带有很强的实验色彩，写的竟是君实创造"理想的夫人"——娴娴。那么君实理想中的新女性都具有哪些素质呢？且看君实的不满与得意："我所谓成见，是指她们的偏激的头脑。是的，新女子大多都有这毛病。譬如说，行动解放些也是必要的，但她们就流于轻浮放荡了；心胸原要阔大些，但她们又成为专门骛外，不屑注意家庭中为妻为母的责任；旧传统思想自然要

---

① 参见茅盾《〈妇女周报〉社评（二）》，原载《民国日报·妇女周报》第四号，1923年9月12日，署名玄珠。

不得的,不幸她们大都又新到不知所云。""当她和君实游莫干山的时候,在那些避暑的'高等华人'的太太小姐队中,她是个出色的人儿:她的优雅的举止,有教育的谈吐,广阔的知识,清晰的头脑,活泼的性情,都证明她是君实的卓绝的创造品。""君实却素来留心政治,相信人是政治的动物,以为不懂政治的女子便不是理想的完全无缺的女子。""君实此时也正忙乱的思索着,他此时才知道娴娴的思想里竟隐伏着乐天达观出世主义的毒。""然而还有一点小节需要君实去完工。不知道为什么,娴娴虽则落落有名士气,然而羞于流露热情。……经过多方的陶冶,后来娴娴胆大些了,然而君实总嫌她的举动不甚活泼。并且在闺房之内,她常常是被动的,也使君实感到平淡无味。他是信仰遗传学的,他深恐娴娴的腼腆的性格会在子女身上种下了怯弱的根性,所以也用了十二分的热心在娴娴身上做功夫。现在娴娴是'青出于蓝'。有时反使君实不好意思,以为未免太肉感些,以为她太需要强烈的刺激了。"

在君实看来,理想的女性首先是理性、不偏激。她们一方面要了解政治,一方面要尽女性为妻为母的责任;一方面要行动解放,一方面要举止优雅;在性关系中,一要解放,二要不流于放荡。因为他是信仰遗传学的,所以对女性在闺房内的被动保守尤其不满意,因为这直接关系着人种的改良。最后一点显然是爱伦凯将恋爱与优种学结合的观点,认为恋爱产生最优秀的小孩。但如果把君实的理想跟爱伦凯在《未来的女子》中对新女性的设想加以对照,会吃惊地发现二者的一致。爱伦凯的女性理想是,"将来的女子,我现在据我的想象自由而且大胆的描写将来的新妇女:这种妇女是一个把种种相反条件调和于一身的调和体。这种妇女,很复杂而又很统一;很丰富而又很单纯。具有充分修养的性质,而又具有活泼的性情。是人间的个性的具体化,而又是女子的表现。这种女子,了解科学的精神,了解对于真理的追求心,也了解独立的精神、艺术创作的精神。理解自然的法则、进化发达的必然性,具有一致合同的感情,也具有对于社会利害问题的兴味。这种女子,比现在的女子多晓得事物,多审量事物;所以比现在的女子更正当,更强壮,更善良,更贤明,更优雅。又说:这种女子,举全身以求爱的幸福。这种女子,尊重贞操;但是她的性质,是情热的,不是冷酷的;她是灵的,也是肉感的。她富于自尊心,所以很真实。她向男子要求大的恋爱,同时把较大的恋爱给男子,她自己所享受的幸福,给予别人的幸福,比现在说的幸福更丰富,更深厚,更长久。她对于男子,永远做一个情人;而她所以称为情人的理由,是为着做母亲。所以她对于做母亲的技艺,不惜捧出她的最美最强的能力。"[①]君实的理想与爱伦凯如出一炉。

这样看来,我前面说茅盾是将自己对爱伦凯难以割舍的情感投注到《野蔷薇》的创作中,是可行的。再次回到《创造》,一旦娴娴这样的女性"创造"成功,君实马上感到了不适应。因为这实在是一种理想,当娴娴在君实的指导下一步步变化时,当娴娴向着君实的下一步目标迈进时,在娴娴身上同时起着另一种变化。就是当君实将娴娴的落名士气改造成功后,她竟向君实所谓的"女政客"角色转变了。这是君实未曾预料的。不论是结尾娴娴的留言"她先走了一步了,请少爷赶上去罢。——少奶奶还说,倘使少爷不赶上去,她也不等候",还是文章开头对君实娴娴夫妇卧室布局的介绍(一个词:乱。杂志乱丢。笔没有了帽,笔尖吻在明信片上。丈夫送娴娴的象牙兔子倒着。女人的衣服、鞋子乱丢一气。摊开的杂志封面:《妇女与政治》),都表明娴娴已经离君实的理想越来越远,她不满足于将家收拾得干干净净、永远追随丈夫脚步的生活,她开始运用自己的独立意志,并且倾向参政。

那么,君实对改造后娴娴的不适应说明什么呢?"君实"这个名字或者可以说是中国现实的一种象征。这就是:君,实实在在的现实。

---

① 瑟庐:《爱伦凯女士与其思想》,《妇女杂志》第7卷第2号,1921年7月。

所以君实对改造后娴娴的难以适应，或者可以理解为：当现实的妇女运动对妇女解放的未来加以申明并倡导时，过于理想化的途径未必是可行的。对照前面茅盾在爱伦凯与纪尔曼之间的抉择，茅盾虽然从学理角度表示对爱伦凯学说的佩服，但茅盾的实际选择却是纪尔曼，这种理解就不再是空穴来风。

在此，笔者将以《诗与散文》中新女性"桂"的不适作进一步的分析，以证明这种理解的有效。"桂"的行为，依爱伦凯的"恋爱道德论"论之，是值得肯定的。"桂"与青年丙的恋爱，尤其是在同青年丙的关系中，"桂"抛弃传统女子对待性的羞涩，大胆追求热烈的情欲，在得知青年丙移情别恋后，果断地拒绝了他，正是爱伦凯倡导的"灵肉一致的恋爱"的注脚，肯定肉欲、拒绝被爱。从新道德的角度，"桂"无疑已经置身于新女性之列。但"桂"马上面临的现实就是青年丙。青年丙在遇到更加年轻的表妹之后，这个所谓的新青年马上表示："男女间的关系应该是——'诗样'的、'诗意'的；永久是空灵，神秘，合乎旋律，无伤风雅。这种细腻缠绵，诗样的感情，本来是女性的特有品。可是桂，不知怎的丧失了这些美点。你说你要'实实在在的事'，你这句话，把你自己装扮成十足的现实，丑恶，散文一样；用正面字眼来说——就是淫荡……"但事实上，一旦表妹的留言让青年丙彻底无望后，青年丙又再次对"桂"产生"灵之颤动"，完全软化、屈服于"桂"热烈的肉感诱惑下。正如"桂"的揭示，"你，聪明的人儿，引诱我的时候，唯恐我不淫荡，唯恐我怕羞，唯恐我有一些你们男子所称为妇人的美德；但是你，既然厌倦了我的时候，你又唯恐我不怕羞，不幽娴柔媚，唯恐我缠住了你不放"，口头上喊着"恋爱自由"主张"灵肉一致的恋爱"的男子，不过借新思想满足自己的私欲而已。这就是新女性要面对的现实。虽然"桂"最后一脚踢开青年丙，勇敢地宣示自己精神上的胜利，但谁又能说这是真正的胜利呢？

总之，不管是男性还是女性，都表现出对"新女性"身份认同的困境。可以说，茅盾的《野蔷薇》充分表现了这种现实。而"新女性"无一例外地披了恋爱的外衣，更确切地说，是披了爱伦凯"恋爱道德论"的外衣，在这外衣的里面，是重大的现实问题。这就是争取恋爱自由权在现实的中国，还将存在一系列的难题。

第二节　丁玲与爱伦凯的精神契合

1930年毅真在《几位当代中国女小说家》中认为："女作家笔底下的爱，在冰心女士同绿漪女士的时代，是母女或夫妇的爱；在沅君的时代，是母亲的爱与情人的爱互相冲突的时代。到了丁玲女士的时代，则纯粹是'爱'了。讲到丁玲时代的爱，非但是家常便饭似的大讲特讲的时代，而且已经更进了一层，要求较为深刻的纯粹的爱情了。"[①]莎菲"她的爱的见解，是异常的深刻而为此刻以前的作家们所体会不到的。"[②]现在看，莎菲对爱的深刻见解——"灵肉一致的恋爱"——跟1920年代对中国女性解放运动产生重要影响的瑞典女性主义者爱伦凯颇有关系。

通过读秀学术搜索，以"爱伦凯""爱伦开""Ellen Key"为检索词，可以查到在中国现代作家中，鲁迅、周作人、茅盾、巴金、郁达夫、田汉、苏雪林、陈学昭、钱杏邨、叶紫、丰子恺、夏丏尊等人都直接提到过爱伦凯，加上其他各界，名单令人咋舌。但非常遗憾的是，目前尚查不到丁玲任何对爱伦凯的言说。所以，即使莎菲跟爱伦凯"灵肉一致的恋爱观"一致，也很难直接说丁玲是受爱伦凯的影响而创作

[①] 毅真：《几位当代中国女小说家》，《妇女杂志》第16卷第7号，1930年7月。
[②] 毅真：《几位当代中国女小说家》，《妇女杂志》第16卷第7号，1930年7月。

的《莎菲女士的日记》。但是，我们仍然可以通过大量佐证来讨论二者之间的关系。

我们知道，爱伦凯在中国的传播、包括爱伦凯为中国人所熟悉，主要借助的媒介是《妇女杂志》。虽然丁玲自己并没有提到过这份杂志，但是沈从文、张惟夫都提到《妇女杂志》是丁玲发表文章的一个地方。沈从文在《记丁玲》一书中有这样一段话：

> 两人初回来时，光华方面似乎还可以从蓬子处接洽，卖些文章给登在《萌芽杂志》上，或将旧稿交给书店印书，但另外方面如《小说月报》、《妇女杂志》等，文章就已生了问题。过不久，《萌芽》停了，书店又太穷，两人已不能按时拿钱，海军学生的稿件给《小说月报》的，给《新月》的皆不合用，常被退回，丁玲文章送过《妇女杂志》的，也有了不能载出的问题。①

或许有人指出，从叙述情况看，这应该指的是 1930 年的事。这时丁玲已经成名，不能确定在《妇女杂志》投稿是《莎菲女士的日记》发表前的事，还是之后的事。但丁玲被捕后，张惟夫著的《关于丁玲女士》，也提道："女士发表文章的地方，以小说月报上为最多，次为妇女杂志、北斗、文学月报、现代等等。"② 从目前的情况看，《丁玲全集》《丁玲年谱长编》《丁玲传》相关文献中也查不到丁玲与《妇女杂志》的任何关联。难道沈从文、张惟夫都出现记忆失误，或者二人都指这是《莎菲女士的日记》发表后的情况。但似乎也没人能指出，丁玲是 1928 年后才开始关注《妇女杂志》，还是之前就已经关注。所以，虽然不能据此确定丁玲在 1928 年前就已经关注《妇女杂志》，但似乎

---

① 沈从文：《记丁玲》，良友图书印刷公司 1934 年版，第 179 页。
② 张惟夫：《关于丁玲女士》，立达书局 1933 年版，第 60 页。

第三章　爱伦凯与中国现代文学

也不能否定。

再一个佐证是：1922年，丁玲作为追求进步的青年跟好友王一知等五人跟随王剑虹到了上海，进入李达任教务主任，他的夫人王会悟协理具体事务，共产党人沈雁冰、沈泽民等都曾任教的上海平民女学。[①]1923年8月、9月至1924年秋，再次到上海大学学习，比较接近的同学有"杨之华、张琴秋、陈碧兰。"[②]也就是说，自1922年2月到1924年秋（除去中间离开过一段时间），丁玲有近两年的时间在上海求学。而且这一时期，跟茅盾"比较熟"[③]，沈泽民给她们上过课还曾找过她们参加他们的狂飙社[④]，并且在上海大学同学中又跟沈泽民的夫人张琴秋比较接近。从丁玲到上海不久就与同学一起去拜访了郭沫若、郁达夫，并且说很喜欢读郭沫若的《女神》一事看，丁玲有可能熟悉茅盾和沈泽民的文章，而这一时期正是茅盾极为欣赏爱伦凯[⑤]，沈泽民也正从事爱伦凯著作的翻译与介绍的时候。所以，丁玲极有可能在这一时期了解爱伦凯。

即使丁玲不去读茅盾、沈泽民的文章，以《妇女杂志》在当时的影响力：在国内外不少于35个的发行处和1924年后每期逾2万份的

[①] 王增如、李向东：《丁玲年谱长编》（上卷），天津人民出版社2006年版，第18页。其中，沈泽民也曾任教一事是参看王会悟《入平民女学上课一星期之感想》一文加上的，见中华全国妇女联合会妇女运动历史研究室编《中国妇女运动历史资料》（1921-1927），人民出版社1986年版，第47页。

[②] 丁玲：《早年生活二三事》，《丁玲全集》（第10卷），张炯主编，河北人民出版社2001年版，第303页。

[③] 这一方面丁玲亲自说过，见王增如、李向东《丁玲年谱长编》（上卷），天津人民出版社2006年版，第22页。

[④] 丁玲：《早年生活二三事》，《丁玲全集》（第10卷），张炯主编，河北人民出版社2001年版，第305页。

[⑤] 茅盾对爱伦凯的欣赏，可参见《茅盾全集》第14卷有关文章。在20年代初，茅盾谈及爱伦凯的文章很多，直接提及的就有15篇，茅盾曾直言在学识上，他"只好恭维爱伦凯，因为她的学说比较的深湛"。

发行量，[①]女界明星的地位，丁玲也极有可能关注和阅读。而此时正是爱伦凯在《妇女杂志》传播最盛的时候。

这样看，虽然现在笔者还没有看到丁玲本人对爱伦凯的片言只语，但无论从爱伦凯在中国的传播情况看，或者是从丁玲的人生经历、接触圈子、还是朋友叙述看，丁玲都很有可能知道并了解爱伦凯。

从现有资料看，丁玲从未在自己的文章中提到过爱伦凯这个人物，但没有任何一位现代作家的笔，能像丁玲一样细致生动地传达爱伦凯的思想。

爱伦凯在《恋爱与结婚》第二章《爱的进化》中谈到，新时代的恋爱除了仍然是男女之间为了种族的延续自然地吸引外，还有一个内在的重要原因使得它变得重要。这就是在"上帝死了"之后，个体生命因为失去依托开始变得孤独，现代人因为习惯并倾向于戴着面具生活，不被完全理解成了时代精神的标签。虽然在生活中，掩饰是必要的，但同时这种保护性的掩饰让爱在透过外表进入内心时变得越来越困难，所以恋爱的意义就在于要撕破面具，让个体在失去生命依托后重新找到心灵的栖息地。

丁玲笔下的女性就像是从这种背景中走出来的。莎菲这样的女性，在五四个性解放时代，从家庭里走出来一个人到外地求学，生活找不到出路，生命没有依托，如丁玲所讲"她们要同家庭决裂，又要同旧社会决裂。新的东西哪里去找呢？……她想寻找光明，但她看不见一个真正理想的东西，一个真正理想的人。"[②] 于是，她们很孤独，精神苦闷。在这种时候，恋爱成为她们最重要的人生追求。在恋爱里，她们

[①] 《妇女杂志》创刊号《预定妇女杂志简章》介绍初创刊就35个发行处，王蕴章时期的发行量为3000份（见山东师范大学，范蕴涵硕士论文《〈妇女杂志〉》研究）第54页），而10卷1号，编者自称"仅就销行的册数而言，比较以前也增加了六七倍"，所以推测1924年1月，发行量就达到2万份。

[②] 冬晓：《走访丁玲》，载香港《开卷》1979年第5期，收入《丁玲全集》第八卷，题为《答〈开卷〉记者问》，张炯主编，河北人民出版社2001年版，第8-9页。

总希望"有那末一个人能了解得我清清楚楚的",恋爱成为丁玲笔下女主人公摆脱精神苦闷最重要的依托。

爱伦凯的恋爱观是"灵肉一致"的,如前所述她主张"恋爱自由"而非"自由恋爱"。在爱伦凯看来,"自由恋爱"(free love)由于被滥用充满解释的多种可能性,包括"本能的肉欲的爱""为了满足生理饥渴的爱""青春爱情"等等。她着重提出,即使当青春爱情是灵魂的——几乎所有的青春爱情都可以这样描述——大多数情况下这不过是对爱的渴望而不是爱,经验的渴望而不是新的生命本身。所以她主张"恋爱自由"(love's freedom)。如果说前者的自由暗含着多种形式的爱,那么后者的自由只意味着一种值得以爱命名的自由。爱伦凯强调爱实为大爱(great love),灵魂的吸引毫无疑问是其最持久的要素,但并不是唯一有价值的要素。相爱的人想要的是灵魂与肉体的融合。爱伦凯这样描述爱:"爱就是吸收进那个人的心灵,在那个人的心灵中找到自己心灵的立足点,同时能保持自由;心的接近让自己的焦虑平静下来;留心的耳朵会捕捉到你没有说和不能说的东西;那些明亮的眼睛会关注到我们最大可能的实现;即使仅仅是手的接触,也像触电一样,兴奋得要死,我们将感到跟我们自己很接近。"① 所以,她说"当两个灵魂感到快乐,并且这快乐被感官分享时,当感官拥有灵魂使之高贵的快乐时,那么结果就既不是欲望也不是友谊",② 而是爱。

莎菲追求的就是这种"灵肉一致的恋爱"。莎菲嘲笑毓芳和云霖,"这禁欲主义者!为什么会不需要拥抱那爱人的裸露的身体?为什么要压制住这爱的表现?为什么在两个人还没睡在一个被窝以前,会想到那些不足相干足以担心的事?我不相信恋爱是如此的理智,如此的

---

① Ellen Key, *Love and Marriage,* Translated by Arthur G. Chater, NewYork and London: G. P. Putnam's Sons, 1911. p.73.

② Ellen Key, *Love and Marriage,* Translated by Arthur G. Chater, NewYork and London: G. P. Putnam's Sons, 1911. p.73.

科学！"①在莎菲看来，相爱的两个人之间，灵魂的快乐是需要身体的接触分享的，这是自然的反应。扩大开来看，丁玲早期作品中女主人公对恋爱的描述，都非常强调感官的快乐。比如薇底，她一直很怀念一个人，就因为"哈，那一夜，那一夜呀，她简直昏迷地倒在那有力的两条臂膀里了。在黑暗中，两对眼睛那样紧紧地跟着，瞅定着。嘴唇永久的贴合着。热的胸，总嫌抱的不紧……"。同样的描述发生在野草身上，她也是一直怀念着一个人，"她想起她倒在那人怀里时，只希望能立刻死了的那心，是多么能领受快乐的年轻的心呵！"昏迷、心希望立刻死了，陶醉、触电般的感觉，这是丁玲笔下女性对真恋爱的体会，也是薇底、野草们正在苦苦寻求的东西。灵魂的爱必然要借助身体传达出来。所以，莎菲对毓芳和云霖的嘲笑就不仅仅是对他们禁欲主义的嘲笑，而是对他们恋爱性质的怀疑。莎菲乐意接受苇弟朋友的爱，但是她决不能接受苇弟所谓的"爱"，原因正如爱伦凯所描述的，"当一个女人喊'你渴望得到我，但是你不关心我，你不能倾听……'那么，这个男人注定是失败的"。②苇弟虽然爱莎菲，但他从来不曾捉住过莎菲。"我相信在我平日的一举一动中，我都能表示出我的态度来。为什么他不懂我的意思呢？难道我能直截的说明，和阻止他的爱吗？……我无法了，只好把我的日记给他看。让他知道他在我的心里是怎样的无希望"，但苇弟在意的是莎菲到底爱谁，他根本不关心莎菲内心的苦，更做不到倾听，他的爱只是"无味的嫉妒，自私的占有"，所以充其量只是一种"青春恋爱"。尤其是苇弟的到来，经常给莎菲难受，给莎菲纠葛，唯独少些快乐。莎菲拒绝这种爱。莎菲想象的爱，是这样的："像吃醉一般的感到融融的蜜意"；"假使他能把我紧紧的拥

---

① 关于丁玲作品引文皆见《丁玲全集》第三卷，张炯主编，河北人民出版社2001年版。

② Ellen Key, *Love and Marriage*, Translated by Arthur G. Chater, New York and London: G. P. Putnam's Sons, 1911. p.84.

抱着，让我吻遍他全身，然后他把我丢下海去，丢下火去，我都会快乐的闭着眼睛等待那可以永久保藏我那爱情的死的来到"；"完全是整天都在系念到他"；"我又倾慕他，思念他，甚至于没有他，我就失掉一切生活意义了；并且我常常想，假使有那末一日，我和他的嘴唇合拢来，密密的，那我的身体就从这心的狂笑中瓦解去，也愿意。其实，单是能获得骑士般人儿的温柔的一抚摩，随便他的手尖触到我身上的任何部分，因此就牺牲一切，我也肯"。莎菲将之称为"醉我灵魂的幸福"。① 醉了的、幸福的是灵魂也是肉体，是"灵肉一致"。爱伦凯说，对现代进步女性来说，只有这样的男人能保留女性的爱。"他能让她感到自己拥有艺术家的喜悦，同时他表现出这种喜悦，在他小心地、微妙地跟她的灵魂和肉体接触的时候。"② 如果凌吉士也表现出这种喜悦，说明他是从肉体到灵魂都喜欢莎菲，但莎菲最终看到的是凌吉士"那被情欲燃烧的眼睛"，这两只灼闪的眼睛，毁灭了莎菲对爱的一切美好的梦想。莎菲决计搭车南下。以爱伦凯的话说"性的高贵的人不能属于他不爱或他知道自己不被爱的人"。③

恋爱（灵肉一致的恋爱），无论对爱伦凯来说，还是对丁玲来说，它的意义至高无上。在爱伦凯看来，如果一个时代已经意识到爱应该成为婚姻的道德基础，那么，爱进化了，人性也就发展了。在爱的影响下，人类整个灵魂的性情是向忠实的。当时代以爱为人生新的宗教时，首先获益的是个人的幸福快乐，其次是社会的幸福、种族的向上。爱产生最优秀的小孩。

在丁玲这里，恋爱是理想人际关系（人与人之间互相理解、互相尊

---

① 丁玲：《莎菲女士的日记》，《丁玲全集》（第3卷），张炯主编，河北人民出版社2001年版，第76页。

② Ellen Key, *Love and Marriage*, Translated by Arthur G. Chater, New York and London: G. P. Putnam's Sons, 1911. p.84.

③ Ellen Key, *Love and Marriage*, Translated by Arthur G. Chater, New York and London: G. P. Putnam's Sons, 1911. p.294.

重)的重要参照系。她一生最厌恶和痛恨的是虚伪,尤其厌恶恋爱中的虚伪。莎菲有过一次非常任性的表现,在接到蕴姊从上海来的信后,明知酒对她的肺病有致命危险,但她还是痛饮了一场,差点死去。原因是蕴姊的信提到生之无趣,莎菲揣想的她婚后的生活,"自然她更受不住那渐渐的冷淡,那遮饰不住的虚情……"爱情都缺乏温暖,充满虚伪,莎菲对这样的社会失望极了,觉得"倒不如早死了干净"。所以,当凌吉士把"被情欲燃烧"着的眼光镇在她脸上,却哭声地向她说:"莎菲,你信我,我是不会负你的"时,莎菲竟忍不住笑出声来,她感到的只有恶心。正因为莎菲厌恶恋爱中的虚伪,所以,对苇弟,她不爱就不爱,她说:"我确不骗人,并不骗自己,我清白。"正因为对恋爱抱不骗人、也不骗己的态度,丁玲笔下的女性以近乎残酷的手段内审,这是她笔下新女性不同于其他作家笔下时代女性的最突出的地方。丽婀是《他走后》的主人公,这个女人初看起来有些神经质,为了要回味,她竟然在与恋人缠绵之际将他赶走,时间是凌晨两点,并且外面下着雨。那么,她到底为什么呢?她就想问自己的心"是否真的爱秀冬"?她本以为自己是爱秀东的,"秀东有淡淡的长眉,柔柔的短发,尖的下巴,两颗能表示出许多感情的眸子……"还有"秀东实在聪明,有事,他都能预先知道。她眉尖一动,他就举步了,做的事,正同她想的相符";但她似乎还打不定主意——爱还是不爱,所以她又问自己一个问题:假如比秀东长得好的伍明、比秀东更狂热的孟特、还有能把这两个人都抹去的绍蓉,都来追求她,她更喜欢哪一个?结果是她难以拒绝每一个人。这种结果让她惧怕,她发现自己并不爱秀东,她爱的只有自己,她"只希望她是一个不同凡人一样的,能被见过她的人倾心来爱她,她是爱的中心!她是皇后!"这种潜隐的内心,一经被她自己发现,她"骇得几乎叫了出来","忍不住,她急得哭了!""觉得不久她就要被大家取笑了。若果秀东聪明一点,把她隐秘的都看清,秀东便将是第一个看不起她的人,会讥笑她,玩弄她,侮辱她!"那么,丽婀真的疯了吗?没有。其实,这正是她对爱情执着的地方。假如换做别人,有谁会这样去面对自己的内心!有谁会这样剖析自己!有谁会这么执著地问自己"我到底爱不爱他(她)"!假如现实中,每个人都对自己拥有的感情这么追问,又有多少伟大的爱情存在!丽婀是这样惧怕自己,说明她根本否认同时和几个人恋爱的"自由恋爱";丽婀这样后悔,说明她对自己无意识地欺骗都感到难以见人。我曾经在一篇文章中写到丁玲早期作品中的女主人公:"在一定程度上,她们都是精神上的贵族。"① 在恋爱里,她们表现出个性的高傲,其实正是个性解放、人性进步的地方。恋爱在她们的人生中不打折。

虽然,丁玲表现出和爱伦凯对恋爱不尽一致的意见,但二人精神上的契合确实是中国现代文学史上一个独特的存在。

第三节　许钦文小说中的爱伦凯因子

爱伦凯在中国的传播过程中,其最主要的价值或意义在于:其一,她直接影响了中国新性道德(新贞操观)的建立。"贞操即恋爱,恋爱即贞操"成为新文化人的共识。婚姻的形式不再为年轻人注重。其二,她的"恋爱道德论"在国人心目中确定了一定要"恋爱结婚"的观念。新贞操观与新结婚观都以"恋爱"为中心,在20世纪20年代的中国叙事中成为一种最现代的事情。"维系夫妻间惟一的原素,是爱情。由爱情结成的婚姻,方为正当;否则,就和强奸无异,是极不道德的事情。"② 无爱的婚姻无异于强奸,新青年的观念已经非常现代。但是因为文化上的差异,乃至译介爱伦凯过程中基于实用理性的考量,爱伦凯的观点在接受过程中出现了一些问题。爱伦凯的"不论怎样的结婚,

---

① 张鹏燕:《做自身欲望的主体》,《丁玲与中国当代文学》(第十一次国际丁玲学术研讨会论文集),厦门大学出版社2012年版,第257页。

② 下天:《一件离婚的报告》,《妇女杂志》第8卷第4号,1922年4月。

要有恋爱才可算得道德。倘若没有恋爱，即使经过法律上的结婚手续，也是不道德的"这句话在当时作为至理名言被人们争相引用，一定程度上遮蔽了爱伦凯理论的精华，即爱伦凯对恋爱本质的强调。爱伦凯对恋爱本质的探讨，为的是"人种的改良"（即人性的完善）而非什么"爱情至上"。

在许钦文的笔下，人物很忠实地显现着受爱伦凯这种思想影响的痕迹。

1926年12月许钦文《赵先生的烦恼》一书出版，[①] 在《前记》中他讲是老友赵伟唐的日记手稿，无疑是强调真人真事的可信性。小说副题是《描写三角恋爱的日记》，以"我"（赵伟唐）作为讲述者，主要记叙石英与"我"和振东的三角恋爱。里边很值得注意的就是主人公石英和"我"的态度。石英一边和"我"处于同居结婚的状态，一边在"我"完全知情的情况下主动地追求"我"的学生振东，甚至有时为了需要还争取"我"的帮助与配合，比如让"我"在振东来的时候出门，以给他们提供绝对的二人世界。因为废除形式的结婚观念的盛行，振东从头至尾不知道石英跟"我"的真实关系，他来时石英会在自己的房间招待。依石英的观点："丈夫是丈夫，恋人是恋人。"在"我"因为工作忙而不能给她精神安慰的时候，她可以找别人代替恋人的位置。她又对"我"说，"你的思想应该解放点，不要以为一夫一妻制是神圣不可侵犯的，现在明白点的人都知道恋爱并非限于两人间的了"。对于离婚分开的提议，她不赞成，因为她说还爱我。这爱，"我"的理解是她一方面需要我的物质帮助，一方面"身体上也还有几方面需要我的安慰"。这就是丈夫跟恋人的不同之处。石英坦言是需要"我"的。"我"呢，一方面辨别"恋爱虽然并不限于两个人，但总要以各方同意为前提"，事实上对石英跟振东的恋爱并不刻意干涉。"我"对石

[①] 许钦文：《赵先生的烦恼》，北新书局1926年版。

英的态度是只要她诚实。

这里面有几个细节值得注意,其一是石英说"不要以为一夫一妻制是神圣不可侵犯的,现在明白点的人都知道恋爱并非限于两人间的了",赵伟唐补充"恋爱虽然并不限于两个人,但总要以各方同意为前提"。这其实是爱伦凯思想在中国传播过程中很有影响的观点,"已婚的夫妇,一方有不守贞操的行为时,只需承认他方有离婚的权利便好,至于不守贞操者的行为,对于彼方并没有何等损害,所以不该因此而受刑罚。甚至如果经过两配偶者的许可,有了一种带着一夫二妻或者二夫一妻性质的不贞操形式,只要不损害于社会及其他个人,也不能认为不道德的"。[①]其二是赵伟唐对石英的态度,他只要她诚实。这跟任白涛和周建人都认为爱伦凯的恋爱观推崇的是诚实很一致。任白涛的话在我在前面讲到过,这里不再重复。周建人是这样解读恋爱的:恋爱的艺术"在精神一方面,好的要素最重要的是真诚与坦白,彼此开诚布公,不使有发生怀疑的隙地"[②]。石英虽然跟振东谈恋爱,但是她会把一切都毫不隐瞒地告诉赵伟唐,她做到了诚实。所以赵伟唐就不再是一个传统的,对石英持严厉态度的惩罚者形象,而是一个对石英表示尊重和理解的新型男性形象。如果不是巧合,许钦文应该对传播到中国的爱伦凯思想有了解。

许钦文与周建人、鲁迅的密切关系。许钦文的四妹许羡苏是周建人在绍兴教书时的学生,1920年秋到北京,即投奔八道湾周家,后与周氏三兄弟过从甚密,鲁迅小说《头发的故事》即由许羡苏因剪发不能入学引发感慨而写成的。1923年开始许钦文与鲁迅交往甚多,关系颇密。周建人到上海商务印书馆任《妇女杂志》副主编后,经常寄刊物给鲁迅。鲁迅于1924年4月将许钦文的两篇稿子寄给周建人,其中一篇发表一篇退回,查《妇女杂志》发表的应为《以往的姊妹们》,时间

[①] 章锡琛:《新性道德是什么》,《妇女杂志》第11第1号,1925年1月。
[②] 健孟(周建人):《恋爱的艺术》,《妇女杂志》第9卷第5号,1923年5月。

是1924年5月。虽然尚未见到鲁迅或周建人跟许钦文谈论爱伦凯，但许钦文在《妇女杂志》发表文章是有据可查的，1922年5月至1925年9月，共发文7篇，[①]之后就基本撤离。巧合的是，这正是周建人任职《妇女杂志》时期（1922年2月到1925年9月）。当周建人、章锡琛因为"新性道德的讨论"离职后，他也就不再投稿，而是改投到章锡琛于1926年主办的《新女性》。虽然目前没见到许钦文与爱伦凯最直接相关的材料，但是谁又能说一个人没明确说过受谁思想的影响，就一定没受过这个人引发的社会思潮的影响呢？

第四节 涓生：中国现代文学的一个符号

早些年的时候，就有研究者注意到鲁迅《伤逝》中涓生的困境与1920年代现代性爱观的关系。[②]徐仲佳认为，涓生的困境就是当他试图把主体性的启蒙理念当作一种普世性标准推行开来时陷入了他个人所无法超越的伦理陷阱。首先，基于主体性理论的现代性爱观支持涓生"说"出"真实"，即涓生的选择——向子君说出不爱她的真实，摆脱无爱的婚姻——在当时是一种符合启蒙伦理道德的行为；其次，现实生活逼迫涓生不得不面对"说"出"真实"的巨大的道德后果。论者基本认同他的分析，然而更愿意做进一步的探讨，在论者看来"涓

[①] 它们是《我的解除婚约》（第8卷第5号），《以往的姊妹们》（第10卷第5号），《介绍》（第11卷第1号），《怀大桂》（第11卷第2号），《一生》（第11卷第4号），《后备姨太太》（第11卷第5号），《病儿床前的事》（第11卷第9号）。

[②] 参见徐仲佳《直面启蒙的伦理困境——从涓生的两难看1920年代中国启蒙思想的现实困境》，《鲁迅研究月刊》2007年第11期。徐仲佳所指"现代性爱观"其实就是新性道德观，"灵肉一致是现代性爱观的核心，它所设定的性爱双方是具有自由意志的现代人"，参见其所著《性爱问题：1920年代中国小说的现代性阐释》，社会科学文献出版社2005年版，第28页。

生"形象在中国现代文学史上具有符号化存在的普遍意义，而涓生形象大约和《妇女杂志》引发的郑振壎离婚事件的主人公郑振壎有不可分割的思想联系。

"郑振壎离婚事件"是指《妇女杂志》刊发国立东南大学教授郑振壎《我自己的婚姻史》[①]引发的讨论。这篇文章据郑振壎自己介绍，最初是一种随想录，历时半年才得以写成。此文刊发前，他曾有一篇《对于逃婚问题的意见》发表在北京《晨报》，署名郑岳平。他认为自己的婚姻史"寻常的夫妇可以当作前车之鉴，研究离婚问题或社会问题者可以作参考的资料"[②]，而现在他希望大家把它作为一个重大的问题，细心的研究，为了表达诚意，他甚至还公开了自己的通信地址。此稿投寄到《妇女杂志》社，很显然受到了大家一致重视，认为："现代青年男女，因不满意于机械式的婚姻，从而发生破裂，像郑先生这样的，正不知有多少；但能够像郑先生一般把他们经过的事实和感情很忠实地描写出来的，实在可说没有。所以，我们觉得这一篇是现代很有价值的文章。"《我自己的婚姻史》在《妇女杂志》第9卷第2号发表，显然经过了一番精心策划。这一号的"卷头语"为《男女争斗的世界》，在栏目安排上特设"男女争斗问题"专题，文章编排上郑振壎的文章与魏瑞芝的《吾之独身主义观》安排在一起，一男性作者和一女性作者，一个谈逃婚，一个谈独身，本身就具备话题性。而在两文之前，有一篇疑是章锡琛的长文《现代的男女争斗》，署名紫珊。[③] 在作者看来，男女争斗是一种可怕的现象，如郑振壎，如魏瑞芝，争斗的后果

---

① 参见旷夫《我自己的婚姻史》，《妇女杂志》第9卷第2号，1923年2月。
② 旷夫：《我自己的婚姻史》，《妇女杂志》第9卷第2号，1923年2月，第7页。
③ 紫珊是谁？现在不详。笔者认为他有可能就是章锡琛。查看他发表的文章，共在《妇女杂志》刊文12篇，时间很集中，11篇文章发表于1922年，1篇即本文1923年。其中一篇《欧洲各国的离婚法》是与高山即周建人共同署名刊发，而周建人正好是1922年来社。(《妇女杂志》1922年第8卷第2号的《编辑余录》中，章锡琛提到"素来读者欢迎的周建人先生已经聘请来社担任社务"。) 共同署名，是否暗含合作的意思？

是"性的苦闷",而苦闷的结果一是破坏,二是颓废。这不仅是关乎个人的大事,也是关乎国民、社会的大事。但通观全篇,这些分析议论都不过是为郑振埙《我自己的婚姻史》和魏瑞芝《吾之独身主义观》两篇文章张目。"这两篇实在都是十分有价值的文字,因为叙述事实的忠实,和抒写感情的详尽,在我所看到的同类文字中,可说没有出于这两篇以上的了。"之后的文字,他详细表达了自己对两篇文章的看法。现在看,他的分析,无论从哪个角度,都会让读者关注到后面的文章,尤其是郑振埙的文章,可谓一篇上好的"引论"。这一切加上文后"征求批评"一节,以当时《妇女杂志》在读者中的影响力,是不愁引发读者关注讨论的,从传播学的角度看不失为一种双赢策略。

郑振埙写自己的婚姻史谈到他和妻子启如七年左右的婚姻最核心的矛盾是:她对他不贡献爱情。具体表现撮要记录一二:

> 暑假回家,——兄弟姊妹都出来欢迎,独独这位最亲最爱者仍在厨房里做事,不来见我。我到房中去找她,她才由厨房里进来见我。不到两分钟,又回到厨房里去了。
>
> 我家里设宴饮酒,宾客满楼,搭起戏台做戏,我不愿做招待员,走到房里去睡去。而她则穿着新衣裳,脸上涂得雪白,坐在楼上看戏。

以周叙琪的分析,之所以出现这种矛盾,一是情感表达与期望的落差,二是启如努力想要当一个好媳妇,而郑君期望一个热情的妻子。这中间牵涉到"为人妻"与"为人妇"的角色孰轻孰重?[①] 很显然作为在传统闺训中长大的启如更倾向"为人妇"的角色,而郑

[①] 周叙琪:《民国初年新旧冲突下的婚姻难题——以东南大学郑振埙教授的离婚事件为分析实例》,《百年中国女权思潮研究》,王政、陈雁主编,复旦大学出版社2005年版,第98-99页。

振铎则希望拥有一个以他个人情感为优先的热情的妻。这种角色的错位，是二人婚姻不和谐的一个重要方面。这里出现一个很有意思的现象，王蕴章时期男主人公志琴对妻子素秋的不满是因为素秋更倾向为人妻活泼、热情的角色而不是为人妇，这里郑振铎恰恰相反，渴望启如成为活泼热情的妻。

郑振铎认为启如不贡献爱情的最重要的证据就是她不听他的话——不肯放足、去粉，不肯学时髦，不肯像信佛一样信他，不肯跟他在房中多逗留，乃至不肯拆大床，不肯在火车上叫茶，不肯独自上街，等等。

> 在津浦车上，她要茶吃，我说，"你自己叫。"她问我，"如何叫法？"我就教他如何叫法。她说，"话不懂"，我说，"你只叫一声'喔'，以后的话我来说。"她始终不肯叫，宁愿忍渴。我亦不满意，宁愿忍渴。
>
> 寓所安排好了，我就同她到街上游玩购物。走过好几次后，我要她一个人出去购物，她不肯去。我强迫她去，逼到她眼中出水，然后去。

郑振铎一直想通过自己的努力，把启如由一个传统妇女改造成一个新女性，但他总结起来就是她不听他的话，所以似乎他的一切苦心都白费了，他感到非常绝望。但他毕竟是一名大学教授，是个具有新知识的人，很明白一旦离婚，虽然他和启如的名誉都要受损，结果却不一样，他可以看淡，启如则放不下。痛苦纠结中，他最后的想法是逃婚，保留夫妇之名，断了夫妇之实，把父亲的遗产留给启如，所生女儿共同负责。

《我自己的婚姻史》详细如实叙写了他和启如的初见、新婚、感情出现裂痕到他觉得感情完全破裂的全过程。文章刊出后，反响很大，

《妇女杂志》共接到 25 位读者投稿参与讨论,①其中 18 篇刊载在《妇女杂志》第 9 卷第 4 号上,章锡琛等认为这是"稀有的大成功。"②同时郑振铎此文引发的讨论也出现在其他报刊上,茅盾、陈望道、周作人都有文章发表。③半世纪后,许杰在一篇回忆章锡琛的文章中还提到此事:"在《妇女杂志》上发表文章的,还有一位署名'旷夫'的,经过我这位亦师亦友的朋友的指点,说是就是他认识的某某人。而他所以署上这个笔名,明明点出了一个没有爱情的婚姻,在女方当是怨女,而在男方也就成了'旷夫'。这位'旷夫'的真实的名字,我当时是记得的,可是,后来都忘记了。"④

而论者在阅读《妇女杂志》有关文艺作品时发现,郑振铎作为"名人"已经进入了文学书写。冯璘在《两度缔婚的我》一文中没点名地提到此事件,"更好笑的是,一般假冒维新的人们,居然有以不放足,好搽粉,为离婚动点。"⑤我们知道郑振铎最初不满意妻子的就是缠足与搽粉,"第二年暑假回家,……她的脚大了一点,脸上的粉亦薄了一点,在她心里以为已经遵行了丈夫的意思,而我觉得不痛快,不透彻,因之愈不满意。夜里,脚腿上撞着尖头的东西,什么叫作精神之爱,立刻冰消云散。"⑥对小脚的嫌恶之情,与当时一般浅薄青年"我爱天足"的爱情观对应,在郑振铎的叙述里它凌驾于妻子许多优点之上,成为他觉得最"刺目惊心"的存在,以致抵消了"精神之爱"。对此,冯璘

---

① 据《妇女杂志》第 9 卷第 4 号《编辑余录》,除了刊发的 18 人文章,还收到李翀、张友鹤、ML 女士等 7 人的文章,因为寄到稍迟,上半本已经印好,不能刊发。
② 《编辑余录》,《妇女杂志》第 9 卷第 4 号,1923 年 4 月。
③ 茅盾先后写有《读〈对于郑振铎君婚姻史的批评〉以后》,《民国日报·妇女评论》,1923 年 4 月 25 日;《评郑振铎所主张的"逃婚"》,《民国日报·妇女评论》,1923 年 9 月 5 日;陈望道:《郑振铎底婚姻生活》,《民国日报·妇女评论》,1923 年 5 月 23 日;周作人:《离婚与结婚》,《晨报副刊》,1923 年 4 月 25 日。
④ 许杰:《章锡琛诞生一百周年纪念》,《出版史料》1989 年第 1 期,第 103 页。
⑤ 冯璘:《两度缔婚的我》,《妇女杂志》第 9 卷第 11 号,1923 年 11 月,第 165 页。
⑥ 旷夫:《我自己的婚姻史》,《妇女杂志》第 9 卷第 2 号,1923 年 2 月,第 11 页。

作品主人公"我"站在女性立场进行了一番痛快淋漓的辩驳,只是与此话题无关,就不再赘言。而毛从周所写剧本《微波》,则透过女主人公密斯蔡直言郑振壎是男子们的代表:

在任何男子的心里恐怕都是这样想女子应当以色相取媚男子,男子可以财力骄示女子。啊呀!这便是世人所承认的真正的情真正的爱呀!最可笑的,有一个郑某在一本杂志上尽量的将他的心理发挥出来,说他的夫人怎样的不好,怎样不好,真是淋漓尽致,要求同类兽性的同情!已经将她踩躏,摧残得破碎毁灭了,还得意般的说,"我原是爱她的!"唉!男子们,这是你们的代表!①

另一篇署名渭川的作者写的《过年》,里面的主人公怀如正处在与郑振壎一样的境遇,只是他处理与旧式妻子的办法是"让她出去读书"。他的妻子与郑振壎妻子启如不一样的地方是她很配合他的决定,并且很积极,这倒让他辗转反侧难以入眠了,开始陷入幻想和回忆:

无恋爱的结婚,要勉强粘合,确实不可能的。她的性情固然没什么大坏处,但就那一点"固执"与"乖戾"说,也很难使我爱她呀!况且她知道什么叫爱情呢?在这八年内,我何尝和她发生过半点爱情?连朋友庐君所说的"准恋爱",我也比不上啊!实在,这种"伪夫妇",比较好的朋友真差得远哩!

就她的环境与遗传说,纵然能受几年教育,也不过镀一层新罢了。要想因此成好的夫妻,真也难之又难呀!**郑振壎的婚姻史**

---

① 毛从周:《微波》,《妇女杂志》第9卷第10号,1923年10月,第107—108页。

还不是前车之鉴吗？（注：加黑部分为笔者加）[1]

这是一段很值得玩味的表述。从文中看，他的妻子处处表现都通情达理，没有任何他说的"固执"与"乖戾"处，但为了说明他们是无恋爱的婚姻，似乎性情不合确是一个不得不说的理由，而且"伪夫妇"的命名着实很有创意。郑振壎在男主人公看来，是一个改造妻子不成功的典型。他正为自己提出要妻子去读书后悔呢！因为如果他不多此一举，因他叔叔没有儿子，在礼俗上他还可以以此名义续娶，而他回忆中至少有三个女同学与他交好或曾交好，尤其是J正狂热地追求他。而文中另一个值得关注的细节，同样与郑振壎有关。就是当最终决定妻子要和他一起走之前，怀如的母亲有一段嘱咐："她（指怀如的妻子，笔者注）自幼没出过大门，更没和男子交接过，你千万不要像那个什么姓郑的——在《妇女杂志》上发表自己的婚姻史的——强迫他第一次出门的妻子在火车上叫茶叫水呀！"[2]

如此，"郑振壎事件"在当时的影响可见一斑。

有一点值得关注，就是无论是郑振壎，还是这篇《过年》中的怀如，他们都对自己这种行为、思想很坦白、坦率。就是当年批评郑振壎的人，他（她）们对郑振壎因为和妻子缺乏爱情而宣告离婚的原因都不约而同地达成共识：没有人表示这个理由不成立或者不应该成为离婚的原因，差别仅在于对爱情表达方式的认定。[3] "女子既没有什么不是，那么做男子的便都应该牺牲自己的苦痛，委曲求全吗？我们既主张以爱情的有无为婚姻离合的原则，而不以过失的有无为原则，对

---

[1] 渭川：《过年》，《妇女杂志》第10卷第4号，1924年4月，第663页。
[2] 渭川：《过年》，《妇女杂志》第10卷第4号，1924年4月，第667页。
[3] 周叙琪：《民国初年新旧冲突下的婚姻难题——以东南大学郑振壎教授的离婚事件为分析实例》，载《百年中国女权思潮研究》，王政、陈雁主编，复旦大学出版社2005年版，第100页。

于这一个问题,当然只有加以否定的答词的。"① 虽然周建人不认同郑振埙的做法,但他认同恋爱婚姻原则,他最终的意见是警告青年婚前慎重选择,所谓"万一悔之于后,不如慎重于前。"② 而茅盾则力挺郑振埙,他表示要"对郑振埙平反",认为他"似乎粗暴的态度是由于他对于美满生活的热爱,是由于他的感情的热烈,是由于他的绝对厌恶敷衍苟且的度日,或也可说是由于他的极爱启如女士。"③ 他这样表达自己的观点:"因为我们信奉恋爱教,确信结婚生活必须建立在双方互爱的基础上,无恋爱而维持结婚生活,是谓兽性的纵欲,是谓丧失双方的人格!人道主义的美名固然可爱,但我们更爱我们的人格,和对手的人格!"④ 这应该正是郑振埙决意公开自己婚姻史的底气。他如果不觉得自己站在道德公义的角度,应该就不会那么强烈地呼唤读者批评建议。

由此我们再来看鲁迅的《伤逝》中的涓生,就觉得一切都似曾相识。涓生明知他告诉子君他不爱她了会有什么后果,但是他终于还是说了。他如郑振埙一样不避讳讲他与子君情感破裂的点滴,不避讳谈自己不爱子君的理由,"况且她又这样的终日汗流满面,短发都贴在脑额上,两只手又只是这样地粗糙起来",子君越来越世俗,越来越倾向于为人妇的角色而不是为人妻,如初识时候的勇敢与进步。也不避讳讲自己在通俗图书馆对子君未来前途的预见。这也说明在他头脑里恋爱婚姻才是道德正义,不爱了就不爱了,分手是正当的。鲁迅自三弟周建人入《妇女杂志》社后,一直关注《妇女杂志》,在他日记详细记录有他收到《妇女杂志》的情况,以他惯于"杂取种种人,合成一个"

---

① 克士:《爱情的表现与结婚生活》,《妇女杂志》第9卷第4号,1923年4月,第23页。
② 陈待秋:《新旧的冲突》,《妇女杂志》第9卷第4号,1923年4月,第25页.
③ 茅盾:《读〈对于郑振埙君婚姻史的批评〉以后》,《茅盾全集》第15卷,人民文学出版社1987年版,第39页。
④ 茅盾:《读〈对于郑振埙君婚姻史的批评〉以后》,《茅盾全集》第15卷,人民文学出版社1987年版,第39页。

的人物塑造手法，涓生形象的形成与郑振埙事件的影响大概是脱不了关系的。只是郑振埙作为一个社会事件的主人公，他的故事说说也就完了。而涓生则不一样，他是中国现代文学一个符号化存在。我们在中国现代文学很多男性主人公那里都能找到他的影子。

  在分析丁玲《莎菲女士的日记》时，笔者注意到一个细节，就是关于凌吉士的龌龊心理，莎菲是从凌吉士的口中得到的。[①] 凌吉士不知道他所告诉莎菲的关于他的一切是龌龊的。笔者当时有些不明白，但现在看，凌吉士之所以那么坦荡地跟莎菲谈自己在公园里追逐女孩，告诉莎菲一些做女人的本分，甚至谈他的人生理想——他需要的是什么？是金钱，是在客厅中能应酬买卖中朋友们的年轻太太，是几个穿得很标致的白胖儿子。他的爱情是什么？是拿金钱在妓院中，去挥霍而得来的一时肉感的享受，和坐在软软的沙发上，拥着香喷喷的肉体，抽着烟卷，同朋友们任意谈笑，还把左腿叠压在右膝上；不高兴时，便拉倒，回到家里老婆那里去。热心于演讲辩论会，网球比赛，留学哈佛，做外交官，公使大臣，或继承父亲的职业，做橡树生意，成资本家……都有一个重要的原因，那就是他也是以一个启蒙者自居的。我们看郑振埙在和妻子谈话中，时刻以你听我的话为准，而对于自己说什么做什么都随心所欲，他和妻子好的时候，觉得房中比世上什么地方更安慰些，这时他问妻子："我讨个小老婆来还不好？"他对妻子说，"别的妻学时髦，旁人会笑伊；你是我的妻，你有资格，可以学时髦，没有人笑的"。这时候，我们反观凌吉士，这个"热心于演讲辩论会，网球比赛，留学哈佛，做外交官，公使大臣，或继承父亲的职业，做橡树生意，成资本家"的学中骄子，对莎菲随意谈谈自己追女孩子，做女人的本分，自己的爱情理想，正是他把莎菲视为爱情对象、一种亲近的表示。其他如茅盾笔下的

[①] 参见张鹏燕《话语转变中的执守与宿命——论丁玲的小说创作》，硕士学位论文，河北师范大学，2004年，第7页。

方罗兰，他一再表示对妻子梅丽不复再有初恋时的热情不满，其实也正是对梅丽日渐由热情的妻转变为贞静的妇的不满。如此，密斯蔡那句"唉！男子们，这是你们的代表！"真是一句颇有见地的话。在恋爱的名义下，其实我们看到的仍旧是传统社会模式下男权的世界。

其实无论是郑振壎，还是涓生、凌吉士、方罗兰，他们都是很真诚的人，是当时社会进步青年的代表。因此虽然大多数读者批评郑振壎对待妻子的方式，但他们也很同情郑振壎，觉得他的问题带有普遍性。这也正和当代读者同情涓生一样。因为面对的是同样的问题：自由与伦理之间的度怎么把握？

关于中国1920年代婚姻自由权争取过程中遇到的问题，最主要的就是女性无辜受害。因为各种原因，能接受现代教育的女性少之又少，尤其接受高等教育的女性在全国更是凤毛麟角。1922年《妇女杂志》刊登了一份女学校通讯《北京专门以上各校的招启》，据载，北大招生，报考的男生五百人女生四人，结果女生录取一人。[①] 所以，"恋爱自由""离婚自由"等思潮首先而且主要影响到的是男性。因为早婚的传统习俗，当这些青年在学校开始接触新思潮的时候，他们大多已经成婚，打一不恰当的比喻，当他们在新思潮中呱呱落地之时，他们已经为人夫甚或为人父。所以一旦当他们预备投入个人主义自由、平等思想的怀抱、追求人格恋爱而非奴隶的买卖式婚姻时，首先遭殃的就是这些旧女性。而新女性因为同样要面对男性离异，所以女性之间因为共同男性的存在发生伤害。新旧女性同时遭遇现实困境，关于此命题，已经引起学者们持续的关注，[②] 在此不再展开。

[①] 《北京专门以上各校的招启》，《妇女杂志》第8卷第1号，1922年1月。
[②] 代表性文章：梁惠锦：《婚姻自由权的争取及其问题（1920—1930）》，《无声之声（Ⅰ）：近代中国的妇女与国家》，吕芳上主编，（台北）"中央研究院"近代史研究所2003年版。杨联芬《新伦理与旧角色：五四新女性身份认同的困境》，《中国社会科学》，2010年第5期；杨联芬《五四时期社交公开运动中的性别矛盾与恋爱思潮》，陈平原主编《现代中国》第10期，北京大学出版社2008年版。

那么，尊重女性的男子可否与不满意的旧式妻子离婚？这个问题是《妇女杂志》10卷10号设置的"讨论会"的题目，共刊发十四份来稿。其中绝大多数的人的答案是肯定的，但大多认为要采取救济的办法，即从友谊的道德的角度资助旧式妻子去读书求学问，同时在经济上给予对方保障。甚至有人建议由自己来教育妻子，先建立师生间的感情进而再到夫妻间的爱情。但有人提出，这并不可行，认为尊重女性的男子，哪个不想改造他的旧式妻子。但是事与意违，少有达到此目的的。非常肯定的答案，则道出了当时让男子也觉得不得不离婚的缘由。"按照结婚的原理，他既然不满意自己的旧式妻子，就是和她没有爱情。与没有和自己发生爱情的女子过活，是不人道的，卖淫式的，不尊重爱情的——也就是不尊重女性的人。"[①]"一旦男子有了觉悟，知道非恋爱的结合是不道德的，是强奸，是侮辱女性，便毅然和她离婚，正是尊重女子在伦理上的人格，是极应当的手段。"[②] 其实正和当时很多人所指出的一样，在盲从新学的人看来，只要是旧式婚姻都是没有爱情的，因为旧式婚姻与新式婚姻最本质的区别在于形式，即没父母等人牵引男女社交公开交往的阶段。旧式妻子，指女子未受过学校的教育，非自由恋爱的结婚的而言。如此，只要婚姻存在，那么男子和旧式妻子生活就是"强奸"，妻子的生活就是"卖淫"，这种论调应该是导致梁惠锦所讲"已婚且接受新式教育的青年，往往自命为有知识的时代俊彦，鄙薄家中糟糠为无知识的乡下大娘，而处心积虑要把她离弃"[③] 现象的原因所在。"愈是尊重女性的男子,愈要和她的不满意的旧

[①] 晓星：《尊重女性的男子可否与不满意的旧式妻子离婚》十二,《妇女杂志》第10卷第10号，1924年10月，第1593页。

[②] 秋芳：《尊重女性的男子可否与不满意的旧式妻子离婚》十,《妇女杂志》第10卷第10号，1924年10月，第1591页。

[③] 梁惠锦：《婚姻自由权的争取及其问题（1920—1930）》,《无声之声（Ⅰ）：近代中国的妇女与国家》,吕芳上主编,（台北）"中央研究院"近代史研究所2003年版，第118页。

式的妻子离婚。反过来说，若不和他的不满意的旧式妻子离婚，他就不是尊重女性的男子。"①

"郑振埙离婚事件"就直指中国婚姻婚前无恋爱的问题，恰如有人说娜拉已经过时，因为她不是恋爱结婚的一样。②而鲁迅笔下的涓生与子君的故事和郑振埙自己的婚姻史不同之处，在于涓生与子君是自由恋爱的结合，子君是"新式妻子"。不得不说鲁迅总能看到一些现象后的本质问题，即当时所谓新女性，只是受过学校教育的"形式主义命名"，即后来有人提出的"准"新女子。③但他忽略了甚至可以说他自己也如此，新伦理旧道德的"准"新男子一样大量存在。中国进步青年就在这样的基点上开始了一场自由与伦理的博弈。恋爱的道德正义与离弃弱势妻子的反人道主义成为让郑振埙、涓生这样的青年徘徊无助的关键所在。他们从本心上愿意做尊重女性的男子，但更向往恋爱结婚"新式小家庭"的温馨幸福。到底如何前行？"不得不将这些旧女子为将来的女子牺牲点了"④，应该是他们共同的心声。

那么这场博弈的结果如何呢？《妇女杂志》曾刊登两篇文章，谈到"恋爱结婚模式"在青年中悄然实行。两篇文章，一是《我们的结婚》，⑤一是《恋爱结婚成功史——周颂久先生夏韫玉女士结婚的经过》，⑥都是恋爱结婚成功的范例。很有意思的是《我们的结婚》的作者张勉寅、顾绮仲详细记叙了两人的相识相爱与结婚情景，将之作为实验的结婚，

---

① 晓星：“尊重女性的男子可否与不满意的旧式妻子离婚”十二，《妇女杂志》第10卷第10号，1924年10月，第1593页。

② [日]厨川白村：《近代的恋爱观》，Y.D.译，《妇女杂志》第8卷第2号，1922年2月。

③ 追求时髦的女子因为"没有新的精神，只有新的形式"而被命名为"准"新女子。见陈伯吹《一枚钻戒》，《妇女杂志》第16卷第1号，1930年1月。

④ 陶俨和：“尊重女性的男子可否与不满意的旧式妻子离婚”三，《妇女杂志》第10卷第10号，1924年10月，第1585页。

⑤ 张勉寅、顾绮仲：《我们的结婚》，《妇女杂志》第8卷第1号，1922年1月。

⑥ 记者：《恋爱结婚成功史——周颂久先生夏韫玉女士结婚的经过》，《妇女杂志》第8卷第3号，1922年3月。

希望人们公开指正,文章结尾还留了通信地址。以二人的意见"现在男女社交还没有公开,难得实行相当的自由恋爱的机会,青年往往在短时间的接触里,简略地做一种浮薄的观察,一时激于感情的冲动,便轻率成事,这种事在现在婚制过渡时代是很多的。所以社会上自由结婚的日多,而离婚的消息也日多",所以以改革者的姿态表达对恋爱结婚的自信并期待更多的成功。《恋爱结婚成功史——周颂久先生夏韫玉女士结婚的经过》,讲述的是商务印书馆编译员周颂久与其寡妇表妹夏韫玉因恋爱而结婚的事。不仅有《妇女杂志》社郑心南的证婚词,且有新郎新娘的演说词,一起演绎着恋爱结婚的幸福。但从两篇文章也能读到成功者的寂寞,类似的成功还太少。比如后一篇就有记者的话"但实际情形是:恋爱的名词,不但一般人没有听到,并且当做'败坏风俗'的事情看。无怪我国民族被人目为半开化的民族了。近来稍有新思想的青年男女,已经觉悟到这种机械式结婚的不合理,努力于恋爱结婚之实现"。

另外,恋爱带给1920年代女性的新的人生体验也是不容忽视的。无论是恋爱中的心动与骄傲,还是被欺骗后的噩梦般的生存;无论被纠缠的苦,还是自我纠缠的苦;无论是"矛盾而生,矛盾而死",还是"不得自由我宁死"。一切情感体验都是现代的,其中自然也包括现代生活方式。冯沅君的《隔绝》与《旅行》、庐隐的《象牙戒指》、丁玲的《莎菲女士的日记》,都是很好的样本。首先我们看这些作品中人物的生活方式:冬天游中央公园、秋天游三贝子公园、约会、逃课旅行;(《隔绝》《旅行》)郊外赛驴、公园赏菊、西山看月、去有外国伴奏师的冰场滑旱冰、毕业同学聚会、异性聚餐吃茶点划船、学新式跳舞、进跳舞场、看电影;(《象牙戒指》)英语辩论会、写信收信、记日记。(《莎菲女士的日记》)这种丰富是以前的"贤妻良母"型的女子无法想象的。其次,就是现代性的情感体验。之所以说是现代性的情感体验,是因为这些情感是伴随着现代社交公开,现代生活方式的出现,女性以个体主体性在和异性交往中的独特人生体验。尤其是恋爱给女性高飞的感觉："我很想拉他的手,但是我不敢,我只敢在间或车上的电灯被震动而失去它的光的时候,因为我害怕那些搭客们的注意。可是我们又自己觉得很骄傲的,我们不客气的以全车中最尊贵的人自命。"(《旅行》)"她没有响。只用劲捏着我的手腕一笑。但是我准知道,她的心在急速地跳跃,有一朵从来没有开过的花,现在从她天真的童心中含着娇羞开放了。她现在的表情怎样与众不同呀!似乎永远关闭的空园里,忽然长满了美丽的花朵。"(《象牙戒指》)这是笔者读 20 年代作品一个突出的感受,女性基于人格独立的追求,自尊自爱。她们自由地、大方地与男性交际,呼吸从未有过的畅快。虽然这只是大的"痛苦"中的沧海一粟,但它还是更新了这代人的人生体验。

或许,历史就是在这样既残酷无情又催生花朵中前进吧。当人只为伦理而活时,很难想象激情,而个性主义的扩张,必然面临传统伦理道德各方的挤压。应该说,自由与伦理关系的处理,到现在仍旧是一个复杂说不清的难题。

第四章

《妇女杂志》婚恋文学叙事

《妇女杂志》女性论的文学史意义在于它更新了一代人的道德观念，"恋爱道德论"让中国青年开始反省旧有的女性观。婚恋文学作为《妇女杂志》最重要的文学叙事，本身直接反映并参与了现代中国女性意识的变迁，那么它们呈现出怎样的一种景象？从这里，反观其女性论我们又将得到怎样的信息？本章以《妇女杂志》婚恋文学叙事为研究对象，遴选思想艺术皆有代表性的作品，力图对此进行分析解答。

第一节 女性众生画像：生命的哀歌

《妇女杂志》试图建立中国女性主义理论的同时，发表了一系列婚恋文学作品。它们犹如这个时代的画像，忠实地记录着中国 1920 年代女性的命运，无论旧女性还是新女性，生命都是一曲哀歌。她们与中国现代文学史上的姊妹们，共同丰盈着我们对中国女性史的理解。

一 "寂寞梧桐深院锁清秋"

在中国现代文学史上，写剩女的作品似乎不多，在我有限的阅读中当属凌叔华的《绣枕》（1925）和师陀的《桃红》（1939）最为瞩目。一个写高门深院，一个写小城庭院。一个"隐喻着中国女性被视为'物'的悠久历史"①，一个徒然慨叹"一个在中国空闺里憔悴了的姑娘"！②闺秀女性的青春埋葬在无声无息的女红中，成为被封闭被搁置的历史。《妇女杂志》刊载的徐学文的《梧桐树》则用中国文学中的梧桐意象，把一个"寂寞梧桐深院锁清秋"的女子爱贞的命运写得令人悲叹。

梧桐树只是爱贞家庭院中诸多花树中的一种，原有两棵，是"双桐"。"双桐"在中国文学意象中"象征着纠结、缠绵、至死不渝的爱情"，这似乎寄寓着主人一种美好的期望。后来随着家运的衰败，很多花木相继枯萎，只剩下一棵"孤桐"。"这棵什么都侵蚀不掉的梧桐树"，见证着主人家递嬗变迁的经过，也成为爱贞的化身。

"以前她是院子主人的一个，现在她仍是院子主人的一个，和这梧桐树终于在这院子里一样。"

"任何的变化，她却还是像院子里的一棵梧桐树一样残存着。"

"她在房里流着泪，没有人知道。

院子里的一棵梧桐树尽是掉下黄叶来，被风吹动，在地上作响。"

这棵庭院中的"孤桐"，乃至文末的"桐叶"凋零，一起预示着爱贞美好青春的逝去、爱情的永无希望。同时，这棵"孤桐"也象征着爱贞、爱贞父母的孤高品性。曾经有很多提亲的登门，最后定了张家，但是等到父亲了解到并亲眼看到张姓男子轻薄的行径后，父亲拖延了

---

① 刘慧英：《揭示被隐埋的女性历史的主题》，《中国现代文学研究丛刊》1994年第4期。

② 师陀：《桃红》，《师陀全集1》（短篇小说下），师陀著，刘增杰编校，河南大学出版社2004年版，第487页。

亲事，他不想把女儿牺牲。父亲病死后，母亲按照父亲的遗嘱，跟张家解除了婚约。爱贞呢，虽然她对自己的婚事表现出无可无不可的态度，但她近乎本能地意识到"女子的身世是要分成两个半截的，后半截便是替人做'人'"。所以，虽然她悲叹自己的命运，但并不认为那些出嫁了的女子比自己好到哪里去。这"替人做'人'"的哀叹让她在孤寂中保留了一份清高，一份独立，一份清醒。从这个角度看，爱贞既不同于大小姐也不同于素姑。大小姐完全是丧失了自己主体性的物化存在，她除了等待命运之神的召唤外，就是把自己安放到女红里；素姑则只能望着三大箱嫁妆出神，她嫉妒那些比自己年轻的或比自己年长的出阁了的姑娘，她的人生手势就是"出神"。而爱贞，她虽则无力把握自己的命运，但她并不把婚姻作为自己人生的终极目标，她凭借女性的直觉，意识到结婚与否并不是女性幸运不幸运的分界线，"替人做'人'"是所有女子的命运！而这正是《一生》（11卷4号）中月英这样的女子命运的有力写照。

《一生》中的月英，十四岁上死了父母，含辛茹苦把自己两个弟弟带大。弟弟们结婚后，月英感到无尽的凄凉，在弟妹们的撮合下二十七岁上出嫁。无奈嫁后的命运只不过是重复了十三年前的时光，丈夫很快去世，剩下两个孩子。而今，在自家这个三进五开间的家里，弟弟们的男孩，也如当初他们父亲一样大的年纪，只是再难以给月英带来感情寄托，徒增哀感。

二 一个寓言："到外婆家去"

《妇女杂志》（13卷11号）刊载的元化的《到外婆家去》是一首温润哀婉的歌，我无从去查找"元化"究竟是谁，但它独特的讲述能一下子把人的心"吸"过去，虽然我们已经在很多地方看过这样的故事。

这是关于"妈妈"的故事。一个小脚女人生下女儿、在婆家任劳任怨而得不到认可，最后面临被新式丈夫离弃的命运。只是在这里作者不再是很多类似故事的直接讲述者,叙述人变成"妈妈"自己和女童"我",这样的转换,竟然把一曲生命的哀歌化成一首凄婉的歌谣。因为有了女童的"我","妈妈"说"我便不是以前的我了;我是个在天上也在地底下的人。""只要听到你一声欢笑,便不觉是在这苦痛的人间了。""地底下"的"妈妈"是怎样的呢?"奶奶啣着蒺藜,时时向我吐着;姑姑悬着长脸,天天给我看着;爷爷的牙缝里,也时而向我迸出几点火星。"一天的劳作,除了固定的上午洗衣,下午磨面,清早和夜晚忙着纺线和缝补,还有"这事那事地使我延长了白昼,缩短了黑夜。"而"爸爸"呢,他是个"常年做客的人","妈妈"想想他便觉得"心就像被锥子穿着,挂在梁上,给人摆荡着的一般。"但女儿的欢笑是多么神奇啊!它们如漆黑深夜里一千枝烛光的火把,炎炎烈日密密层层的树荫,焦灼的沙漠里的绿池,惊涛骇浪中平稳巩固的船舶,怒光逼人的闪电中的避电针。"妈妈"忽然地觉得自己在天上了。

"我"5岁了,"我"觉得"妈妈"的怀抱是世界上最好的地方,但"我"不告诉任何人。"我"想告诉从来不出大门的"妈妈",在宅后的高崖看四边的天,同大地是这样接近啊!但我眼中的"妈妈"有两只奇怪的眼睛,它们像是山崖下那两个水泉。"她受了奶奶的吵骂时,会滴滴地流出泪来,她打了淘气的宝宝时,也会流出泪来。有时,她在房中安然的做着针线,竟也无缘无故的流出泪来。""我"知道妈妈眼中那个白衣人,是那个叫作"爸爸"的,"我"从来没有见过他。但"我"知道"爸爸"来信了,而且"我"也知道信上说些啥,"爸爸"说只要"妈妈"永久地住到外婆家,他就很快回来了。"我"不明白"妈妈"为什么会哭,"我"真想"甜的外婆家",既然"爸爸"要带回来一个新妈妈,既然他们都说让我们住到外婆家去,那,"妈妈","好,到那甜的外婆家去,在那里,宝宝常有妈妈,外婆也常有她的宝宝,我们只向那里去,因为那便是日黄中带彩色的国土"。

"宝宝常有妈妈,外婆也常有她的宝宝",这很像一种寓言,母女情谊成为女性主义最终的归宿。它带着些温暖、带着些哀婉，甚至带着些决绝。但若果是女性的家园向着母爱的港湾，这终归是一种理想主义者的幻象。

三　被自己禁锢了的灵魂

《妇女杂志》16卷12号《离别的七年间》很容易让我们想起萧红的《小城三月》，同样淡淡的调子，同样写一个女子恋爱的悲歌，同样采用了第一人称限制叙事的叙述视角，同样散文化的书写方式。只是故事的主人公不像翠姨那样没读过书，也不像翠姨那样宁愿把恋爱的秘密带到坟墓里去也不"说出来"，而是已经拿了N城师范学校毕业文凭、前途有无限希望的"新女性"——"吾"的二姊。

二姊与春哥的恋爱发生在七年前的春末夏初，那时的二姊师范毕业是天之骄子，春哥是在读大学生。一个是"活泼娇憨的美人儿"，一个是魁伟英俊的少年，他们频繁出现在一起的身姿，弄得街坊邻右都噘着嘴，摇着头，笑说他们的趣事，认为他们是要结婚的。

"吾"看到他俩"在青青的田野间，踏着那双俊美的影子，且走且谈"，"风来了，二姊的头发如芦花般飞在两间，单薄的衣裳飘飘轻举，尤其显出她的腰身的聘婷。春哥挽住了她的手，在软风中昂然行动的的情形，使人想到古罗马的武士，以及大刀阔斧的水浒英雄。""吾"和大姊还看到，一次"在一处柳荫下，两个儿正依偎在一起谈笑着呢；二姊似乎枕在春哥的臂上，松散的头发拂到胸前，把她上身的轮廓淹没"，而且很快"他们已经抱住在一起了。"二姊已经是"一切都不顾，拼着性命去恋爱"，而"吾"们已经确切地听到舅舅正在为春哥的婚事张罗着。

开学期将近，"吾"们一起送走了春哥。而春哥去后就是足足的七年，在这悠久的时间，他很少信来。偶尔欣然地接到他的信，也无非是叙常情，丝毫没有和二姊恋爱过的样子。这是谁都料不到的。

七年后，春哥突然带着新婚的夫人跑到吾家来，这更是谁都料不到的。七年间，春哥还不失当年的健美可爱，只是二姊已是"阴郁的面貌，黑色的旗袍"，"一种豪励刚直的性格，冷峻犀利的眼光，以及绝无粉妆的黄脸"，不停给"吾"警告恋爱的真相——只在瞬间才是鲜美的。

二姊的悲剧命运在那个时代是很有代表性的，原因就在于她的悲剧不是源自外在的迫压，而是源自己内心的禁锢。她是一个受过现代教育，有自己的职业，能经济独立的"新女性"，但是正如"吾"所慨叹的"人类的力量，也许只会发现自己的弱点，而不能改造自己弱点的"，二姊在热恋时视恋爱为生命，失恋后则视恋爱为洪水，认为"婚姻与吾实际不会适宜的了，吾也不希望自己再去欺骗人家"。这其实代表了她的婚恋观，从一而终。而事实上，人性的苏醒，连她自己都不得不惊呼"人原是矛盾的动物"，一方面她以大彻大悟者自居，向母亲宣布"惟有婚姻二字休提。吾此生难道再有这高兴来玩这玩意儿么？"一方面她自己也承认，"但醒来时看见了这种阳春气象，烦恼苦闷还是深深地压住了吾的心。"她对自己这种心理显然很不安，所以给"吾"的信，她"每次反复写着"她对恋爱真相的认识，提示并安慰自己"这样安静地过着一生也是幸福了。"所以，虽然说春哥毁伤她在前，但她最终还是被自己毁伤了，她把自己用一袭黑旗袍裹住，"不搽粉，也不涂唇朱"，把自己的青春完全的禁锢了！

刘大杰的小说《梧桐叶落的秋夜》（不料竟成海枯石烂了）（11卷10号），写的也是个现代版"始乱终弃"的故事。女主人公婉如有一段很重要的话标明自己的心迹，"你要知道现在的一般男女青年，都是轻薄浮躁，口是心非的；不是今日谈恋爱自由，就是明日谈问题和主义。你看真正有几个是自由恋爱的呢？又有几个能够真实地了解恋爱的真义呢？我希望我俩的爱情，是永久的，是真正的，是为青年中模范的；这就是我唯一的希望了。"这是多么可贵的思想！她不想像一般轻薄少年追逐时髦谈恋爱，而是把恋爱作为很严肃的人生问题，希望与相爱的人用行动说明"恋爱的真义。"

婉如勇敢地践行着自己的爱情理想。但是她被学校开除了。不过这并不减少她的勇敢，"以为学校是可再进的，家庭是可脱离的，姊妹可以不要的，只有那神圣而甜蜜的爱情是万不可以牺牲的！"但现实是残酷的，当她向已经同居的男友说明自己目前无家可去，希望他帮忙找一个相当的学校，资助一年的学费时，他沉默着想道："我从前对你说的那些话，不过是笼络你的心志。你说我们是未来的夫妻，我与家妻的儿子已经有两岁半了，你每年要一百块钱，我自己读书的钱，也是靠别人津贴的。"他的回答是"不能"，并且无耻地说"中国四万万人，难道做你的爱人的，除了我以外，再找不出第二个了吗？"

婉如出离愤怒了！她大声斥责这个口里谈着恋爱，心内拿她做玩品的恶棍之后，于梧桐叶落的秋夜带着身孕跳湖而死。

婉如死了，但是她带给我们的思考是无尽的。婉如说"现在男女自由恋爱，这是谁也承认是正当的"，而学校似乎并不像不开明的样子，知道她在外过夜的秘密后，因为她的成绩一向很好，所以并没有做出严惩，只是让她的好友劝劝。见没有效果，才挂牌把她辞退了。所以，婉如只说"遭了学校不加谅解"。这一切说明时代的空气确实开放了。但它还远没有开放到允许在校学生未婚同居的地步，尤其是家庭，它无论如何接受不了女儿因未婚同居而被学校开除的事，婉如的姐姐说，"我家几代书香，难道等你一个人污辱了吗？""你们现在虽说在学校读外国的书，难道三从四德，做女子的也不要了吗？"更说明婉如宇宙万物爱情最神圣思想与现实的格格不入。婉如最后跳湖自杀，除了一连串的打击外，最主要的是她怀孕了。"未婚先孕"如果是真爱的结晶，婉如未可不精心呵护，但它不是！

婉如悲壮地生，但怀孕成了她无法承受之重，她自杀了。但耻辱是否会随着她的一跳永远的消失，无从知道了。但可以肯定的是，她是想这么做的。未婚妈妈的身份,是她不曾预想也不会想的问题。

拎出《妇女杂志》婚恋叙事中的优秀作品,发现几乎无一例外,都是女性悲剧命运的写照,包括下面我将在其他话题涉及的。它们如流水,承载着一个个曾经鲜活的生命,奔流不息的远去,我似乎能听到她们各自的叹息。

第二节 争取赋权:亚珊等的女性主义之旅

1920年代的中国,虽然妇女解放的声浪一浪高过一浪,但是人心的变革永远与期望值相差甚远。女性开始自己争取赋权的生命之旅。在这里,"争取赋权"采用的是颜海平的概念,在她看来,女性作家的文学活动和生活轨迹是交织互构的,所以她探讨的是,"世纪之交的女性,在不知道任何能为她们打开自身生命存在的社会空间的方法和路径的情况下,是如何跨越她们在社会制度环境中的'天然位置'所设立的边界的",她把这一过程命名为"渴望和争取女性社会赋权的奋斗"。[①]这里,因为《妇女杂志》很多作者生平是很难查询的,所以不涉及作家文学活动和生活轨迹的互构考察,谨借用其概念来概括《妇女杂志》婚恋文学叙事中努力改变自己弱者命运,争取社会赋权的女性群体。

一 冯璘:两度缔婚的"我"

《两度缔婚的我》(9卷10号、11号),作者冯璘,生平不详,《妇女杂志》除发表其此文外,还有一篇翻译的巴尔扎克的《柯老头儿》

[①] 参见颜海平《导论》,《中国现代女性作家与中国革命,1905—1948》,颜海平著,季剑青译,北京大学出版社2011年版。

（今译《高老头》）（9卷7号），除此，《小说月报》在1924和1925年分别刊登有署名冯璘、吴山译的文章《悼陆蒂文》（法国 P. Bourget 著，15卷5号）和《法国文学界对于巴兰的评论》（16卷5号），由此大体可以推知冯璘对法国文学有研究，但仍然无法查找到具体信息。从《两度缔婚的我》行文看，这是一篇女性自叙传性质的小说，虽然囿于《妇女杂志》作者署名并不要求标明性别的做法，这里把它作为一个纯女性写作文本进行分析，缺乏完全的说服力，但从作品的角度看也很难说它不是一个纯女性写作文本，作品女性视角的运用和纯女性立场的叙事，仍然让论者愿意把它作为女性文本进行分析。

《两度缔婚的我》主要记叙"我"两次缔结婚约又两次解除婚约的经历，但如题所示文本叙事的重心是"我"而不是"两度缔婚"，所以文本呈现出来的面貌带有很重的思辨色彩，加之女性第一人称叙事视角的运用，女性的声音一直凸显于文本上空，这样这篇作品读起来就像是一篇女性自叙传，就像是一个叫做冯璘的女性在向大家讲述有关她的婚恋故事，而她的感情是如此浓郁，所以她情不自禁地停止讲述转过来发问、议论、表白。她挣扎于自我辩驳中，目力脑力所及不仅仅是自身，整个女性群体都在她的视域之内，所以读这篇作品我们感觉到的不是一个仅仅充满个人色彩的个体故事，而更像是读一部女性寓言。

"我"第一次缔结婚约，对象是租户的儿子，一个成天跟"我"和堂姐和村子里很多同龄孩子一起玩耍的隔壁邻家的男孩子。用"我"的话讲，"人们的婚姻，是'结'成的"，旧式的婚姻，是"旁人代结上的"，那么此次的婚约便是这一种，这一年"我"十二岁。十六岁的时候，男方催着结婚，"我""并不懂得什么是嫁人，更不懂得婚姻是怎么一回事"，只是想起四邻的姐妹们一个一个的不见了，据说都是嫁人去了。而忽然的，堂姐竟掉到井里淹死了。一个月后，父亲接到了隔壁"他"的一封信，"嫌我是乡下姑娘，不识字，不时髦，不通文化，没有携他过那'共同生活'的资格，请求离婚，解除婚约"。

"我"第二次的缔婚，对象是清华大学留英教授万鹗士，而"我"也已经不再是当年的乡下毛丫头，而是毕业于上海圣玛利亚大学的女大学生，按"我"的话讲，新人的婚姻，是"自动地结上"的。万鹗士是"我"在朋友CC小姐那认识的，他向"我"求婚后，"我"考察了一年半后才答应缔婚，按说这是自由恋爱的结果。但在许婚后第三天"我"初次走进万鹗士的居所时，"我"不无愕然的发现，他竟然就是当年那个跟自己解除婚约的"他"，"我"深恨男子们反复无常，终于向他取消婚约了。

"我"透过自己同一身体两种身份在婚恋中不同的境遇尖声追问：爱情是什么？"我"以为"爱情是交互的，纯一的，清洁的，不交互，不纯一，不清洁的爱情，算得是爱情么？"但眼光所及，看得见的人们没有一个够得上是"有爱情"者。现今的人们的爱情，都跳不出"'怜才爱貌'，'贪财慕势'，'玩弄异性'，'虚伪欺诈'……种种的圈子"，越是自认为是一个爱情者的人们，越是虚伪欺诈得厉害。我眼光所看得见的人们，新的太新，旧的太旧。"新人是爱时髦的，是好讲爱情的；以讲爱情为时髦，他们——或她们——的爱情，重在一个'讲'字"。旧人为虚伪的环境所束缚，不懂得爱情是什么，"他们——尤其是她们——的爱情，为'束缚'和'不懂'所淹没了。"所以，"本来婚姻并非是一件稀松容易的事情，可奈人们——尤其是现下的男女们——都仿佛没把婚姻当件严重的事情；所以结婚离婚的问题，近今就闹得甚嚣尘上了。"

"我"两次缔婚解约的过程其实更像是新旧女性命运的浓缩。因为若不是受"我"被解除婚约的刺激，父亲大概是不会想起让我接受教育，那么"我"就永远是一个乡下毛丫头，"我"的命运便是像四邻的姐妹们一样了，到了一定的年龄便出嫁了，便不见了。即使是被解约了，大约也就会凑合地嫁了去，终归是要嫁的。或者还可能如堂姐一样,这个待我并不是很好的姐姐,她暗自喜欢上了跟"我"缔约的隔壁的"他",但明显无望了,就像命运开了个玩笑,这个"他"选择了别人,于是就自己结束了花样的年华。而第一次的解除婚约,又何尝不是旧式妇女的一种命运呢!"现今的时代,……狂妄的男子……动不动就无意识地侮辱女子的人格;只图自己个人的私益……更好笑的,是一般假冒维新的人们,居然有以不放足,好擦粉,为离婚的动点。""十五年前的我,就不是我么?……所不同者,十五年前的我,没有读书,不识字,不时髦;……可知道现今社会上流行的新式的我,却是个蒙了'文明皮',戴上'时髦面具'的乡下女子啊!"这是"我"一个重要的发现,所谓的爱情,所谓的新式婚姻,男性看重的并不关乎人格、性情,"我"对万鹗士首与朋友CC小姐交往继而竟向我求婚本是感到意外而怀疑的,"你爱我什么?可爱的人很多,何以竟会爱上我的呢?"万的回答是,"爱你俊慧,爱你美丽,美丽俊慧的人,什么都是可爱的;我就爱你一切,因你一切都是可爱的。你是俊慧之神!美丽的上帝!……"这个向"我"求婚的人,重复又重复,不外是女性的美丽与有文化。女性只要读书、认字,那么她就是可爱的,如若兼美丽,那么就是万分可爱了,而这美丽,与爱出风头、爱时髦是对等的。吵吵嚷嚷甚嚣尘上的恋爱结婚,爱情婚姻,变为只是个符号。所以,"我"看到假冒维新的人们竟然以不放足、好擦粉为离婚的借口。"我"终于明白新人的结婚也无关乎人格,也无关乎爱情。在"我"严肃认真地考虑万鹗士的求婚时,"我"是那么掏心掏肺,希望他能多了解"我"一些底细。"我"说,"我虽不是抱绝对的独身主义者,但非必要之时,尚谈不到婚姻两字;落得个无羁绊的自在身,为社会从从容容的服务。不在社会里服务,怎能达到改良社会的目的呢?"但对方根本不理会"我"的顾虑,而是立刻劝我就范,"是啊!你须知道改良社会,须自改造家庭始,男女们各个动作,何如合力协作;与其抱独身主义,为社会服务,以求达到改良社会的目的;何如进一步,从建设新家庭，变更环境下手，岂不比较的容易得多？"在二人的交谈中，"我"一味表白我的过去，"我"对爱情婚姻的看法，尤其难以掩饰对那些故意抛弃无辜女性（病弱者）的男性的憎恨，但是万鹗士却一点都不想听，"你的议论何尝不是呢，不过……不过，我觉得有点溢出你我议论的范围了！""我们的事怎么样呢？""我"最终发现自己一直就是个无爱情者。

这里女性的境遇与前述爱贞、二姊、婉如是如何相似，但不同的是"我"！

"我"一直以来就把自己的命运和女性群体的命运结合在一起，自己要嫁人了，"我"会想起四邻的姐妹们，会很奇异地追问"女子们为什么要嫁人"，被离异了，"我"想到"同我受一样无辜的侮辱的姊妹们，不知道有多少。"而且"我"看到女性在社会上就是"病弱者"，"对于病弱者宣告死刑，是唯一的大罪恶。"但就有"狂妄的男子""专一的鞭挞，凌辱无辜的病弱者"。这里"同为女性病弱者"的身份建构，让我们看到一个女性的生命姿态——以身作战，争取赋权。当"我"面对第二次男性的求婚时，"我"和他结结实实地辩论了一番。当万鹗士说"上星期送你一枝花，是故意试探你对我恋爱程度的；你不是因为那枝花很愉快，很感念我么？可见你是乐意承受我的恋爱的"，"我"当即加以驳斥："承受爱情么？万先生，你以为女子是爱情的受造者么？这恐怕是你的误解吧！爱情是交互的，男子们自以为有爱情于女子，女子能承受他的爱情，就可以发生恋爱么？男子爱女子，女子受不受他的爱，是一个问题，受他的爱，爱不爱他又是一个问题；"愤怒也是一种觉醒。即使放在中国现代文学史上，这段话也堪称经典。它是真觉醒的女性的宣言！它把女性一定要承受爱的被动地位彻底推翻，"男子爱女子，女子受不受他的爱，是一个问题。"在以夫为业的传统中，女性被男性看中，尤其是一个蒙了一点点"文明皮"的乡下毛丫头被大学教授看重，总归是有些丑小鸭变成白天鹅或灰姑娘与王子的意味，应该是觉得幸运而幸福的。但是，"我"却不以为然，认为女子接受不接受他的爱是一个值得考虑的问题。进一步讲，即使女子接受他的爱，也仅代表他爱她，并不代表她爱他。这里，女性完全是有自己自主意志、拥有个人选择权的独立个体，她拒绝被爱。因为"我"的爱情主张是——爱情是平等的，交互的，纯一的，清洁的，"我"对社会上"以讲爱情为时髦，他们——或她们的——爱情，重在一个'讲'字"的倾向深表不满，说必需用"辣手段"唤醒他们"痴迷的时髦梦"。最后"我"仍然是一个无爱情者，但"我"对那些说爱情犹如水之于鱼的说法深感怀疑，虽然仍是孤单前行，但"我"对变革社会的迫切要求激发出来的生命激情仍然是这个时代一抹亮丽的色彩。

二 亚珊："我将靠文艺过此一生"

《亚珊的言论自由》（14卷5号）是亚珊给庄华的十封信。亚珊跟庄华是很要好的朋友，庄华在北京读大学，亚珊在杭州任教。作品采用典型的五四女性写作方式——书信体——讲述了亚珊身边几个女性的故事兼及时代现象，它们互为主次构成一幅女性生活的斑斓画卷。

亚珊讲的第一个故事：

一次好朋友同游西湖，在昭庆寺看到一个二十岁的女子虔诚地磕头，我笑她定是在祈祷给自己一个好丈夫。"梦想未来的丈夫，梦想未来的家庭，梦想未来的荣誉，梦想未来的幸运，不是普通妇女的青春时代的最普通的隐秘期望吗？"

亚珊讲的第二个故事：

好友斌结婚了，她兴高采烈地辞职走了，"竟毫不拒绝地跑向樊笼一般的生活的路上去！"她来了一封信，"这位小奶奶，写得很矜夸，很昂傲，很杂乱，很潦草，很分心，很疏略"，信中说她的男人给雇了收拾房间的恭顺的女仆，做了很多合体的衣服，买了好几把歇息的大臂椅，还有一架价值七八百元的钢琴。"这种稀有的漂亮的外国式的贵夫人的生活，自然要使她昏了，醉了，疯了，狂了！"

亚珊讲的第三个故事：

学校五十岁的同事张女士哭诉自己的人生。结婚是转折点，婚后幸福，但不久得知探亲南下的丈夫是去见自己的妻子了，原来他已有妻子儿女，于是开始了人生的哭。好在他又回来了，道了无数次的歉，开始过日子，但不几年他死了，又不几年六岁的孩子也死了。孩子的死，让她又是哭。接下来二十多年，就一直在哭泣中生活。因为晚上哭，早晨起来就不得不在家让红肿的眼圈消下去，这样就总是吃不到学校的早饭。最近日渐消瘦。

亚珊讲的第四个故事：

平素装扮的花花绿绿的铉，明知道仓有妻室，仍和仓周旋，在仓夫人歇息了的时候，同去游玩看电影。最后仓给妻子写了离婚书，不识字的妻子只能按手印。在仓的妻还没离开的时候，铉就上了仓的妻子的床。她醉心他的洋派和硕士头衔。怕是不久也会辞掉教职。

亚珊讲的第五个故事：

"为恋爱而生存"的同学英，自杀了。她与M恋爱结婚，但因为M父母不同意女子接受教育，权宜之计M和英商量制造了假离婚。原本约定离婚后先由母方资助把还剩一年半的大学读完再复婚，不曾想M又交了一个女朋友。英去信质问，一封、两封、三封、四封……都是石沉大海毫无音讯。最后英选择了自杀。亚珊等预备在追悼会上商讨对付M的条件。

除这些主体故事外，亚珊还写到其他一些女性，包括上班后的琪，"大红柳条的衫裙，满镶着闪灼灼的丝边，琪变成一尊无锡的泥菩萨了"；包括涤和珂，"同一般只知挂挂新招牌的妇女一样仅仅把头发减去了些，使四五寸长的发拳曲起来披散在颈上，并且仍旧满饰着珠梳簪扣把一个头弄成一盏珠围翠绕的风灯一般模样"；包括工厂做工的劳动者，"他们一天牺牲半个生命去换取不够粜两升米的价值的代价"。社会风气则是，大多数的妇女，自离了摇篮以来，就被人训导着，就暗自祈祷着。以为将来可靠着幸运而生存，可不劳一气一力而获得终生的良好食料；社会里头那些衫边的花纹，最是精巧得像稀世的雕梁一般的女子，那些头上的发扣最是灿烂得像众星攒聚的天河一般的女子，一碰到善于摇钱囊的男子，一遇到善于颠舌头的男子，她的心脏最会像老鼠一般的跳动起来呢。她的灵魂最会像醉汉一般的疯狂起来呢，她的从积世俏皮祖宗遗传下来的情欲最会像火一般的燃烧起来呢！男性"容易忘情、容易背约、容易坏事、容易闯祸"，宣扬"人生是什么？旅途。死是什么？目的地。丈夫是什么？旅客。妻子是什么？行李。"至于盟约，"现在青年男女间的盟约，真和赌徒立下的咒语一样靠不住"。

亚珊跋涉于这样的女性世界，是异常痛心的。她认为"我们要唤醒她们，我们要救治她们，我们要劝导她们，这就是我们生活在这个世界上的唯一的责任了"，尤其是要与庄华同声疾呼："姊妹们呀！醒起来吧！别迷信爱神的醍醐可以疗饥呀！别误认热情的前营可以安居呀！"只是身边的姐妹们，除了庄华、群、青和兰，也即将沦陷或已经沦陷，她对庄华说你我"该怎样睥睨自傲、坚决自持与继续自勉呢？"亚珊很庆幸上帝赋予自己言论自由的权利，"上帝又给了我一双超凡的怪恶德尖锐的眼睛"，她说"除非邪恶世风把我的两片嘴唇吹成岩石"，自己就要发言。对她来说，文艺就是她争取女性赋权的最好的工具，她将靠文艺度过此一生。

> 一个人，尤其是我们女人，如其没有文艺能力，则时代的鞭笞，习俗的害人，小人的嫉害，……将使我们痛苦憔悴，死而后已。如果我们有文艺的能力呀，什么鞭笞，什么嫉害，什么摧残，都给不了我们一星伎俩了。……我决意用钢钩子把文艺天使钩过来，系在我的灵魂上，如像马夫拴马在柱头上一样。

写作之于女性革命的意义，在于它是女性生命的证明，是免除被男性叙述遮蔽命运的最好的形式。亚珊正是身体力行用笔记录下了时代女性的各色命运，而她一直前行的姿态，将是中国女性解放的曙光。

第三节 "去虚荣心"：新女性新道德

《妇女杂志》在其整个发刊过程中一直不乏对女性虚荣的书写与讨论。在1919年的"女界要闻"中，编者别出心裁地推出了一条国外消息：《美国之新禁令》，文曰："浓抹淡妆。古今一例。施朱傅粉。中外皆然。孰意美国有大不然者。英文楚报云。美国之妇女。有抹粉游行街市者。若为女警察所见。即将该妇女带至警署。以冷水涤其面。不使稍留余粉。始释之去。此亦禁令中一趣闻也。"[1]

文章虽然是以转载的形式出现，但既然列为女界要闻，自然就不仅仅是关注"趣闻"的娱乐报道，而是借西方现代国家的权威警示中国女界。其时，"艳妆"对应"奢靡"被认为是"际此国运凌夷，生灵涂炭"之时国民的耻辱。[2]学衡派代表人物梅光迪直言"尚虚荣，此为女子之恶德"，认为女子因为不受教育的缘故，目光短浅。"彼因无事业之可操，无精神上之愉悦，故不免顾外表重形式而尚虚荣以求人之注意。"[3]署名余竹籁的作者著文《装饰与人格的关系——警告艳妆的女学生》，认为徒事装饰的女性，甘为男性的附属品，与妇女解放背道而驰。在她看来，"艳妆"是"娼妓化"的衣服，只能增加男子侮辱女子的心思，是女性人格堕落的表现。所以，她主张女学生对于那种"奴隶

---

[1] 见《纪述门·女界要闻》，《妇女杂志》第5卷第7号，1919年7月，第4页。
[2] 李张绍南：《南洋侨女戒用装饰品之可嘉》，《妇女杂志》第5卷第9号，1919年9月。
[3] 梅光迪：《女子与文化》，《妇女杂志》第8卷第1号，1922年1月。

化"的装饰一定要废止,"真真实实地去求学问,去做有人格的妇女。"①

"追逐时髦"成为此时期女性崇尚虚荣的最大罪证。事实上,如果一个少女把心思用于"竞尚时髦",她将被列为社会不良分子看待,被斥责。"类乎N女士的少女,在社会上大有人在。社会的分子,既然不良;社会的风尚,哪里能够盼望它善良呢?谁都知道的,二十世纪的新女子——尤其是我国的女子——肩负着重大的责任,她们是社会的改革者!也是社会的创造者!应该鞠躬尽瘁,为社会努力谋幸福。怎么可以浑浑噩噩地,常陷在迷梦中?不但牺牲了自身,并危及社会!"而这个"N"女士,充其量就是一个不好好学习,把全部心思用于穿衣打扮和交际的女学生。(《我被虚荣误了》百川《妇女杂志》13卷2号)这里很有意味的是:此时论者(无论男女)无一例外地把服饰政治化。衣着华丽的女性总对应着空虚、堕落、无知无识、可耻等贬义词,似乎只有朴素的装束才能代表爱国,才喻示精神独立。衣着打扮成为衡量一个人精神面貌、政治面貌的重要标尺。似乎是要唤起一种集体意识,12卷2号乙种征文干脆就以"裁缝的玩偶"为题。所选文章的主人公或被称为"呆鸟",或被直呼为丈夫与裁缝的双重玩偶,被认为太无知识了,觉悟后的女性表示深深的忏悔。如此再观美国用冷水涤傅粉者面的"趣闻",编选者可谓苦心孤诣。

有这样的思想做底子,虚荣叙事成为《妇女杂志》一种重要的文学叙事。1920年茅盾在一篇文章中讲,其时"去虚荣心"已被列为新妇女新道德之一。②

一 "虚荣心的末路"

《E巧A拙》(14卷12号)的主人公A,是学校的话题女神。原

---

① 余竹籁:《装饰与人格的关系——警告艳妆的女学生》,《妇女杂志》第8卷第1号,1922年1月。
② 佩韦(茅盾):《评〈新妇女〉》,《妇女杂志》第6卷第2号,1920年2月。

因是 A 女士是个爱慕虚荣的及时行乐者。她有自己一大段让同学望尘莫及的言论："你们晓得什么，在现在这种解放时代，正是给我们女子活动的一个最好机遇，我们就能这样轻轻地放它过去吗？我们回头看看前清时代的女子，一年到头，躲在深闺绣阁里，那是多么的无生趣啊。现在的女子，既唱着解放的言论，不能拿着一张嘴说说就了事，是要去实行的。我就是这识时务的实行者；换句话说，我是抱乐观主义的人，不赞成社会上有悲观两个字的。至于我来到学校里的目的，不过使我有多的机会发挥我们本有的精神罢了。"在同学的叙述中，A 假求学为名，只一味地在交际场中和装饰上研究，每天要换一两套衣服，朋友尤其是男朋友极多，每逢周六下午就外出，直到周日晚上才带着满满的时髦装饰品回校。在学校课余时间除了打网球、打篮球，就是写信。最让同学们义愤填膺的是，她竟然拒绝了 K 好意牵线她跟 D 的订婚。因为这位 A 的同学兼表哥的 D，"学术不但在我们全班之冠，就是他的人品、道德、言行，无一不为人所钦佩和崇拜的"。所以，对于 A 的拒绝订婚，大家一致认为她是"一定是没得好下场的！"

果不其然，A 最终选择了做姨太太，结果在争风吃醋的斗争中败下阵来，被丈夫赶出家门，沦落为一个蓬头垢面的弃妇。而这时的 D，已经跟同样是高材生的 E 结婚，夫妻和睦，家庭幸福，尤其是每月有二百元的进项，逐渐摆脱贫困，已经远远不再是 A 嫌弃的穷学生了。至此，A 幡然醒悟，"我现在明白了：我以前的思想和观念是错的，我以前的及时行乐的主张是不对的。哎！我是受了我的虚荣心的害，后悔何及啊！"在她给 D 写了这封表示悔悟的信后，大家"得不到 A 女士的下落了！"

此文末注明是"虚荣心及其末路征文"，一语道破文旨。既是命题作文，作者所要做的无非是编个动人的故事。但这篇小文的叙述仍然值得关注。开篇"我"坐在图书馆看参考书，备战月考，但心里想平素晓得自己不用功的同学们一定要笑我了，而且自己也觉得"临时抱

181

佛脚"非常好笑。就是这样，等到同宿舍的绪来找我，说要告诉我关于A的一些新闻时，我马上"心有所动"，一口应承下来，二人飞奔到宿舍各自往床上一躺，接着"我就连忙问他"关于A女士的新闻。这里两个男性表现出对女性私人生活极大的兴趣。而对应后面叙述A不爱学习的状态，似乎"我"也好不到哪里去。在谈话中，绪提醒我，"你难道忘记了维妹那天在鸡鸣寺里论及她的一切奇事吗？"勾起我对往事的回忆。

  我和绪因着欲往鸡鸣寺游览春景，苦于两人太寂寞了，遂绕道赴 GL 大学邀了维妹和纹妹两人同去。

  这句看似无关痛痒的话，恰恰写出了当时男性青年平日的做派，在寂寞无聊时找女性朋友结伴去玩。"一面喝着香茶，一面恋着春色，这是何等的愉快啊。"貌似想热闹，其实无非是因为有异性陪伴，才觉得"心醉了"。对照后面叙述A女士的事迹，她的男朋友很多，每周六下午出去玩，直到星期日晚上才回来，看来A女士的错误在于她结交的可能多半是社会上的男性，但无疑的她是一个人出行，没带同伴，所以她竟是"社会上的蠹虫，女界的败类"了。而惹人注目的是，文章这时转而用同为女性的维的口开始叙述N的故事。在维妹亲切正义的口中，A"假求学为名，行动乖张，不务正道，一味装饰"，是"我们女界中一个莫大的耻辱"，"社会上的蠹虫，女界的败类"。所以，当她讲到"总之，她已经是一个堕落的人了"的时候，她"觉得有点吃力了，连忙呷了一口茶，换过一口气来"。如果说A女士是值得鞭挞的对象，维妹几乎用了一切能想到的词汇贬损她。最后她恨恨地断定"A将来一定是没得好下场的"。

  A在这样的话语场中，其实已经没有任何辩白的余地。她必须按照给她设定的轨道走向堕落，没有好下场。文末，她是那样突兀地出现在D和E的面前。"有一天D和E从朋友家应酬回来，正打从磊功巷经过，忽然瞥见左边一个矮小的门里，正站着一个露着半边身子在门外的女子；那女子是蓬头垢面，衣饰不整的。等到他们快要走到跟前的时候，那女子掉过脸来对他们略望了一下，连忙退身走了进去。"随后，她写给表哥D一封信，承认那天他们见到的蓬头垢面的女子不是别人，"正是维姊所说女界中的败类的我"。请他转告自己的父母、伯叔、兄弟、姊妹、同窗和亲友们，使他们都晓得自己在B先生家里经历的情形，以及她现在良心上的忏悔。真的不明白，她是怎么知道当初维对她的评价的，好像维是通过喇叭广播了似地，不然就是维亲自告诉她的，只是维连向别人转述都要喊"叫人呕吐"。

这里无任何想为"虚荣的A"辩解的打算。只是心中有个悬疑，A到底是怎样一个女性？从大家七嘴八舌的叙述中，她作为学生不用心学习，并且考试作弊，显然不是好学生。课余热衷于打网球、篮球，周末去会男朋友，回来也不跟大家一起玩，而是在电灯底下忙着给朋友回信。装饰华丽到极点。总之，是个不学无术整日热衷于交际的女学生。让大家看不惯的是，她对自己的行为不但毫无反省，反而发表了一大篇自己的人生宣言，大讲特讲如何趁年轻及时行乐，她还补充说"因此，我每星期总是同着朋友们游览名胜，什么清凉山，莫愁湖……高兴的时候，我就同朋友们坐汽车、吃大菜、看影戏、听京曲"，"一般专门在烦恼里讨生活和不晓得及时行乐的人们，看见我今天穿这样明天戴那样的在外面游荡，就替我加上虚荣两个字的头衔，我真有点不懂啊。"如此看来，A确实是一个与众不同的女学生，有自己一整套行为哲学。只是无论如何看不出她是"虚荣熏心"的代表，唯一的实证可能就是她拒绝了与D的婚姻，嫁给了一个商人做姨太太。但据D自己说，"她的不愿嫁我和我的不愿娶她都是一定无疑的"。所以A的拒绝似乎也合情合理，A自己说"我俩的性情不甚相投，况且他常常说我虚荣心太重，这是我最不喜欢听人说的。"婚姻毕竟不是说只要一个人的学问、人品、道德无可挑剔就会幸福的。至于说嫁给商人做姨太太，文中也说是她叔叔把她引入歧途了，而她自己认为"这正是她及时行乐的机会到了"。所以，说她愚蠢，说她对自己的人生不够负责，对婚姻的态度缺乏正确的理解都说得过去。但大家一致认为她是虚荣熏心，就显得莫名其妙。有意味的是，当 D 听说这件事后，曾经好心的写过一封规劝的信，A 的回信是这样写的："……人格为第二生命，你摧残我的人格，就是摧残我的生命。……我的虚荣心重，与你有什么关系？……我幸而没有听 K 君的话嫁了你，否则你一定要拿虚荣两个字来定我的罪名。……哈哈，我明白了，在这种女子解放的时代，你们男子有点不服气我们女子，所以动不动就拿虚荣两字来约束我们。"这真是一针见血的批评！A 让同学们不服气的大概就是她太爱出风头，爱装扮，爱交际，但从不见她借此向同学们炫耀。倒是她要不时地应对四面八方抛来的"虚荣"的帽子，辩论一番。

这样，当作者让 A 表示深深的忏悔的时候，总觉得牵强。但不管怎么说，她是忏悔了。

二 "手套"的轻喜剧

13 卷 6 号 WCN 著的《手套》是一篇技巧娴熟的作品，爱慕虚荣的主人公绮芬上演了一幕轻喜剧后，"忏悔和悲楚的眼泪"，从"心的深处流出眼眶子来"！

原来，绮芬接到朋友慕卫夫人邀请她参见家宴的请柬，"一向爱体面"的她无论如何也不能容忍自己戴着已经不入时的白绒线手套去参加。虽然爱她的丈夫耐心而温和地给她讲了每礼拜只有二十元的进项，入不敷出，根本没钱买不是生活必需品的东西，她还是坚持花九元钱买了一副当下最流行的棕色皮手套。当绮芬戴着新手套骄傲地出现在宴会上时，她果然引来了一些女宾客的注意，她们纷纷夸她的手套漂亮，都来赏识她的手套，她的虚荣心得到极大的满足。于是，即使是进餐时，她也没有脱掉手套，结果笑剧发生了：当她试图把菜盘往外移动时，盘子从她沾了油的手套中滑脱了。铛的向斜刺里飞去，正好落在旁座里的一位贵绅身上。尴尬可想而知，好在人家没有过多计较。而当她在慕卫夫人楼上的卧室，以自己的聪明博识，尤其是口齿清灵敏巧再次被众宾推重暂忘了此次不愉快时，慕卫夫人请大家到楼下跳舞。年长的洛登夫人走在最前面，绮芬走在第二个，美丽的手套因为刚才和宾客的推挽，纽扣松了，于是她就低下头把扣子扣得紧些，笑剧又发生了：脚下一不留神，她忽地把走在前面的洛登夫人的裙裾踩住了。那洛登夫人不提防后面有人踏住她的裙子，还用力往下跨过去，重心失衡，差点倒栽了下去。幸而绮芬反应快把她扶住，但已经受惊不小。难堪可想而知。舞曲响起，向来在这方面大出风头的绮芬郁闷地坐在边上。但很快她随着舞曲踏起了拍子，嘴里哼出调子，在交际上很圆到的慕卫太太过来请她和她的丈夫跳舞。绮芬兴奋地招呼那在廊柱边正和一群男客聊天的丈夫，一壁口里高呼着他，一壁很快的挥着手，笑剧再次发生：纽扣松动的手套经她用力一挥，早又飞也似的落向外边去了。事有凑巧，正落在一位陌生的男客身上。那男客先没有留神，忽地见到一只手套掷到他身上来了，不觉惊诧已极，急忙回头望绮芬。羞愧可想而知。

爱慕虚荣的绮芬终于受到惩罚，她悔恨交集。

此文设置了一个非常有意思的人物就是绮芬的丈夫。他温文尔雅、对绮芬疼爱有加，在绮芬提出无理的要求时，他不动怒，只是给以真诚的忠告，在绮芬遭遇一系列尴尬事件后，他仍然含笑，不愠不怒。最后，他说："我爱！当你和客人们握手，没有除去手套，使人们诧异你的失礼，那时我就猜到这手套今天一定要累了你了；而你自己还不觉察，以致接二连三地演出这许多笑剧来，虽是你无心的过失，但如果没有这双手套，那就可以避免那一切的被人们轻笑的乱子了！爱妻！

我终是爱你的,此刻并非埋怨你,也不过是一种纯挚的忠告罢了!"我们看到这个男性就像一个高超的导演,他坐在离绮芬远远的暗处,不动声色地看着绮芬在宴会中表演。很显然的,这正是他想要的效果,也是作者想要的效果,让绮芬自己出丑,然后羞愧地回到丈夫身边,表示忏悔。在这儿,作者极力把丈夫刻画得好之又好,他虽然挣钱有限,但尽力满足爱妻的要求,对妻子近乎百依百顺,即使观念上有冲突,他也不强横地或者武断地制止对方,而是心平气和地摆事实讲道理,最主要的是他能包容妻子所做的一切。但不管怎样,最终的调控者还是他!他虽然没有声色俱厉,但已尽够让绮芬出丑。他温和的笑靥下,终难藏得住他的诡异。对妻子的爱,远不如他要妻子受控于他来得自然。他是正义的化身,无可挑剔的丈夫的化身,最后,他还要安慰倒在他怀里的绮芬,"我终是爱你的。"

爱慕虚荣的女性,肯定不会把虚荣心转为自立的动力,肯定会吃虚荣的亏,因为这类女性都是徒有其表,除了会交际浪费金钱外似乎别无所长。时刻都能感到一双男性的眼,他冷冷地高蹈在上地审视着物质女性。

三 "爱情的正义"

《一枚钻戒》(16卷1号)这篇小说的情节很简单。女主人公她(曼娜)因为和同居近一年的男友培明聊天,聊出了一个大乱子。交谈中她表示想要一枚"代表爱情"的钻戒,二人发生争吵,培明留下一封信离家出走了,曼娜陷入无尽的悔恨中。

这里有几个地方值得关注。一是男性的出走;二是女性的忏悔;三是男主人公的慷慨陈词。"出走"作为五四青年一个经典的手势,在1920年代的中国文学叙事中,是"觉醒"的象征,但主人公往往是女性。她们走出封建父家或夫家的姿态,她们"我是我自己的,谁也没有干涉我的权利"的宣言,成为中国女性解放最有力的实绩。所以,这里男性的出走无疑具有更令人期待的意义,尤其是他走出的并非五四初期的父家,而是新式小家庭。作者安排男主人公培明以一句"我愿意我们离开之后各自深深地反省一下"作为最后留言,悄然离去。然而,小说并没有引发我们"娜拉走后怎样"的思索,因为一上来它就把女主人公"淌满了清冷的泪水"的脸凸显出来,"女性的忏悔"成为小说集中的表述,也成为男性出走最直接的意义呈现。

开篇,她从梦中惊醒。等意识到培明已经出走后,"心酸的泪珠,兀自汩汩地涌个不止。"回忆前夜,不由伤心,"现在我忏悔,忏悔有什么用呢?""她觉得自己实在无理极了,为什么要给虚荣的驱使而迫压自己的丈夫?她觉得她丈夫的话,句句有道理,为什么要怀藏着意气而拒绝他的忠告?她是深深地在忏悔了。"再读一遍丈夫临走留下的信,"她看完信,只有抽噎地哭,哭个不止。"

"啊!一枚钻戒!一枚钻戒!"
她翻身朝着里床;同时这样叹息。在她这个叹息声里,包含着怨艾,懊悔,忿恨。

她看着他的照片,想"他实在是一个崇高的伟大的男性,她真正抱歉,她不能清晰地认识他,她不能了解真正的爱情,她不能懂得婚姻的意义,她实在辜负了他!她实在辜负了他"!

泪水再次涌上眼眶。

这里我们注意到,作者一直以第三人称"她"进行叙事,曼娜这个名字是我们从培明对她的称呼中才知道的,称谓视角的选择说明作者是把曼娜的故事当作女性本质故事进行讲述的。培明的信,印证了我们这种判断。他说,"曼娜!我再告诉你:——这是指一般而说——现代的新女子,并不是'真'新女子,乃是'准'新女子。她们没有新的精神,只有新的形式,……可爱的曼娜,她不幸的很,她也是所谓'准'新女子群中一员！"所以，这是一篇针对"准"新女子的作品。曼娜与培明的恋爱关系只是展开故事情节需要的条件。既然是靶子，所以有关她的叙述，无论是来自作者，还是来自培明，还是来自她自己，无不集中地指向一个共同点，那就是她的"资产化"。曼娜自己说："我仅仅是一个肤浅的女人，我仅只会沉醉在都市文化中儿抱怀着个人的享乐主义，我仅懂得影戏院，跳舞场，咖啡店，是这新时代的新文化的结晶！"培明说："因了你的爱好装扮，这大概你还没有知道？哦，我——已负了好多的债了呢。""曼娜！我几个月来观察着你的行径渐渐深入歧途，而你的思想愈想愈错误，你的意识逐渐逐渐资产化起来。"物欲的政治化，即使在夫妻闲聊中也会达到上纲上线的地步。曼娜说："我总以为，不，我常常看见一个男人把钻戒给予一个女人，为了表示他的爱情。"作为女性，她把钻戒视为爱情的信物，所以她试着提出了要求，但钻戒强烈的象征意义即使在夫妻私语中仍然引发男主人公不可遏制的慷慨陈词。

在男性陈词中，他表达了自己三种看法：一是他不否认爱情亦是附丽在物质上的，但因为他们的经济力量仅够供给他们基本的生活，所以曼娜所谓的爱情太忽略了精神方面，而只瞧见了物质。二是"一切的高贵的装饰品，抽空了爱情的核心！粉饰了爱情的皮面！它们把爱情丑化了！它们使爱情有了估价！它们倚靠着自身经济的背景去钳制了爱情！它们更使爱情做了金钱的俘虏！"三是"婚姻最大的意义，决不在两性的缠绵悱恻；是要共同努力，负起为人类建设幸福的使命。"至此，小说触及叙事最核心的部分，爱慕虚荣的女性本质的物质化以及婚姻去物质化的正义。曼娜提出买钻戒的"无理要求"，即使她无限悔恨都不能挽回她受惩罚的命运，"走？这是多么严重的表示呀！显然他不愿意和我共居了！显然他是回绝我了！不愿同居，回绝，这不等于是变相的离婚么？离婚是永远悲惨的故事呀！……那，这全盘的罪过由我两肩独负啊！"

小说为我们展示了一种时代正义。为了"爱情"的名义，为了全人类"幸福"的名义，男主人公必须离开曼娜，跟曼娜离婚，让她独自承担被社会鄙弃的命运。即使字里行间，培明写道"我相信我是很爱着你"，"快要离开你的我，正在竭力地压抑着盲目的情感的冲动"，即使他们相爱，作者权威的叙事也逼得他们必须分开，因为受虚荣驱使的女性不容其有好下场！

《求悦于妻》（12卷3号）是一篇翻译小说，题目耐人寻味，似乎是一个丈夫对妻子极力献媚的故事。而事实上故事讲述了一个叫焦娜的女子由于虚荣心重最后发疯的故事。焦娜因为虚荣心驱使，抢了好友爱密丽的男友，违心嫁给了乔立夫；婚后的焦娜又因为虚荣心驱使，不甘心被闺时不如自己的好友爱密丽在生活上超越自己，促使丈夫和两个儿子同时出海做生意，结果到了预期的日子，丈夫与儿子都没回来。几年过去了，他们还是没有回来。她陷入了漫长而无望的等待中，以致经常出现幻觉。一个冬日的夜晚，她听到乔立夫和孩子们在家门口喊"我们回来了"，便胡乱拿了件衣服出来。于是，人们看到只穿了半身衣服的她，赤着脚在原先家的窗下喊：你们回来了吗？人们都知道他们不可能再回来了。她疯了！译者在《译者识》里讲，"这篇小说叙述女子的心理及爱情与虚荣的关系，不仅情节动人，而含意也很深刻故译之。"一语道破此类文章用意！

通过对以上几个关于女性虚荣故事的分析，我们发现叙事模式都是以女性的悲剧结尾，结局一律为"女性的忏悔"，不分中外，共同警示世人尤其是女性，去虚荣心。虚荣心是人性中根深蒂固的弱点，它不限男女，而且虚荣心有很多方面的表现，但这个时代它就是装饰，它就是政治，"素面朝天""裸恋""裸婚"才是解放了的"新女性"。由此反观"恋爱道德论"，其迅速形成、在男性圈中卷起大脑风暴，不无这种时代的底子做基础。《妇女杂志》早期有很大一部分文章提到生活程度日高的问题，认为"女子倚赖男子无自立之能力，失国民之资格"①3卷5号"余兴"栏"家庭俱乐部",主编王蕴章甚至辑了一篇《妇女购物之通病》的文章,讲妇女购物不问有用没用只要便宜就想购回,结果造成浪费。女性本质与物质化天然的对应关系,成为此时对女性最大的批判。而《妇女杂志》唯一一篇以男性购物为叙述中心的小说《大廉价的一日》(14卷1号),则提供了我们审视虚荣叙事的另外一种视角。

小说采用的是第一人称叙事,在一个晴好的天,我觉得不消遣一下对不住自己。于是在大廉价广告的诱惑下去两大商场购物。冲动之下,几乎花光了所有的钱,导致为了一碗面,非常狼狈。小说非常详尽地写这一个狼狈的场面。我到了餐馆,一楼已经坐满了人,只能跟堂倌到二楼,很羞愧地要了一碗最便宜的肉丝面。但十五分钟过去了,面还没上,突然想到自己这样入时合体的装扮,店里可能会做一碗最好的肉丝面,肉丝多多的,还有荪丝、火腿丝,这一碗面很可能超过两角了。有点想撤,可是堂倌终于把面端上来了。果然是一碗鲜汤好面,有些不敢吃,但想到既然自己已经点了,即使不吃,账也是要自己付的,于是只能吃了。很快就吃完,开始踌躇怎样去交钱。办法想了很多,装着去小便溜走,从餐馆后边逃走,犹豫中又想学电影里找个苍蝇或蟑螂诬陷店家不给钱。说找就找,但谈何容易,好不容易在一口痰上找到一只苍蝇,用手拍死,堂倌来收拾碗筷了,只得往下走。"二角钱",我听了有些快乐,不多不少,就把三十二个铜子给了。结果堂倌说再给一个,一碗面的赚头实在太少,其实是在要小费,我只能左掏右掏,好在找到一个铜片,红着脸走出来了。回到住所想起自己家里只靠母亲一个人维持,连父亲的葬期因为没钱怕也要推迟,无限后悔。

---

① 丁逢甲:《我所见之本地妇女生活现状》(调查),《妇女杂志》第1卷第9号,1915年9月,"调查栏"第1页。

虽然，这里写尽了"我"的尴尬与后悔，但明显没有把"我"的虚荣作为集中叙事，虚荣心只在坐电车时一闪而过，作品集中笔墨写没有预算的购物给我带来的人生窘态。文末，"我"甚至仇恨起百货公司来，认为如果没有它们的存在也不会花钱这样容易，同时怨自己是个穷人，不能像富家子一样今天五百，明日一千的随便花，这样就把叙事指向延伸至阶级仇恨。很难想象同样的经历落在女性身上的结局能如此，她必被批得体无完肤，然后忏悔莫及。由此，我们可以看到"虚荣叙事"背后的性别立场。

历史上历来有"女为悦己者容"的说法，女性的装饰打扮不仅是一种爱美的表现，更是取悦男性的资本。《妇女杂志》则一变而为"去虚荣心"，以一系列警示性的故事表达主张女性身体解放，摆脱物欲的枷锁的观点，甚至将"去虚荣心"上升到新道德的高度，看似一种进步，但细分析都是关于婚恋的叙事，大多涉及女性的爱情观，其背后男性中心的观念则让人大跌眼镜。

第四节 "男性的舞蹈"：新潮婚恋中的男性滑稽表演

《妇女杂志》婚恋文学叙事中，《归去吧》（15卷3、4号）、吴克勤女士《明月和玫瑰》（16卷4号）、《博士先生的续婚》（16卷5号）是三篇技巧成熟的讽刺性作品，而且讽刺的矛头一律对准男性，让男性跳起滑稽的舞蹈，颇值得关注。

一 丈夫"天下无双"

《归去吧》连载于《妇女杂志》15卷3号、4号，作者望透，浙江余姚人，真名无可查，1927—1929年间，在《妇女杂志》共发表4篇作品，分别是《我的将来》（13卷4号）、《教员之妻》（13卷10号）、

《十年积蓄》(13卷12期,甲种征文"丰年多嫁娶"当选)与《归去吧》。另外,可查知的文章有2篇:望透,《小姐姐》,《新女性》1929年第4卷第1期;望透先生,《赏洋》,《女子月刊》1933年第5期。据《女子月刊》一般注明作者性别的做法看,望透应该是一位男性。从现有几篇文章来看,此君擅长写婚姻家庭题材,写人物惟妙惟肖,尤其擅长人物语言,写来生动形象,生活气息浓,立意也颇佳,是一个写短篇的行家里手。在他笔下,无论是赌徒"潘阿荟"(《我的将来》)还是木匠阿裕、姓朱的男人(《小姐姐》),无论是塾师张桂三(《十年积蓄》)还是封建家长老王(《赏洋》),还是教员"他"(《教员的妻》),虽身份各异、性情各异,着墨也有浓重之分,但写来无不熠熠生辉,描摹出男性百态,与我们之前分析的以女性为观照对象的作品形成对照。《归去吧》如他的《我的将来》《教员的妻》一样是用纯女性的口吻讲述的,女性第一人称叙述视角的运用以及对女性角色的出色把握,使这篇小说有一种朴素自然的魅力。但最令人瞩目的还是作者一贯擅长的"冷笔"。冷眼看人生,冷眼嘲人生,冷眼讽人生,冷眼旁观、冷嘲热讽,使得这篇篇幅不长的小说笑点不断,余韵悠长。叙述人"我"便是这支"冷笔",焦点便是"我"的教员丈夫"矮罗",在"我"时放时收的情感表达中,"滑稽感"成为最常态的人生体验,"讽刺"无处不在。

开场叙述发生在"矮罗"的大家庭中。

> 想不到仅仅说了这句话,会闹得如此翻天倒井的。
> 自然,最先令我吃惊而骇怪的,不知他今晚从什么地方得了天下无双的勇气来,大胆地不怕死的会说了这一句话。

"天下无双""大胆不怕死""吃惊而骇怪""翻天倒井",如此严肃而严重的到底是怎样一句话呢?原来是结婚一年半后,他第一次为妻子说话,"你们都要作弄死她吗?"作者把轻重对比相差如此悬殊的词语用在一起,讽刺、挖苦的意味非常明显。而就是这样一句话,它竟然产生巨大效应,成就"矮罗"最伟大的一次壮举,他们当即被家庭扫地出门了。走出封建家庭的藩篱,这正是五四青年追求自由的第一步。只是,"我"叙述起来,究竟有些滑稽,"我们虽已坐定,我们的船虽已离开的远了,可是我们俩好似提解到什么地方去的罪犯,一点也不敢动弹。"走出封建家庭的他们,却没有一点获得自由的感觉,看来"出走的娜拉"一点都不潇洒。

但"我"仍然留了个俏皮的身影给读者。在出走前的叙事中,"我"不动声色地把嘲讽给予一切人、事,让读者笑,会心微笑。

> 我以为我不是特别天生的什么贵命、宝命,岂是只配享福,不该吃苦呢?不过做的偶不讨好,他母就骂:"生了女,读什么屎书屁书呢!给女儿读书的爹娘,是吃屎的!"尖酸的他嫂,也就助势仗威的说:"吓!她不是来帮忙,是来加忙;好好的忙就已够了,被她一帮,忙得尤其多了——她的材料,本来单配女学堂里做女先生的呵!"
>
> 我究竟不是"百忍堂"里出身的,剥去我全层的人格,……

"百忍堂","我"是多么智慧幽默呀!"我"不跟她们冲突,读者自会在这读到挖苦、嘲讽!再看"我"在婆家的人生,真是一切冷观皆可笑!

> 在乡间旧历的新年,一般做男子的都交了吃运,做女子的早已在旧历年底交了"倒运":杀一只只的鸡,煮一方方的肉,做一碗碗的肴,送了灶神,谢了年神,请了财神,忙过三神,把丝毫不曾损失的鸡,肉……等都预备给"真神"来消受。

这里,这种"真神",确也来得不少:……一批批进,一批批出。他们的嘴巴吃得油光光的,脸上醉得红东东的,有几个还说这碗太咸,那碗太淡。可不知我洗的洗,切的切,炒的炒,烧的烧,背肩的灰尘,面孔的乌煤,又嗅饱了香气,人已弄得像一尊灶神了。

"吃运""倒运""三神""丝毫不曾损失的鸡""肉""真神""灶神",在"我"极具语言天赋的叙述中,"我"的命运、女人的命运重叠着,把原本诙谐、幽默的讲述转入对人生深刻的思考。这正是此篇小说讽刺叙事的特点。

小说叙述中心从"矮罗"的大家庭到其供职的学校、到女主人公"我"暂任教职的地方、再到小家庭,最后又回到"矮罗"的家,叙述空间几经转换,终归是一场人生闹剧,"我"的名字从"也英"到"现英"再到"现隐",寓意附属男性"也是英雄"的女性,经过短暂地从家庭中走到社会上勤勉奋斗的"就是英雄",最后完全归隐到了男性的阴影里。只是中间过程,"矮罗"笑料不断,在"我"冷笔反观中,带给读者许多笑声,宛如看一台滑稽剧,他在那里舞之蹈之,心无旁骛,登峰造极。

话说"我"遭遇矮罗就职学校校长的冷遇后,好不容易三哥在自己的学校给找到一个缺,解了"我"俩燃眉之急。"我"也因为这里男同事都很开朗活泼,过得很是快活。但对老婆不放心的矮罗,马上采取了一个措施,先斩后奏,租好了房子,来接"我"。

不到二个月光景,一天的下午,他又来了。他径入我的寝室,笑嘻嘻的道:"我在那边——龙山镇,长罗和我已寻好了二间房子,桌椅眠床都可借用,只要租金多一些。离开我校不过半里路,你去看一看,对不对?"

"寻了屋子做什么?"

"哈!"他笑了笑说:"不是住吗?"

"是不是叫我去住?"

"是。"

"住着叫我享清福吗?"

"——"他答不出一个字。

"这又是什么意思呢?这里半途辞去,未免对不住黄君与三哥;……"

……

他确有些不好意思了,最后老实说出来道:"决心去吧!因我已付好两个月的屋租金了,这不是像小孩子的玩玩,如何索得回呢!"

矮罗似乎为了缓解自己这种自私的做法带来的尴尬,跟黄君主动招呼起来。

"吓!你的手指熏得如此焦黄,你的香烟隐大到怎么样呢?"

黄君最会赤裸裸地讲话,就吸了一口烟答道:"……我是把香烟当老婆的。……我到如今还没有讨老婆,不知老婆有什么味道,我想老婆的味道一定是不差吧,否则,老罗你为什么忙着隔天就脚底发痒呢!"说得我们抬头着看他都笑了。黄君笑着又说下去道:"……"

我们听得笑将起来。

……

说得我们又咯咯的笑了。

这是走向社会的也英第一次感到坐"看守所"的感觉。但"我"

无意争辩,只把"我们"的对话——黄君对他冷嘲热讽的话,原滋原味搬来,在众人恣意的笑声里,给予"矮罗"挖苦、嘲弄。"矮罗"虽然话不多,但为达目的,他在三哥和黄君面前装出抱歉的样子来,倒是狡猾得很。一个细节,更是写尽他的委琐,他不顾也英的感受,居然愿意到别处讨主意。"吃过晚饭,他到马君那里去闲谈。他和马君是同乡,又是幼年同学,并且马君和他家有些转亲带着。他和马君是无话不说,无事不商的。但马君对他这次的事儿,着实批评他好几句。"这仍然是很诙谐的一种写法,非常巧妙地把对他的批评转为马君"着实批评他好几句",读完莞尔,在此事上,"矮罗"可谓颜面扫地!

"矮罗"在小家庭中终于找到了自己的位置和乐趣。也英有一个动作颇具象征意味。"我差不多把满地的瓜壳扫干净了,一个'矮罗',一个'长罗',两罗并立在门外,呆着目送到不见了他俩的影子,才嬉笑着品头论足地进来。"手执笤帚以清扫家室为职的"我"已经成为典型的"妇者,服也,以礼屈服也"(白虎通)的妇人,而男性则开始拥有无限的自由。"他虽爱我,但从此我又明白他实在不只爱我。"严女士的小纸条已现隐隐的威胁。

> 罗先生:
> 《新妇女论集》已收到,请放心。又承订赠《妇女杂志》一全年,真叫我受之有愧,却之不恭也。惟有说句"谢谢"罢了。
> 祝你教安。
> 请也英姐来舍逛逛。

按常理,这里应该有一场暴风雨。但是"我"忍住了,于是出现一个极具视觉冲击力的镜头:"我"把纸条给他,"你看了这个条子,一定是很开怀的"。"他接了条子先看了看罗先生的称呼,即速又去看了看严○○的具名,眼看他立即变了个欣庆的喜色,并且上看下下看上地看了个爱不忍释。看了好一会,才把字条平稳的藏入衣袋,欣喜满面的抬起头来问我道:'这是谁送到你这里的?'"

这一番关于表情与动作的摹写,好似电影特写镜头,把"矮罗"无耻地内心展露无遗。于是,"我"适时地质问"付房租似乎比购书送人来得要紧吧"。但"矮罗"很有倒打一耙的本领。"他脸上露出难为情的时候,长罗又闯进来了,因此他脸上又变了些样子而且对"长罗"冷冷地,看样子他此刻心意,好像这么说:'长罗你伴着我妻子来。岂有此理!'"几天后,他竟然大模大样回来,像是来搜查证据的。一天晚上,他来盘问已经怀孕的我道:"我想——你和长罗——究竟——到底长罗这东西是靠不住的——难道真的——究竟——"。次日早晨,他跑到三哥校里的马君处,说"肚子里的东西,也许不是我的吧,生下来也许不像我呢。"他很快决定把"我"送回父亲的家。

至此,开篇那个具有"天下无双"勇气的丈夫跟这个据妻子为自己私有财产的猥琐、自私的男性重叠起来。文章结尾,"有几个邻舍,亲热地,庆贺地,拍着他的肩,和他开玩笑道'喂!有爸爸做了呢!'"这在担心而切切期望着自己无论生男还是生女、无论如何要像爸爸的"有妈妈做的我"听来,只有任热泪滴在忙着工作的手背上。

一场近乎无事的悲喜剧。男人尽在那里舞蹈,无论他多么可笑、可怜、可悲,他不觉卑微,有"倒运"的女人垫底,他总是骄傲的。可是,读者再也不能端坐了。有天下无双的勇气的丈夫啊!

二 "立身不忘恋爱"的典型

吴克勤女士的《明月和玫瑰》(16卷4号)同样是极好的讽刺小说,但它不是《归去吧》这样的冷讽刺,不是含蓄蕴藉的,而是锋利、夸张的,是类似张天翼《华威先生》一类的,同时在讽刺手法上,又与沙汀的喜剧相类似。在中国现代讽刺小说史上,她为我们塑造了一个借恋爱以满足自己私欲的活典型。

主人公乐子铮是一个靠远房亲戚到上海工作的小职员，他唯一的业绩就是"恋爱"。文中写道："靠着他自己的聪明和努力，第一椿学会的便是'立身不忘恋爱'这一种说头；其中的精意，给他阐发的晶莹透彻。这是实在的，恋爱，不能算作一己的私事，努力恋爱，当然不仅仅为了要满足个人的性的需求，其主要动机，还是为了要光大民族；直截了当地说，为恋爱而努力，便是为民族而努力。所以，我们这位乐同志子铮，便是一位为国为民的好汉。"熟知《妇女杂志》女性理论的读者，很快会意到《妇女杂志》的一些观点："恋爱自由是妇女解放重中之重"，"但我们有一个坚决的信条，以为妇女问题，并非专是妇女的问题，实在是两性的问题，是全人类的问题。"乐子铮果然是一个聪明和努力的人，1920年代潮遍上海乃至全国的女性理论，他一上手就演绎成了自己的人生哲学，并马上付诸实践。

情节与细节都是喜剧性的。正如吴福辉评价沙汀，"沙汀的独创性正在于他的反面人物的喜剧感充沛，达到了反映现实的尖锐性和喜剧性的统一。"[①] 乐子铮就是这么一个"喜剧感充沛"的人物，他最大的特点就是一切"自以为得计"。于是作者毫不惜墨地展开他计策前的准备工作，不漏掉任何细节。

> 一缕阳光，从窗隙中射进房中，他如受了吗啡的刺激，蓦地兴奋起来，觉得一切都有了生气，甚至床底下的旧网篮，桌子上的破书，都含着笑意。他倏地从床上跳了起来，赶忙叫二房东的娘姨，泡了一壶热水来。第一件工作，便是拿出昨天新买的保安剃刀，把几根绷得几乎看不出来的胡须根，刮了又刮，直刮的脸上的表皮如粉末般脱下了一层，才息了工；接着，厚厚地涂上一层白兰霜，他的面皮虽然漂亮的和羊脂一般了，可是毛孔中不知

[①] 吴福辉：《带着枷锁的笑》，浙江文艺出版社1991年版，第60页。

怎地忽然受着一股强烈的辛辣的感觉,他咬了一咬牙齿,暗暗地叫几声"不怕""勇敢""前进"的口号,壮着气。

他用司戴康将头发涂抹得和元色软缎一样,然后穿上新制的西装,又擦亮了黄皮鞋,等到一切修饰完毕,便拿起小圆镜,上下左右地观察了一番,再看了看手表,便急匆匆地走向大门口去。不过,他并不打算出门去,他只是站着,急躁地,不安定地站着。

他要等房东的女儿"婵娟"(他誉为"明月"的)出来打招呼。他把这当作恋爱的第一步。如此隆重地修饰,如此忐忑的心理,婵娟看了,第一反应,"她觉得好笑,笑了。她没有去理会他伸出的手,只笑着擦过他的身旁,出门而去"。

他从婵娟女士的笑涡中,找到了无穷的希望,他深佩自己的手段高明,第一步工作,居然给他成功了!于是,他便趁着这余勇,又计划着进行第二步的方略。

自以为是的人,终归让人觉得可笑。但剖开人物心理,则让人觉得可鄙。

"她的白色旗袍在微风中飘动着,非常的轻软,怕是印度绸的吧?她那小圆脸上,现出一双小酒涡儿,大约在微笑吧?……月光下的淡妆美人,莫非便是下凡的嫦娥吧?……明月呀,明月!你高居在上,照耀着人间,使人可望而不可即,未免太孤傲了吧?……"他想入非非,几乎要疯狂了。

被肉欲充斥大脑的乐子铮,幻想着婵娟"怜才而生爱,和他同演一幕如旧小说中的才子佳人的故事"。为了使喜剧感丰盈,作者写乐子铮从娘姨手中接到回信时的心理,"以为是婵娟的一片缠绵悱恻的定情词,又腼腆又惊喜地拆开来……"人物做作的姿态,令人忍俊不禁却又同时心生不快。但作者讽刺的笔并没有停。

乐子铮第二次"恋爱"则完全成了一场笑剧。

"谢谢你,我不愿意接受你的好意!"玫瑰忽然变作庄严的态度。

"丽容,倘若你这句话不收回成命,那我只好自杀了!唉,你知道我怎样的爱你!受了你的拒绝,将要怎样的痛苦呵!"他几乎要流下泪来了。

"唉,你爱我,当然只有任你去爱着,可是,我不爱你,那便没法勉强呵!"

"你真不爱我吗?那我只有自杀了。唉!我想你总不至于见死不救吧。"他的头立刻伸进预结在树枝上的丝围巾中,真的流下泪来了。"唉,丽容,倘若你再不允许我,那我便将这双脚也离开这假山石了!丽容,丽容,请你救我!这是我最末一次请求了!"这时,他的左脚已经提起,临空弯曲着,只靠右脚托住身体;这真到了千钧一发的当儿。

"这真到了千钧一发的当儿",人命关天,但"预结"两个字如狡黠的眼,暴露出乐子铮的居心。令乐子铮愤怒的是,玫瑰竟然大笑着跑了,她"袅娜的后影,淹没在苍茫的暮色中"。这真是致命地打击与讽刺!乐子铮也终于挣脱了丝围巾的圈套,"拼命地向外奔逃",逃离这个让他仿佛看见吊死鬼的现场。这里作者一反求婚浪漫的书写,让滑稽、可怜的乐子铮被吊死鬼的幻觉追得狼狈而逃。

平心而论,乐子铮并不是什么很坏的人,他宁愿编导自杀获得爱情也不粗暴地非礼玫瑰,在这暮色苍茫中,他有点阿Q向王妈求婚的昏头昏脑，但是他这种打着新思潮的旗帜到处招摇的人，确实让人警惕。

传播学有个"沉默的螺旋"的理论：人们在表达自己想法和观点的时候，如果看到自己赞同的观点，并且受到广泛欢迎，就会积极参与进来，将这类观点越发大胆地发表和扩散；而发觉某一观点无人或很少有人理会，即使赞同它的人，也会保持沉默。意见一方的沉默造成另一方意见的增势，如此循环往复，便形成一方的声音越来越强大，另一方越来越沉默下去的螺旋发展进程。该理论的提出者德国社会学家诺尔纽曼教授认为，在公共空间，大多数个人都会力图避免由于单独持有某些态度和信念而产生的孤立。因为害怕孤立，人们便不太愿意把自己的观点说出来。对于新名词、新思想的使用，因为害怕被别人瞧不起，别人用自己也要用，不管懂不懂，合适不合适，通过使用这些新名词、新思想，力图使自己加入"很潮"的行列。

乐子铮便是跟风一族。他"立身不忘恋爱"的理论，貌似把自己纳入了新青年群体，却无论如何不能掩盖其思想深处旧道德浓重的底子。这无疑会造成"恋爱自由"理论在中国的严重扭曲与走形。对此，作者用锋利的笔，无情地把他的思想展览给人看。

"蔑视恋爱的卑劣女人，只配给土豪劣绅贪官污吏去作姨太太！哼，只要我将来努力成功，怕不把明月和玫瑰一箭双雕！"空间的回声，和他奏着同调，我们的乐同志又得到"努力""前进"的勇气了。

"人物喜化地手法主要是夸张的重复。"[①] 为了强化乐子铮自以为计的脸相，作者安排他每次失意时都喊着"努力""努力""前进""前进"

---

① 吴福辉：《带着枷锁的笑》，浙江文艺出版社1991年版，第60页。

的口号，或壮胆，或打气，或跃跃欲试，把一个满脑袋的旧道德，却在"恋爱"名义下将自己打扮成为国为民的好汉的可笑、可恨的形象，刻画得生动可感。

三 可鄙的"追潮人"

《博士先生的续婚》（16卷5号）的讽刺不同于《归去吧》的冷笔，也不同于《明月与玫瑰》的辣笔，而是用讥讽之笔为我们塑造了一个自命不凡、可鄙可笑的博士先生形象。

博士先生是留美学生，一出场恰如钱锺书写于1940年代《围城》里的方鸿渐，已经在归国的途中。虽然他没有像方鸿渐一样展开途中的调情，但心思却是一样，首先想到的就是个人情感问题。作品模拟了传统戏剧中人物出场的道白，让人物自报家门直抒胸臆："我的妻是乡下婆模样不会改变的。我现在是博士了，那样土气的妻，怎配和我同处？况她又一个字不认识。哎，我真不想她……那个无聊的故乡，我何必归去！"于是这个出生于小Y村的博士先生便直奔N城E大学去了。

这里作者无一贬词，但博士先生迂腐可鄙的形象已足让读者会意。故事就在博士先生这种自我咏唱、自我舞蹈中一步步展开。第一幕便是博士先生"迫妻速死"。在朋友劝其归里、家人再三来信催促下，在女儿一再告诉他母亲病重的情况下，博士先生终于以看老父的名义回家了。回到家里的博士先生，俨然一威严的封建家长，理直气壮、气势汹汹。他见到妻"满面乡气""板滞"的脸，"十二分的不满"，"怒气冲冲"地便搬到老父的房间睡了；他见到妻着粗蓝布衫、满是油污的大襟布，头挽"窝头髻"双手捧了饭菜来伺候公公和他，"又是一个不高兴，连正眼也不抬一抬，便催她'走开！'"叫女儿来服侍；为了迫妻速死，他下令不让儿女跟母亲亲热，不许孩子叫娘。似乎这一切还不够，在一个严冬的早晨，他强令女素珍和自己离家返校。于是第一个高潮出现了。离家次晨,他便被二族叔拦在旅馆里报告说妻已经死了。

  博士先生听了族叔一套大道理,如同心中一块石头落了地。便眉开眼笑的说:"去!去!我倒没想到,她真会气喽,而又这么快。早知我先不动身呢!唉!……"博士先生说着,做出不自然的假叹。为的得乡老的称赞,便决定立时归返。

  眉开眼笑与假叹与立返,一个小的细节把博士先生龌龊内心展现得淋漓尽致。

  妻既已死,博士先生便四处托人代为续婚。由此"博士先生的续婚"拉开序幕,中间波折悲喜可谓琳琅满目。先是有留美同学兼同事的李女士,年近四十未婚,两下打量颇有好感。但博士先生托的媒人却是叫"愚然"的张教授,此君是有名的"口迟嘴笨",但有意思的是好像博士先生并不知道。于是本来两厢有意的事情因为此君竟然搁浅。博士先生得了密斯李拒绝的消息,便气了个昏,说"她不要我,我还不爱她呢!"此后在校园里见了密斯李,竟然连理也不理,便走过去了。从此续婚的条件定为"只要是大学毕业生"。而从此之后,博士先生就成了朋友们茶余饭后的谈资,朋友见了也都有意无意地问起其续婚的结果。博士先生以"我得博士学位归国,还愁求婚不易吗?"的心理,对朋友同学的盘问无不是有问必答,"老张给我提了三个,都是C女师毕业生,人品都不错。只因我要选一个大学毕业生,所以也没去求"。……而中意的女性,无论是Z校女郎还是K女士都委婉而果断地拒绝了他,就是不甚中意的旧日老师的令爱,不但本人不同意,就是老师也一口拒绝了。无奈之下博士先生对朋友们发表"若明年仍不成功,便降一等,中等学校毕业的也可以"的言论。朋友们只是笑。第二次高潮出现了。朋友K君为新近回国的L接风洗尘,席间二十位客人，博士先生也在，更有一位善说笑话的客人C老先生。

　　"喂！博士先生！续弦的事怎样了？"C老先生笑迷迷的说。
　　博士先生觉得有人称他"博士先生"，这真是无上的光荣，得意的皱了皱眉说："没哩！"
　　这位滑稽的C老先生便发起议论来：
　　"凡一个人做事，都要细查事理，审己审人。尤其是预备结婚的人，更尤其是预备续婚的人，年岁，秉性，经历，家境，一切，都要仔细想一想，再去挑人家。不然的时候，便会碰在钉子上。你只知想选一个学问又高，性情又好，相貌又美的二八佳人，你就不想一想……"
　　全室中的朋友，都充满惊讶，都在暗赞："老C确是会说话"，竟把各位朋友久已要说又不好意思说出的话一分钟就说尽了。

　　于是博士先生成为大家的笑料了，此次筵席当然非常热闹。博士先生虽是留美学生，但以朋友的眼光看来确是典型的乡下人，"穷本不要紧，人不能被经济所征服。只是这乡下派的土气，是最可讨厌的"。文本在此出现一个耐人寻味的对照，嫌厌妻土气的博士先生在朋友的反视中同样是土气。于是一个原该皆大欢喜的结局竟有点像闹剧。皇天不负有心人，两年后博士先生的续婚终于有了结果，跟N大学毕业生黄女士结了婚，是"新式"的"小家庭"。但婚后才发现一则黄女士有点跛，一则是黄女士很能花钱，不顺心就摔东西。结婚两年，毫无乐趣可言。博士夫人因为知道了博士先生的出身，觉得嫁这样的丈夫有失体面。"想当初只知他是最时兴的'大博士'，哪里知道他是乡下农家的穷小子出身呢？"从此对于丈夫便更看不起了，整日指鸡骂狗地骂他"土气穷小子出身，哪里有点大方气派？还要拿丈夫架子，发脾气？哼！你也不照照自己那老相……"结果，博士先生续婚不到三年，已变成白发苍苍的六旬老翁了。取出妻死时自己得意的洋洋纪念照片，恰似父子二人。最后博士先生慨叹："唉！贤妻，我负你了！……"

《妇女杂志》曾于1923年做过一次"我之理想配偶"的征文调查，调查结果便是第9卷第11号发表的155篇征文，据主编章锡琛《青年配偶选择的倾向》一文统计，男性"理想配偶"选择标准显示：希望女子受过中等教育的居大多数。另据章锡琛同文说明，这与1921年东南大学陈鹤琴教授的调查结果相仿佛。可见时风所致，教育成为择偶的一个必要条件。[①]而且世风影响所及，就是一般旧式家庭为了赶潮流，也对受过教育的女子表示兴趣。为了女孩子是女学校里出来的，甚至会放弃门当户对的婚嫁观念。所以有"S女学现在的发达，是因为结婚的潮流"的新现象。[②]由此再看"博士先生的续婚"，虽时有笑点，但总不能大笑，甚或有时在笑中，想到博士先生的迂阔，心情便会缩紧。博士先生在给妻奔丧的时候，曾有一段剖析自己弃妻的心理独白："想到妻生前一切，对自己原是温柔体贴，无微不至！自己只因她程度低浅，没有高尚的知识，而且缠过足的，走路不美，恐怕在美国时的同学见了取笑，所以决意弃绝了她。"虽然这与博士先生自己为人不无关系，但其中因为旧式妇女裹足、没受过教育，所以离弃她的做法，在当时极具代表性，这一点在这里便具体体现为博士先生"恐怕在美国时的同学见了取笑"。但博士先生终归是个可鄙可笑的人物罢了！

以上三部作品，与前述虚荣叙事形成有力的对照，女性主人公和男性主人公的对照。女性忏悔的眼泪和男性滑稽的表演共同为我们展示出"新性道德论"传播下的世俗生活图景：高蹈在上的男性不过是一群可鄙可笑的追潮人。他们一边以启蒙导师的身份出现，一边暴露着自己粗鄙的内心。如果说乐同志、博士先生是预备"恋爱"期的

[①] 章锡琛：《青年配偶选择的倾向》，《妇女杂志》第9卷第11号，1923年11月。
[②] 徐学文：《洋房子》，《妇女杂志》第12卷第12号，1926年12月。

"准"新男子[1]的代表,那么矮罗则代表了恋爱结婚后把妻子当作自己私有品的"准"新男子心理。他们对贞操的态度仍是男子可以三妻四妾、女子则必须从一而终;对婚后女子职业持骑墙的态度,因为他们害怕妻子在职场上被别的男人欣赏,也害怕妻子被别的男人抢走,所以最好的办法就是"私藏"。而如果自己职业无着落,他们也希望妻子可以谋经济独立。[2]总之,作为"准"新男子,他们很重视恋爱,希望自己的女人是新式受过教育的女性,但骨子里仍然认为妻子是丈夫的附属品(博士先生受不了黄女士的也有他管束不了黄女士的原因在内)。所以,时人有这样的顺口溜:"人生是什么?旅途。死是什么?目的地。丈夫是什么?旅客。妻子是什么?行李。"[3]然而,在恋爱自由、社交开放的声浪,已经高唱入云的时代,并不仅仅是"准"新男子表演着"新思想旧道德"的滑稽剧,"准"新女子也让许多男子大跌眼镜。

1929年《妇女杂志》一篇《依旧垂杨着地时》[4]的小说写得很有意思。"近来有许多人,把'新思想旧道德'去批评现在中国时髦的女性。实在讲,这六个字并不一定是女性如此,并且可以加到一方倡导着改革,一方守着旧习的青年身上去。像映寒这样的人便是其中一个了。"立意在批评中国的时髦男性,但里面却写了一个叫"S"的时髦女性。这个女性,据叙事者介绍:"S女士的人格,谁都晓得。她虽然是堂堂正正地到学校来念书,其实她并不是为念书而来。她所结交的男同学,个个都是车马轻裘的王孙公子,乍合乍离的轮回着,似有定数。"所以,在映寒因为英语考试不及格感到愧对家人的时候,她极力劝说映寒不要当一回事,当映寒表示出一些疏离的时候,她就借机恐吓,勒索了

---

[1] 此时期一些追求时髦的女子因为"没有新的精神,只有新的形式"而被命名为"准"新女子。(参见陈伯吹《一枚钻戒》,《妇女杂志》第16卷第1号,1930年1月。)这里也就取其同义把"没有新的精神,只有新的形式"的男子也命名为"准"新男子。

[2] 这种观念在《妇女杂志》13卷12号的文艺《自她走后》也有反映。

[3] 徐鹤林:《亚珊的言论自由》,《妇女杂志》第14卷第5号,1928年5月。

[4] 陈福瑞:《依旧垂杨着地时》,《妇女杂志》第15卷第5号,1929年5月。

五百块的名誉赔偿费。这让映寒大为惊醒。

尤其让男子们为"准"新女子苦的是，他们成为女子们择夫的基础标准。一旦发现更好的目标，她们就会踢掉原先的男友，去追逐新的伴侣。根本谈不上什么"恋爱"，只有虚荣心。小说《情敌》[①]里的王曼丽和克鸥本是情侣，但在王曼丽见了克鸥的朋友侠华后，很快就移情别恋。原因是侠华作为教员兼杂志编辑，经常在杂志上发表文章，而且对比下，侠华的粉色西服长脚裤漆黑的皮鞋比克鸥漂亮多了。这样，在不经意中听朋友说曼丽在侠华那里后，克鸥飞奔到侠华家，情景是：曼丽正在侠华家床上看小说。

《妇女杂志》婚恋文学叙事为我们立体地呈现出 1920 年关于情爱主题书写的历史场景，对照 1910 年的相关书写，中国 20 世纪初近 20 年女性意识的变迁以一种很明晰的姿态展现在我们面前。在男性方面，理想女性由"为人妇"注重科学持家、遵守礼节到"为人妻"注重夫妻感情、不拘礼节转变；在女性方面，则经历了被拒绝爱到拒绝被爱的觉醒。而矛盾纠结的状态是最触目最令人深思的。

---

① 黄育苁：《情敌》，《妇女杂志》第 16 卷第 4 号，1930 年 4 月。

结　　语

　　商务印书馆选择1915年这个在中国近代报刊史上并不是光明的一年创办《妇女杂志》这样一份自己并不重视的女性刊物，有着多方面的原因，归结到一点是顺应社会潮流而非政治潮流的产物。《妇女杂志》文学栏的变迁，大体对应着中国现代文学发生与发展的过程。王蕴章时期，文苑作为与儒林对立的栏目，处于正统地位。王蕴章成立女性专属"文苑"的最初设想，具有女性文学革命的意义，只是在时代潮流影响下，王蕴章不得不把重心转移到小说栏的营造，文苑则成为专门发表传统诗词歌赋和墓表类文章的地方。小说在1915年前后处于莫名的地位，表现在王蕴章时期，一是小说在各大刊物归类模糊；二是小说的命名名目繁多，如"教育小说""经济小说""欧战小说""家庭小说"，等等；三是阅读小说被认为是玩物丧志。这样看来，女作家伍孟纯、易仲厚、高君珊尤其是伍孟纯以13篇或译或作的童话、小说和戏剧出现在文坛，更带有革命性。王蕴章的做法是把小说与论说结合起来，让小说配合言论发挥匡世救俗的作用，其背后隐喻着一种现代性焦虑。五四时期，章锡琛主持《妇女杂志》，翻译作为一种实现现代性的途径表现在文学栏是大量翻译作品的刊载，在小说观念上，关注普通人的人生成为一种重要的创作潮流，写实主义兴盛。至叶圣陶时期，名家名作和《心病》这样创作长篇小说的连载，显现出《妇女杂

结　语

志》文学栏趋向成熟的阶段。

民国元年以后，在中国女权启蒙思想中人格成为女性解放思想的关键词。人格作为日语来源外来词，在清末民初女性叙事中含义丰富，具有观念重建意义，指中国新女性出现应当具备的资格，其未来意义大于现实意义。只是把它与同为外来词的恋爱一起被赋予《妇女杂志》女性理论建构的核心价值，使得《妇女杂志》女性理论的接受变得复杂起来。《妇女杂志》"从易卜生到爱伦凯"女权启蒙另一种逻辑的建立，核心是在中国实行"心的革命"，革除男女平等观念上的障碍，是将新文化运动中女性"人的发现"变成作为人的"女性的发现"的理论，在当时是一种超前的、理想化的理论。章锡琛等人用近十年时间对现代恋爱观念在中国的建立做出的努力，是值得充分肯定的。文学是时代的晴雨表，爱伦凯恋爱道德论在中国的流行，在文学中留下了值得咏叹的一笔。恋爱带给中国女性的新的人生体验，恋爱理论带给中国女性思想上的革命性变化，成为中国现代文学一道闪亮的风景。只是在恋爱、人格观念的形成中，青年站在道德正义角度追求婚恋自由是在中国普遍早婚的现实中进行的，这不可避免地出现个性解放要求和人道主义平等博爱思想的冲突，即：自由与伦理的冲突。这一点在《妇女杂志》引发的"郑振埙离婚事件"中有突出的表现，在中国现代文学书写中也有突出的表现，涓生就是这样一种符号化的存在。《妇女杂志》女性论者已经意识到这个问题，他们对娜拉的诠释是娜拉已经变为古式的娜拉，因为娜拉的错误在于她不是恋爱结婚，也即是说他们试图在有婚约而没有走向婚姻的青年中培养恋爱的艺术，解决"自由与伦理"之间的难题。因为《妇女杂志》有效的传播机制，恋爱道德论在1920年代曾经风靡一时的，就是传统家长即使内心不同意在行动上也不能再公开反对青年儿女恋爱结婚。类似传播学中沉默的螺旋效应，在青年中形成一种跟风的潮流，一些青年满脑袋封建旧道德却表现出更强烈的追逐恋爱、人格新词汇的意愿，这样我们发现在理论的着陆过程中，出现了很大的偏差，这一点从《妇女杂志》婚恋文学叙事中有很突出的呈现，从悲泣愤怒的女性形象中，从男性骄傲自豪恣意的表演中，性别差异的背后留给我一些更值得思考的东西。

本来，按最初的设计，我还要讨论《妇女杂志》"另一种现代性诉求"有关女性和童话、《妇女杂志》与王统照、李健吾等现代作家的关系等话题，但是现在看，我已经无力继续。在有限的视域内，我还不能更好地处理它们。就是已有的研究，迫于自身的种种局限，也不过是撩开了帷幕的一角。

附录1：

王蕴章主编时期小说栏作品目录

年份	序号	卷号、期号	小说名称	作者	备注
1915	1	1卷1号	黄鹂语	红豆村人	
	2	1卷1号	寒泉一掬	西神	
	3	1卷1-5号	德皇之侦探	［英］WILIAM LE QUEUX 著，韵唐译	
	4	1卷2号	一小时之思潮	瞻庐	
	5	1卷2号	碧栏绮影	鸦鶒	
	6	1卷2号	虎阜塔影	瞻庐	
	7	1卷3号	红鹦鹉	鸦鶒	
	8	1卷3号	自由鉴	不才	
	9	1卷4号	绣余语	鸦鶒	
	10	1卷4号	三面包	［俄］碧那著，天行译	
	11	1卷5号	塞垣花泪	鸦鶒	
	12	1卷5-6号	鸣呼毒蛇	叶中冷	
	13	1卷6号	我国之武士道	寒蕾	
	14	1卷6-10	鬈龄梦影	玉俞	
	15	1卷7号-2卷7号	雪莲日记	李涵秋	
	16	1卷7-8号	弱女回天录	瞻庐	
	17	1卷7号	无才女子	不才	
	18	1卷9号	血海红鸳	韵西	
	19	1卷10号	神龙鳞爪	鸦鶒	
	20	1卷10-12号	一朵云	西神	

续表

年份	序号	卷号、期号	小说名称	作者	备注
1916	21	1卷10号	相御妻弹词	惜华	
	22	1卷11号	青衫残泪	鹓鸒	
	23	1卷11号–3卷10号	霜整冰清录弹词	惜华	
	24	1卷12号	邯郸新梦	苏庵	规讽小说
	25	2卷1号	母教	清芬稿，寒蕾润辞	
	26	2卷1–11号	慕凡女儿传	胡寄尘	
	27	2卷1号	爱丽宝玲合传	鹓鸒	
	28	2卷1–5号	童子针砭	鸦江鸒士编，西神残客评	警世新剧
	29	2卷3号	赵璧如女士日记残稿	赵璧如	
	30	2卷4–6号	季明烈女传略	廉江山渊	
	31	2卷5号	铁中铮铮	寒蕾	
	32	2卷7号	书焦烈妇	瞻庐	
	33	2卷7号	弗兰克	［英］女小说家曼理爱琪华史著，蕴空、小青译	家庭教育小说
	34	2卷8号	捉迷藏	孟纯译	新剧
	35	2卷8–12号	玉京余韵	华潜麟女史	
	36	2卷9号	马头娘	寒蕾	
	37	2卷9号	酒婢	汪芸馨女士	
	38	2卷9号	棋妻	汪芸馨女士	
	39	2卷10号	梅村侠女	瞻庐	
	40	2卷10号	兰质蕙心	君肥	
	41	2卷11号	机声灯影	君肥	
	42	2卷11号	母也天只	成舍我	
	43	2卷12号	爱儿	胡寄尘	
	44	2卷12号	春红雹碎	睿庵	
	45	2卷12号	势力镜弹词	惜华	
	46	3卷1–3号	杜鹃魂	寒蕾	

附录1：王蕴章主编时期小说栏作品目录

续表

年份	序号	卷号、期号	小说名称	作者	备注
1917	47	3卷1号	淑媛感遇记	寄尘	教育小说
	48	3卷1号	俄孝女复仇记	舍我	
	49	3卷1号	枫林鸳语	西神	
	50	3卷2号	蔷薇花	鹓鶵	
	51	3卷2-3号	豆棚莺语	舍我	
	52	3卷3号	算学家	胡寄尘	
	53	3卷4号	金钱沽酒录	UPTON SINCLAIR 著，西神译	
	54	3卷5号	懦夫立志记	JOHN R.CARYELL 著，西神译	
	55	3卷5-10号	凤英惨死	瞻庐	
	56	3卷6号	棣萼联辉	G. H. GRUBB 著，西神译	
	57	3卷6号	雏恋	［印］诗圣太谷儿著，天风、无我同译	
	58	3卷7号	卖果者言	［印］诗圣太谷儿著，天风、无我同译	
	59	3卷8号	盲妇	［印］诗圣太谷儿著，天风、无我同译	
	60	3卷8号	情海诡潮	保三	
	61	3卷8号	奢侈	THOVAAS L. MASSON 著，舍我译	
	62	3卷8-9号	双侠奸仇记	华璧女士	
	63	3卷8号	薏波	郑申华女士	新剧
	64	3卷10号	雪儿	MABEL DILL 著，刘麟生译	
	65	3卷10号	织机娘	寒蕾	实业小说
	66	3卷10-11号	女小说家	拜兰	
	67	3卷11号	鸟类之化妆	天卧生	科学短篇
	68	3卷11-12	霜猿啼夜录	若芸女士	哀情小说
	69	3卷11号	姑恶鉴弹词	西神	
	70	3卷12号	铁血女儿	拜兰译	爱国小说

213

续表

年份	序号	卷号、期号	小说名称	作者	备注
	71	3卷12号	女博士	朱敏娴女士	科学小说
	72	4卷1号	中国之女飞行家	谢君直	科学短篇
	73	4卷1-6号	军人之妻	[英]HOFLAND夫人著，瞿宣颖译	
	74	4卷1号	我是苍蝇	梅梦	滑稽小说
	75	4卷1-4号	黑珠案	拜兰	
	76	4卷1号	胡四娘	事见《聊斋志异》，作者：梅梦	
	77	4卷2号	敌	鸳湖寄生译意	家庭小说
	78	4卷2-3号	春燕琐谈	叶圣陶	
	79	4卷2-3号	卖报女儿	华璧	
	80	4卷2-6号	同心栀弹词	程文枞	
	81	4卷2号	知足不辱	郑申华	警世新剧
	82	4卷3号	奇女	延陵	
	83	4卷4号	晨钟	徐蔚南	
1918	84	4卷4号	求福新法	胡寄尘	
	85	4卷5号	蔷薇花语	观钦	
	86	4卷5号	二商	事见《聊斋志异》，作者：梅梦	
	87	4卷5-6号	怪客	拜兰译	
	88	4卷6号	后母	瘦鹃译	家庭小说
	89	4卷6号	炉边之女英雄	ALEC-TWEECLIE女士著，天风、无我同译	
	90	4卷7号	烈妇救夫记	程淑勋	
	91	4卷7-8号	瓶中之书	拜兰译	
	92	4卷7-10号	理想之家庭	韦西	
	93	4卷7号	星	[英]却尔司迭更司著，烟桥、佩玉译	
	94	4卷7-12号	哀梨记弹词	瞻庐	
	95	4卷8号	纪念	王剑三	
	96	4卷9号	慈母泪	高君珊译	

附录1：王蕴章主编时期小说栏作品目录

续表

年份	序号	卷号、期号	小说名称	作者	备注
	97	4卷9号	惠儿立志记	蒋曾淑温	
	98	4卷9号	悼亡	汪集庭	
	99	4卷10号	畹儿	延陵	
	100	4卷10号	中秋月	梅梦	科学小说
	101	4卷11号	英雄之魂	雄倡	欧战小说
	102	4卷11号	三妇鉴	汪桂馨	家庭小说
	103	4卷12号	母心	君珊	
	104	4卷12号	遗发	王剑三	
1919	105	5卷1-12号	九原可作	法国小仲马著，林纾、王庆通同译	本卷4、9、10、11有中断
	106	5卷1-2号	理想之家庭预算	张惠中	经济小说
	107	5卷1号	籢凰哀音	西神	
	108	5卷1号	金屋	窈九生	
	109	5卷1-12号	君子花弹词	瞻庐	
	110	5卷2号	奢	孟纯	
	111	5卷3号	缝工女	刘麟生	
	112	5卷3号	养蜂		家庭职业小说之一
	113	5卷4-9号	一篮花	孟纯女士译	
	114	5卷4-7号	舐犊镜	寒蕾	
	115	5卷6号	风雨秋心	延陵	
	116	5卷6号	堤之孔	彭彪	新历史剧
	117	5卷8号	贫贱夫妻	芝公	
	118	5卷9号	秋之夜	圣陶	
	119	5卷9号	飞机	蕈孙	
	120	5卷9号	国民之敌	黄逸农	实事小说
	121	5卷10号	饲蚕者言	季尘	
	122	5卷10号	虹	张盛之	科学小说
	123	5卷11号	悔之晚矣	成玉	
	124	5卷11号	寒山片石	君肥	

续表

年份	序号	卷号、期号	小说名称	作者	备注
	125	5卷11号	我儿之日记	胡寄尘	
	126	5卷12号	名画	慧儿	
	127	5卷12号	秋声	王剑三	
1920	128	6卷1号	贺年之客	谷青	少女趣剧
	129	6卷1-12号	灯下	宛扬	
	130	6卷1号	强迫的婚姻	冰译	文艺小说
	131	6卷1号	归矣	冰译	短篇小说
	132	6卷2号	结婚日的早晨	冰译	
	133	6卷2号	新年	明珠女士	
	134	6卷3号	没用的美	莫泊三著，泽民译	
	135	6卷4号	情敌	斯德林堡著，雁冰译	剧本
	136	6卷4号	美的果	成玉	教育小说
	137	6卷5号	毒药	王剑三	
	138	6卷5-7号	娼妓与贞操	莫泊三著，泽民译	
	139	6卷6号	思子之泪	法国毛柏桑原著　瘦鹃译	
	140	6卷7号	一百块钱	梁均立、万良睿译	短剧
	141	6卷8号	奢侈婚姻	贼菌	家庭小说
	142	6卷8号	小学生	君豪	教育小说
	143	6卷8号	剧中剧	郝索梨	
	144	6卷9号	我家的一个老妈子	成玉	写实小说
	145	6卷9号	礼教的梦	蒁蕍	新体小说
	146	6卷9号	这是什么会	度梅	新小说
	147	6卷10号	活泼的女学生	徐绿波	国庆小说
	148	6卷10号	国庆日的号外	谷青	独幕趣剧
	149	6卷11号	苦果	西巫时用译	
	150	6卷11号	未必是	何简斋	
	151	6卷12号	亚尔托罗	天月	
	152	6卷12号	爱国的女子	尹树汉	

附录2：

章锡琛主编时期文艺作品目录

年份	序号	卷号、期号	作品名称	作者	备注（翻译106篇）
1921	1	7卷1-3号	白尔大佐	［法］曹拉原著 瘦鹃译	
	2	7卷1号	制造金刚石的人	［英］威尔斯原著	科学小说
	3	7卷1号	报复	游子	滑稽小说
	4	7卷1号	两兄弟	仲持	阿拉伯神话
	5	7卷1号	玫瑰花妖	［丹麦］安徒生原著，学勤译	童话
	6	7卷2号	卖国贼的母亲	［俄］高尔基原著，仲持译	
	7	7卷2号	我的朋友黎梦	高常	
	8	7卷2号	懒惰美人	学勤	爱尔兰童话
	9	7卷2号	聪明女郎	梅三	童话
	10	7卷3号	家长	［俄］乞呵夫原著，卓呆译	
	11	7卷3号	孤雏奇遇	［法］嚣俄著 褚庚君	
	12	7卷3号	顽童	［丹麦］安徒生 原著 学勤译	童话
	13	7卷3号	白雪和红梅	韵兰译	童话
	14	7卷4号	战士之妻	［美］Vincent O'sullivan 范足三译	

217

续表

年份	序号	卷号、期号	作品名称	作者	备注（翻译106篇）
	15	7卷4号	两家旅馆	［法］多德原著 毅夫译	
	16	7卷4号	仙牛	［英］昂德夫人原著 封熙卿译	童话
	17	7卷4号	半身王	宗良译	童话
	18	7卷5号	孤儿	［法］莫泊三著 袁弼周香琴译	
	19	7卷5号	母亲的故事	［丹麦］安徒生 原著 红霞译	
	20	7卷5号	小猫	［俄］乞呵夫原著 克齐译	
	21	7卷5号	盲人	卓呆	
	22	7卷5号	金发女王	寿白译	童话
	23	7卷6号	妈的宝物	［美］波塞尔原著 俞长源	
	24	7卷6号	密云	［美］弗兰末雷夫人原著 都良译	译美国大陆杂志
	25	7卷6号	孤女泪	熙卿	
	26	7卷6号	苎麻小传	［丹麦］安徒生著 赵景深译	童话
	27	7卷7-12号	青鸟	［比利时］梅德林克夫人原著 仲持译	
	28	7卷7号	儿子的禁令	［英］哈第原著 瘦鹃译	
	29	7卷7号	老街灯	［丹麦］安徒生原著 伯恳译	童话
	30	7卷8号	小芜路夫的木屐	［法］考贝原著 赵景深译	
	31	7卷8号	鹳	［丹麦］安徒生原著 赵景深译	童话
	32	7卷8-9号	艾荻莎遇盗	［英］蒲耐德夫人原著 徐虑群	童话
	33	7卷8号	三愚人	封熙卿	童话

附录2：章锡琛主编时期文艺作品目录

续表

年份	序号	卷号、期号	作品名称	作者	备注（翻译106篇）
	34	7卷9号	星孩	［英］王尔德原著 伯恩译	
	35	7卷9号	虾蟆王子	封熙卿	童话
	36	7卷9号	公主和小狐狸	公劲	日本童话
	37	7卷10号	比米	吉布林原著 君韦	
	38	7卷10-12号	总统夫人	［德］霍普曼原著 艾伯	
	39	7卷10号	白蛇	孙凰来 赵景深	译自格林童话集
	40	7卷10号	一滴水	［丹麦］安徒生著 石麟	童话
	41	7卷11号	情死	［法］多德原著，瞿毅夫译	
	42	7卷11号	魔术博士		德国民间传说
	43	7卷11号	一荚五颗豆	［丹麦］安徒生著，赵景深译	童话
	44	7卷12号	母亲	叔侃	
	45	7卷12号	恶魔和商人	［丹麦］安徒生著，赵景深译	童话
1922	46	8卷1号	日本俗歌八首	仲密译	
	47	8卷1号	病后	慵五女士	
	48	8卷1号	情射	文宙	小诗
	49	8卷1号	世界平和日	［俄］爱罗先柯 作，愈之译	散文诗
	50	8卷1号	窗	［法］波特来耳 作 仲密译	散文诗
	51	8卷1号	鱼的悲哀	［俄］爱罗先柯 作 鲁迅译	
	52	8卷1号	头发的世界	［法］波特来耳 作 仲密译	散文诗
	53	8卷1-2号	盲吗	［印度］台峨尔 原作 哲生译	

续表

年份	序号	卷号、期号	作品名称	作者	备注（翻译106篇）
	54	8卷1号	母爱	[美] Madeleine Z Doty女士作　翟毅夫	
	55	8卷1-5	订婚	[比利时] 梅德林克　王婧译	
	56	8卷2号	一个妇人的结局	施蘅	
	57	8卷2号	一篇很多的传奇	[俄] 迦尔洵作　鲁迅译	
	58	8卷2号	爱之更生	[美] Helen Nesbitt作　小青译	
	59	8卷2-3号	沛尔根	[瑙威] 易卜生原作　幼彤译	
	60	8卷2号	安琪儿	[丹麦] 安徒生　作　赵景深译	童话
	61	8卷3号	玫瑰花蕾	李玉瑛女士	童话
	62	8卷3号	邂逅	卓呆	
	63	8卷3号	她不是好人	[丹麦] 安徒生，仲持译	
	64	8卷3号	怎样安放我们的心	心南	新剧本
	65	8卷4号	玩偶家庭	[瑞典] 斯德林褒作，仲持译	名剧
	66	8卷4号	《娜拉》本事	朔一	易卜生名剧
	67	8卷5号	得到死信以后	施蘅	
	68	8卷5号	一套美丽的衣服	[英] 威尔士著	
	69	8卷5号	五十年前的故事	[美] 新格麦司著，小青译	
	70	8卷5号	穿靴子的猫	[法] 白罗勒　葛孚英译	
	71	8卷7号	撕碎的信	梅漱琴	
	72	8卷7号	松孩	[俄] 爱罗先珂作，吴觉农译	
	73	8卷7号	煊赫的流星	[英] 王尔德作　仲持译	

附录2：章锡琛主编时期文艺作品目录

续表

年份	序号	卷号、期号	作品名称	作者	备注（翻译106篇）
	74	8卷7号	小红帽子	［法］白罗勒作	
	75	8卷8号	蝴蝶与蔷薇	王晋鑫	
	76	8卷8-9号	三色继母花	［德］史托尔姆　余芷湘译	
	77	8卷8号	不知足的钟摆	［英］Jane Taylor女士作　王爱侬	
	78	8卷8-11号	第二谭卡来夫人	［英］比纳罗作，仲持译	比纳罗，英国现代剧的剧老
	79	8卷9号	小鸡的悲剧	爱罗先珂作，鲁迅译	
	80	8卷9号	投射车	［法］Marcel Gerbidon作　伯恩译	
	81	8卷10号	朱心芬	梦雷	
	82	8卷10号	所见不同	［挪威］基兰德作　沈泽民译	
	83	8卷10号	从前有一个国王	［印度］台莪尔作　仲持译	
	84	8卷11号	歧路	徐蒩衡	
	85	8卷11号	月光之下	何心冷	诗
	86	8卷11号	与我父亲第一次的朝祷	［南斯拉夫］Lazar Lazarorich原著　伯恩译	
	87	8卷12号	鸭的喜剧	鲁迅	创作
	88	8卷12号	父亲的失信	旅魂	创作
	89	8卷12号	寂寞的地位	［美］Francis Buzzell著　李伟森	
	90	8卷12号	祖母	［丹麦］安徒生作　赵景深译	
	91	8卷12号	黎明之歌	丽馨	散文诗
	92	8卷12号	梦之恋歌	何心冷	诗
	93	8卷12号	开花的老人	［日］武者小路实笃作　韩周、YD	童话剧
	94	9卷2号	离影	慕林女士	

221

续表

年份	序号	卷号、期号	作品名称	作者	备注（翻译106篇）
1923	95	9卷2号	他来了么	［保加利亚］跋佐夫原作　雁冰译	
	96	9卷2-12	忧愁夫人	［德］苏台尔曼原著　胡学志译	
	97	9卷2号	儿子的病	仲回	
	98	9卷2号	她恋爱的是什么	董小苏	
	99	9卷2号	吻的分析	Eldred Wayne原作　东原译	小品
	100	9卷2号	我的家庭	宋树男	小品
	101	9卷2号	风雨	涑琴女士	小品
	102	9卷2号	过后所城	LF	小品
	103	9卷3号	返乡	徐葹蘅	
	104	9卷3号	老屋	［丹麦］安徒生著　赵景深	童话
	105	9卷3号	心的悲哀	何心冷	诗
	106	9卷3号	小诗	石英女士	诗
	107	9卷3号	乡思	洪为法	诗
	108	9卷3号	《一滴泪》《冬日》	刘绍先女士	诗
	109	9卷3号	树庙	陈建雷	诗
	110	9卷3号	《狗》《春天的山村》	仲回	诗
	111	9卷3号	《谁的伴侣》《晨》	蝉树女士	诗
	112	9卷3号	亲爱的印象	顾伯英	诗
	113	9卷3号	她	刘宇澄	诗
	114	9卷3号	我母亲的故事	徐雉	
	115	9卷4号	村妇	梦雷	
	116	9卷4号	狱中	沈泽民译	
	117	9卷4号	母亲的哭泣	徐雉	诗
	118	9卷4号	我和她	何心冷	诗
	119	9卷4号	小诗	唐雪蕉	诗

附录2：章锡琛主编时期文艺作品目录

续表

年份	序号	卷号、期号	作品名称	作者	备注（翻译106篇）
	120	9卷4号	《星》《乐和爱》《印象》《他》《静》《晚》《花儿》《悟》《泪》	焦菊隐	诗
	121	9卷5号	甲突斯台	［土耳其］美列克女士原著　愈之译	
	122	9卷5-6号	幻影	B. M. Paull原作　朱枕薪译	话剧
	123	9卷5号	暴风雨	梦苇	小品
	124	9卷5号	一刹那	稻心	小品
	125	9卷5号	母亲的病	LF	小品
	126	9卷6号	离家	王任叔	
	127	9卷6号	两个死了的她	臻澳	
	128	9卷7号	青年的悲哀	孙席珍	
	129	9卷7号	柯老头	［法］巴尔萨克作　冯璘译	
	130	9卷8-9号	姊姊的屈服	卓如	
	131	9卷8号	第一步		
	132	9卷8号	寻求者	左天锡	寓言
	133	9卷8号	夜谈	竹影女士	
	134	9卷9号	爱昆虫的小孩	［法］法布耳原著　周作人译	
	135	9卷9号	离恨	TC	
	136	9卷9号	微笑	陈竹影	
	137	9卷9号	微波	毛从周	戏剧
	138	9卷9号	离校	秋心	小品
	139	9卷10号	两心语	韫玉	
	140	9卷10-11号	两度缔婚的我	冯璘	
	141	9卷10号	微波		
	142	9卷11号	爱情制造者		
	143	9卷11号	求婚	［俄］柴霍甫原作　靖华译	独幕趣剧

223

续表

年份	序号	卷号、期号	作品名称	作者	备注（翻译106篇）
	144	9卷12号	除夕	南平	
	145	9卷12号	奶母	梦雷	
	146	9卷12号	侯渡	陈中舫	
	147	9卷12号	在中学毕业之后	书琴女士	
	148	9卷12号	亡友C君的遗书	祖堂	
	149	9卷12号	一个无人补的缺	［俄］坡太本柯作 余芷湘译	
1924	150	10卷1号	恐怖	CP	
	151	10卷1号	她的诅咒	陶怡	
	152	10卷1号	饭后	曼真	
	153	10卷1号	民不聊生	韩兰如	
	154	10卷1号	柳下	［丹麦］安徒生原作 赵景深译	童话
	155	10卷1号	二兵士	［法］莫泊三原著 仲雲译	
	156	10卷1-2号	给海兰的童话	［俄］西比尔雅克作 王鲁彦译	
	157	10卷1号	贞操	［日］菊池宽作 YD译	独幕剧
	158	10卷2号	礼物	周宾韩	
	159	10卷2号	风雨下的小鸟	张人权	
	160	10卷2号	教皇死了	［法］都德著 陈鍜译	
	161	10卷2号	说讹人	［美］Helene Mullins著 李伟森译	
	162	10卷3号	幸福的家庭——拟许钦文	鲁迅	
	163		奈何	张师	
	164		北风起时	书琴女士	
	165		白叶村	珠心女士	
	166	10卷4-7号	父亲的儿子	陈大悲	五幕剧
	167	10卷4号	过年	渭川	

附录2：章锡琛主编时期文艺作品目录

续表

年份	序号	卷号、期号	作品名称	作者	备注（翻译106篇）
	168	10卷4号	须磨的自尽	〔日〕森田草平原作 仲持译	
	169	10卷4号	一掬粘土	Henry Van Dyke 作 显谟译	寓言
	170	10卷4号	旧邮票	顾泽培	
	171	10卷5号	已往的姊妹们	钦文	
	172	10卷5号	途中	潘垂统	
	173	10卷5号	前途	景娜女士	
	174	10卷5号	新年的赠品	〔法〕莫泊桑著 李青崖译	
	175	10卷6号	医院里的哭声	柏如女士	
	176	10卷6号	蝴蝶与三块石头	〔日〕小川未明著 晓天译	
	177	10卷6号	落花	赵秉缄	
	178	10卷7号	友隙	白采	
	179	10卷7号	白雀	张人权	
	180	10卷7号	仅有的不如意——现代叙利亚生活写真	〔俄〕刚杜鲁希金著 鲁彦译	
	181	10卷8号	战士	黄运初	散文诗
	182	10卷8号	杏芬表姊	公木	
	183	10卷8号	失去的芳邻	蹇先艾	
	184	10卷8-9号	一个女人的日记	〔英〕小泉八云原著 LEO 译	
	185	10卷8号	汉帝额夷的天鹅	〔俄〕西皮尔雅克著 鲁彦译	
	186	10卷9号、11卷1号	倦旅	学昭	
	187	10卷9号	他的忏悔	黄慎之	
	188	10卷9号	一件危险的事	张友鸾	
	189	10卷9号	凶手与死		
	190	10卷10号	离愁	顾泽培	

续表

年份	序号	卷号、期号	作品名称	作者	备注（翻译106篇）
	191	10卷10号	西山的猫	张人权	
	192	10卷10-12号	木马	法国雷里安端作 李青崖译	
	193	10卷11号	亡妹	徐施蘅	
	194	10卷11号	一封未发的信	张志基	
	195	10卷11号	一对恋人	［丹麦］安徒生著 天赐生译	
	196	10卷12号	一个疯子	凤子	散文诗
	197		妇女的权利	［匈牙利］Lzidoro Kalnki 作 化鲁译	滑稽对话
1925	198	11卷1号	悲哀中的旅途	鲜园	
	199	11卷1号	他的婚期	李朴园	
	200	11卷1号	介绍	钦文	
	201	11卷1号	可怜的裴迦	［俄］亚穆柏作 曹靖华译	
	202	11卷1号	胜利的恋歌	［俄］屠格涅夫作 棘堃译	
	203	11卷1号	捕鼠	［美］狄更生夫人作 PK译	
	204	11卷1号	小克劳斯和大克劳斯	［丹麦］安徒生著 顾君正译	童话
	205	11卷1号	春	［日］竹久梦二作 YD译	童话剧
	206	11卷2号	怀大桂	钦文	
	207	11卷2号	两只鹬鸟	纪尔曼夫人作 伯恳译	
	208	11卷2号	经过	璐丝	诗
	209	11卷2号	送行	凤子	
	210	11卷2-5号	忏悔	［德］司托姆作 希葛译	
	211	11卷2号	飞尘老人	［丹麦］安徒生著 汪延高译	童话
	212	11卷3号	重逢	李宗武	

附录2：章锡琛主编时期文艺作品目录

续表

年份	序号	卷号、期号	作品名称	作者	备注（翻译106篇）
	213	11卷3号	鸢飞鱼跃	吴祖襄	
	214	11卷3号	锐删特一撮毛	泊拉特著 孔山宗译	
	215	11卷4-5号	富人之子	翼女士	戏剧
	216	11卷4号	一生	钦文	
	217	11卷4号	投水救助业	[日]菊池宽作 汪馥泉译	
	218	11卷4号	夜莺	[丹麦]安徒生著 顾均正译	
	219	11卷5号	二月十四日	邵洵美	散文诗
	220	11卷5号	怎能不哭呢	庹能纬	
	221	11卷5号	后备姨太太	钦文	
	222	11卷7号	塌鼻子婶婶的故事	黎烈文	
	223	11卷7号	回信	霁野	
	224	11卷7-9号	不朽	未斯林诺维克作 PK译	
	225	11卷7-8号	急变	黄慎之	独幕剧
	226	11卷8-9号	梦	屠格涅夫作 棘埜译	
	227	11卷9号	病儿床前的事	钦文	

227

附录3：

杜就田主编时期文艺作品目录

年份	序号	卷号	作品名称	作者	备注
1925	1	11卷10号	梧桐叶落的秋夜	刘大杰	
	2	11卷10号	诞生之话——母亲，我是怎样生出来的	斯托泼夫人作 胡伯恳译	
	3	11卷10号	回忆去年的今日	徐永龄	
	4	11卷10-11号	感化	［英］恩何尔夫人作 LEO译	
	5	11卷12号	冥婚	车素英	
	6	11卷12号	是病容呵	菲菲	
	7	11卷12号	可怜的晚会	徐鹤林	
1926	8	12卷1号	觉悟	祖堂	独幕剧
	9	12卷1号	情天劫		商务印书馆摄制影片
	10	12卷2号	意外	祖堂	独幕剧
	11	12卷2号	幸运的时髦小姐	美梅	
	12	12卷3号	取悦于妻	汤麦司哈代著 黄雲孙译	
	13	12卷3-4号	冲喜以后	梦偲	
	14	12卷3号	砖块变的金子	徐学文	
	15	12卷5号	误会	［法］都德著 李劼人译	
	16	12卷5号	两个傻孩子	徐鹤林	

续表

年份	序号	卷号	作品名称	作者	备注
	17	12卷5号	逆子	祖堂	独幕剧
	18	12卷5号	乡讯	宋永孙	
	19	12卷5号	他们的吵嘴	任梦霞	
	20	12卷5号	驼背木匠	Geargine Burchill 著 天仆译	童话
	21	12卷6号	老虎和青蛙	陶陶	西藏民间故事之一
	22	12卷6号	飘零	宋永孙	
	23	12卷6号	小黑人	[美]波耳作 倍金译	
	24	12卷6号	荷心	招桂熙	
	25	12卷7号	郎才女貌	任梦霞	独幕剧
	26	12卷7号	他所爱的金刚钻	迦音	
	27	12卷7号	苦工的爱妻	天仆	
	28	12卷7号	破天荒的怪信	廖伯龙	
	29	12卷7号	创作的乐观	廖伯龙	
	30	12卷8号	聪明的蝙蝠	陶陶	西藏民间故事之二
	31	12卷8号	秋色平分的晚上	刘大杰	
	32	12卷8号	于太夫人行述	右任	
	33	12卷9号	一个月饼	徐永龄	
	34	12卷9号	流泪的中秋	起翔	
	35	12卷9号	茉莉残痕	杜哝冰	
	36	12卷9号	海滨自语	责凡女士	
	37	12卷10号	女子的由来	季赞育译	印度民间故事
	38	12卷10号	凄断故人情——一封凄婉的信	木	
	39	12卷10号	搏水过颡	WY女士	
	40	12卷10-11号	李子	[美]克尔包著 礼齐译	
	41	12卷10号	离别	芳洲女士	

续表

年份	序号	卷号	作品名称	作者	备注
	42	12卷10号	阉人的女儿	George Gissing著 苏兆龙译	
	43	12卷11-12号	琵琶的怨语	刘大杰	
	44	12卷11号	病别	章焕文	
	45	12卷11号	蜜月	[英]曼殊菲尔著 查白波译	
	46	12卷11号	警察与弃猫	[日]高梨专之介著 陶秉珍译	
	47	12卷12号	世评	许又非	
	48	12卷12号	车中的回忆	何心冷	
	49	12卷12号	梅苏姑娘	[英]Emily M Street原著 天朴译述	
	50	12卷12号	圣诞节前夜	锡珍	
	51	12卷12号	洋房子	徐学文	
1927	52	13卷3号	决裂	翟秀峰	
	53	13卷3号	夫妇	[日]菊池宽著 葛绥成译	
	54	13卷3号	孕母	坚白	
	55	13卷3号	阿鹅的家庭	徐学文	
	56	13卷3号	永远的孤零——敬献给我梅珍胞姊	左干臣	
	57	13卷3号	初恋	张友仁	
	58	13卷4号	小绅士的入学	慕冕	
	59	13卷4号	神秘的设问	醉南	
	60	13卷4号	我的将来	望透	
	61	13卷4号	一个怯弱者	莫泊桑原著 董家荣译	
	62	13卷5号	忏悔	莫泊桑原著 三策后人译	
	63	13卷5号	紫藤架下	凰歌	
	64	13卷5号	溺死者的一封遗书	莫泊桑原著 三策后人译	
	65	13卷5号	失意	嵇英	

续表

年份	序号	卷号	作品名称	作者	备注
	66	13卷6号	渔人的女郎	廖志堂	
	67	13卷6号	老人与魔鬼	林文芳	
	68	13卷6号	湖上	王希仁	
	69	13卷6号	流浪	郭魁武	
	70	13卷6号	一个蚂蚁	尚木	
	71	13卷6号	杨柳的酬报	陈望绅	
	72	13卷6号	手套	MCN	
	73	13卷7号–15卷2号	佳偶怨偶	天游	社会小说（长篇连载）
	74	13卷7号	悔悟	徐学文	
	75	13卷7号	梅斯妮给她父亲的信	［法］蒲尔致原著 董家滢译	
	76	13卷8号	秋心	邹子孟	诗剧
	77	13卷8号	中秋	武酉山	
	78	13卷8号	小园的月	鉴泉	
	79	13卷9号	一个小学生的笔记	俊栋	
	80	13卷9号	三个答案	郭侣桐	
	81	13卷10号	教员之妻	望透	
	82	13卷10号	情痴	［法］莫泊桑原著 董家滢译	
	83	13卷10号	弃妇	瑞青	
	84	13卷10号	婚后的悲哀	瑞青	
	85	13卷11号	父亲的忏悔	忠敏	
	86	13卷11号	到外婆家去	元化	
	87	13卷11号	晚餐	菊农	
	88	13卷11号	是谁将她断送了	梨秋村女	
	89	13卷12号	妇人的胜利	徐鹤林	
	90	13卷12号	独身主义	陈劳冶	
	91	13卷12号	自她走后	黄豫才英作 陈志英改译	

231

续表

年份	序号	卷号	作品名称	作者	备注
1928	92	14卷1号	大廉价的末一日	戈尔	
	93		娼妓生活的穷途	黄中	
	94	14卷2号	二孤女	[法] Henri Lavedan 原著 董家滢译	
	95	14卷3号	遗书	左干臣	
	96	14卷4号	双亲大人	彭家煌	
	97	14卷5号	亚珊的言论自由	徐鹤林	
	98	14卷5号	为着她	光凡	
	99	14卷6号	母亲的化身	树芳	
	100	14卷6号	火腿与青盐橄榄	觉先	
	101	14卷9号	古佛——小尼姑写给老尼姑的信	左干臣	
	102	14卷9号	乡梦的残者	郭兰馨	
	103	14卷10号	无用的美	莫泊三原著 喆译	
	104	14卷10号	病	彭家煌	
	105	14卷11号	雪儿	凰歌	童话《白雪公主》
	106	14卷11号	眇女	小河	
	107	14卷12号	除夕	诗玉	
	108	14卷12号	圣诞节的礼物	兰白著 纪芳译	
	109	14卷12号	E巧A拙	唐紫庭	
1929	110	15卷2号	珊梅	曹晓风	
	111	15卷2号	狭的心	素绢	
	112	15卷3-4号	归去吧	望透	
	113	15卷3-4号	体倦心未倦	戴菊农	
	114	15卷3号	未死的心	张跃渊	
	115	15卷4号	泪的狼藉	招桂熙	
	116	15卷4号	话也有理	亚兰	
	117	15卷5号	回国以后	王平陵	滑稽独幕剧
	118	15卷5号	离别的悲伤	寒江	

附录3：杜就田主编时期文艺作品目录

续表

年份	序号	卷号	作品名称	作者	备注
	119	15卷5号	依旧垂杨着地时	陈福瑞	
	120	15卷6号	爱情与牺牲	徐厦才	
	121	15卷6号	白太太的哀史	张我军	
	122	15卷6号	二房东	徐学文	
	123	15卷7号	艺术途上的彷徨者	金启静	
	124	15卷7号	画家与村妇	尹凡	独幕剧
	125	15卷7号	粉碎	王少游	剧本
	126	15卷7号	艺术的结婚	胡一贯	
	127	15卷8号	送瓜的小鬼儿	海啸斋主	
	128	15卷8号	愚昧的婆婆	徐葆德	
	129	15卷8号	邻家女	雲侣	
	130	15卷8号	慈母寄来的恩物	俞士铨	
	131	15卷8号	沈三嫂子	周良风	
	132	15卷9号	永不泯灭的一幕	马国亮	
	133	15卷9号	今天这个文题	蒋保怡	
	134	15卷9号	鹊噪	姑苏客	
	135	15卷9号	王老五的汤团	扶名	
	136	15卷9号	阿美	温泉	
	137	15卷10号	一位女画家的嫁前与嫁后	颂尧	
	138	15卷10号	公园里的一幕	李邓莲真	
	139	15卷10号	娇憨与懦弱	幼曦	
	140	15卷10号	诊察室中	李赞华	
	141	15卷10号	我的伯母	美公	
	142	15卷10号	她嫁了后	徐学文	
	143	15卷10号	两封信	俭超	
	144	15卷11号	夫也不良	何公超	独幕剧
	145	15卷11号	世路荆棘	丹猎	
	146	15卷11号	盲寡妇	火雪明	

续表

年份	序号	卷号	作品名称	作者	备注
	147	15卷11号	一场空梦	心渊	
	148	15卷11号	离散之前	渤海艇	
	149	15卷11号	不堪回首	霜瘦	
	150	15卷12号	雪的除夕	冥疾	
	151	15卷12号	寒假	ＣＣ	
	152	15卷12号	陈嫂	白雯	
	153	15卷12号	盲妇人	陶然	
	154	15卷12号	皮鞭下的呻吟者	姜仲明	
1930	155	16卷1号	一枚钻戒	陈伯吹	
	156	16卷1号	春假	冰魂	
	157	16卷1号	气煞了先生们	李琳	
	158	16卷1号	弃妇	陆豫初	
	159	16卷1号	梦里的伤痕	守初	
	160	16卷1号	受了千金的累	扶名	
	161	16卷2号	贫困之家	［瑞典］Hans Alin 徐国基译	短剧
	162	16卷2号	春朝	巴二	
	163	16卷2号	梦绕家山远	田君	
	164	16卷2号	落英	郭兰馨	
	165	16卷2号	唉，那可人儿	［法］Louis Hemon 著 董家滢译	
	166	16卷3号	清明节	忆君	
	167	16卷3号	梦的残尽	李琳	
	168	16卷3号	寂寞的小楼	朱曼	
	169	16卷3号	晓春	梁冰茹	
	170	16卷3号	四六疯	许君可	
	171	16卷4号	明月和玫瑰	吴克勤女士	
	172	16卷4号	幽思	湘珍女士	
	173	16卷4号	情敌	黄育莼	
	174	16卷4号	王二的嫂嫂	熊大适	
	175	16卷4号	午夜里	廖宗灏	

附录3：杜就田主编时期文艺作品目录

续表

年份	序号	卷号	作品名称	作者	备注
	176	16卷4号	施小姐	吉荪	
	177	16卷5号	博士先生的续婚	荔媛	
	178	16卷5号	真的么	巴林	
	179	16卷5号	女校长的成功	吕宗茂　黄瘦枫译	
	180	16卷5号	疯后的校长	朱聚之	
	181	16卷5号	晚餐	戴菊农	
	182	16卷5号	赢得笑声几片	甄秉躯	
	183	16卷5号	伊的讯息	陈伯吹	
	184	16卷5号	她才觉悟	刘啸遐	
	185	16卷5号	别语	清曧女士	
	186	16卷5号	一场恶梦	徐鸱荻	
	187	16卷5号	最后的胜利	［法］Henri Mansvie 董家滢译	
	188	16卷5号	慈悲	蒋丹麟	
	189	16卷5号	流言	契诃夫作　夏葵如译	
	190	16卷6号	吴妈	赵圣情	
	191	16卷6号	做个畸人了	逸之	
	192	16卷6号	绝望	陈伯吹	
	193	16卷6号	不及久待	托尔斯泰原著　徐白译	

附录4：

叶圣陶、杨润馀时期文学栏作品目录

年份	序号	卷号	作品名称	作者	备注
1930	1	16卷7号	京班戏	李谷饴	
	2	16卷7号	老人和小鬼	徐调孚译	日本童话
	3	16卷7号	断舌雀	徐调孚译	日本童话
	4	16卷7号	松山镜	徐调孚译	日本童话
	5	16卷7号	午后	费宴	
	6	16卷8号	瑛妹	露珠	
	7	16卷8号	梧桐树	徐学文	
	8	16卷9号	一个女人	沈从文	
	9	16卷9–11号	文凭	V.I. Nemiroviteh. Dantchenko作 沈馀译	
	10	16卷9号	黑山魔王	赵景深	意大利童话
	11	16卷10–12号	甚么使得她这样	［日］藤森成吉作 崔晃译	戏剧
	12	16卷10号	蟹的出身	沈醉了	童话
	13	16卷11号	校长女士	罗洪	
	14	16卷11号	一颗沉重的心	［德］彼得阿尔登堡作	
	15	16卷12–17卷10号	东京小品	庐隐	系列小品
	16	16卷12号	离别的七年间	讯鸠	
	17	17卷1号	卖身日记	黄萍荪	

续表

年份	序号	卷号	作品名称	作者	备注
1931	18	17卷1号	贩卖婴儿的妇人	岭梅女士	
	19	17卷1-11号	心病	李健吾	长篇小说
	20	17卷2号	半月子的回忆	青主	
	21	17卷2号	疗疮	思永	
	22	17卷3号	亚丽安娜	巴金	
	23	17卷4号	遗失	润馀	
	24	17卷4号	安耆的死	倪宛仙	
	25	17卷5号	我丈夫的书	[英]巴雷著 谅夫译	
	26	17卷5号	一元七毫	天尔	
	27	17卷6号	阑珊	江纪生	
	28	17卷7号	约翰爱尔文	啼痕译	
	29	17卷7号	离人	索以译	诗
	30	17卷7号	离家的前夜	组缃	
	31	17卷7号	你曾经怎么着	索以译	诗
	32	17卷8号	改嫁	阮冲	
	33	17卷9-12号	鬼池	[法]乔治桑著 陈君涵译	中篇小说
	34	17卷9号	白话诗之进步	姜敬舆	剧本
	35	17卷9号	轻雾	庐谷花	
	36	17卷10号	猫头鹰与小孩	久保万太郎 姜宏译	日本童话剧
	37	17卷10号	五里雾中	[法]左拉著 汪炳焜译	
	38	17卷11号	辞职	黎三林	
	39	17卷11号	一个女子的飘零史	[法]莫泊三著 文林译	
	40	17卷12号	女盲者	裘鹏	
	41	17卷12号	香花前的偶像	白鸥女士	

参考文献

期刊类

1.《妇女杂志》，上海：商务印书馆。

2.《新青年》，上海：群益书社。

3.《新潮》，北京：国立北京大学出版部。

4.《民铎杂志》，上海：上海学术研究会。

5.《新女性》，上海：上海民立女子中学学生会。

6.《玲珑》，上海：三和公司版部。

著作类

1. 江安、冯飞编著：《女性论》，中华书局1920年版。

2. 刘王立明：《中国妇女运动》，商务印书馆1924年版。

3. ［日］本间久雄：《妇女问题十讲》，章锡琛译，开明书店1924年版。

4. 章锡琛编：《新性道德讨论集（增补）》，开明书店1926年版。

5. 王平陵：《中国妇女的恋爱观》，光华书局1926年版。

6. 梅生编：《中国妇女问题讨论集》(1-6册)，上海书店1929年版。

7. 杨之华：《妇女运动概论》，亚东图书馆1927年版。

8. ［德］倍倍尔：《妇女与社会》，沈端先译，开明书店1927年版。

9. 汤彬华：《妇女运动ABC》，世界书局1928年版。

10. 任白涛辑译：《近代恋爱名论》，启智书局 1928 年版。

11. ［美］纪尔曼：《妇女与经济》，邹敬芳译，学术研究会 1928 年版。

12. 樊仲云编：《妇女解放史》，新生命书局 1929 年版。

13. 谦第：《妇女与社会》，光明书局 1929 年版。

14. 张佩芬编译：《现代思潮与妇女问题》，泰东图书局 1929 年版。

15. ［日］山川菊荣：《妇女自觉史》，高希圣译，泰东图书局 1930 年版。

16. ［俄］柯伦泰：《伟大的恋爱》，李兰译，现代书局 1930 年版。

17. ［英］蒲士：《妇女解放新论》，刘英士译，新月书店 1931 年版。

18. ［日］本间久雄：《妇女问题十讲》，姚伯麟译，学术研究会 1934 年版。

19. 陈碧云：《妇女问题论文集》，上海中华基督教女青年会全国协会 1936 年版。

20. 程谛凡编：《中国现代女子教育史》，中华书局 1936 年版。

21. 舒新城：《中国近代教育史稿选存》，中华书局 1936 年版。

22. 陈东原：《中国妇女生活史》，商务印书馆 1937 年版。

23. 刘蘅静：《妇女问题文集》，妇女月刊出版社 1947 年版。

24. 杜君慧：《妇女问题讲话》，新知书店 1946 年版。

25. 裴民：《新恋爱观和新家庭观》，时代书局 1949 年版。

26. 莫世详编：《马君武集（1900—1919）》，华中师范大学出版社 1991 年版。

27. 金天翮：《女界钟》，陈雁编校，上海古籍出版社 2003 年版。

28. ［瑞典］爱伦凯：《恋爱与结婚》，朱舜琴译，光明书局 1926 年版。

29. ［瑞典］爱伦凯：《恋爱与道德》，沈泽民译，上海书店 1925 年版。

30. Nancy M. Schoonmaker, *Ellen key's Ideals of Love and Marriage*, New York: Current History, 1926.

31. Ellen key, Translated by Arthur G. Chater, *Love and Marriage*, New

York and London: G. P. Putnam's Sons, 1911.

32. Ellen key, Translated by Arthur G·Chater, *The Century of the Child*, New York and London: G. P. Putnam's Sons, 1909.

33. Louise Nystrom-Hamilton, Translated by A. E. B. Fries, *Ellen Key (Her Life and Her Work)*, New York and London: G. P. Putnam's Sons, 1913.

34. 王树槐等主编：《近代中国妇女史中文资料目录》，"中央研究院"近代史研究所1995年版。

35. 李又宁、张玉法主编：《近代中国女权运动史料》（1842—1911）（上下册），台北：传记文学社1975年版。

36. 中华全国妇女联合会妇女运动历史研究室：《五四时期妇女问题文选》，生活·读书·新知三联书店1981年版。

37. 中华全国妇女联合会妇女运动历史研究室：《中国妇女运动历史资料（1840—1918）》，中国妇女出版社1991年版。

38. 中华全国妇女联合会妇女运动历史研究室：《中国妇女运动历史资料（1921—1927）》，人民出版社1986年版。

39. 中华全国妇女联合会妇女运动历史研究室：《中国妇女运动历史资料（1927—1937）》，人民出版社1986年版。

40. 中共天津市委党史资料征集委员会，天津市妇女联合会：《天津女星社》（妇女运动史资料选编），中国党史资料出版社1985年版。

41. 刘巨才：《中国近代妇女运动史》，中国妇女出版社1989年版。

42. 吕美颐、郑永福：《中国妇女运动》（1840—1921），河南人民出版社1990年版。

43. 郑永福、吕美颐：《近代中国妇女生活》，河南人民出版社1993年版。

44. 刘士圣：《中国古代妇女史》，青岛出版社1991年版。

45. 韦溪、张苌：《中国古代妇女禁忌礼俗》，陕西人民出版社1994年版。

46. 闵家胤主编：《阴柔与阳刚的变奏——两性关系和社会模式》，中国社会科学出版社 1995 年版。

47. 闵冬潮：《国际妇女运动（1789—1989）》，河南人民出版社 1991 年版。

48. 李小江：《女人读书》，江苏人民出版社 2006 年版。

49. 吕方上主编：《无声之声（Ⅰ）：近代中国的妇女与国家（1600—1950）》，（台北）"中央研究院"近代史研究所 2003 年版。

50. 王政、陈雁主编：《百年中国女权思潮研究》，复旦大学出版社 2005 年版。

51. 刘人锋：《中国妇女报刊史研究》，中国社会科学出版社 2012 年版。

52. 田景昆、郑晓燕：《中国近现代妇女报刊通览》，海洋出版社 1990 年版。

53. ［日］山川丽：《中国女性史》，高大伦、范勇译，三秦出版社 1987 年版。

54. 陈望道：《恋爱 婚姻 女权——陈望道妇女问题论集》，复旦大学出版社 2010 年版。

55. 阮青：《中国个性解放之路——20 世纪中国个性解放思潮研究》，华东师范大学出版社 2004 年版。

56. ［美］费正清等：《剑桥中华民国史》，章建刚等译，上海人民出版社 1992 年版。

57. 李泽厚：《中国思想史论》（上 中 下），安徽文艺出版社 1999 年版。

58. ［美］周策纵：《五四运动史》，陈永明等译，岳麓书社 1999 年版。

59. 陈平原：《触摸历史与进入五四》，北京大学出版社 2004 年版。

60. 谭正璧：《中国女性文学史》，百花文艺出版社 1991 年版。

61. 盛英主编：《二十世纪中国女性文学史》，天津人民出版社 1995 年版。

62. 乔以钢：《低吟高歌——20 世纪中国女性文学论》，南开大学出版社

1998年版。

63. 杨义：《中国现代小说史》（上 中 下），人民出版社1998年版。

64. 夏志清：《中国现代小说史》，刘绍铭等译，香港中文大学出版社2001年版。

65. 夏晓虹：《晚清文人妇女观》，作家出版社1995年版。

66. 夏晓虹：《晚清社会与文化》，湖北教育出版社2001年版。

67. 夏晓虹：《晚清女性与近代中国》，北京大学出版社2004年版。

68. 夏晓虹：《晚清的魅力》，百花文艺出版社2001年版。

69. 金观涛、刘青峰：《观念史研究》，法律出版社2010年版。

70. ［日］须藤瑞代：《中国"女权"概念的变迁——清末民初的人权和社会性别》，姚毅译，社会科学文献出版社2010年版。

71. ［美］汤尼·白露：《中国女性主义思想史中的妇女问题》，沈齐齐译，上海人民出版社2011年版。

72. 王绯：《空前之迹——1851—1930：中国妇女思想与文学发展史论》，商务印书馆2004年版。

73. 颜海平：《中国现代女性作家与中国革命，1905—1948》，季剑青译，北京大学出版社2011年版。

74. 刘慧英编著：《遭遇解放：1890—1930年代的中国女性》，中央编译出版社2005年版。

75. 许慧琦：《"娜拉"在中国：新女性形象的塑造及其演变》，（台北）政治大学历史系2003年版。

76. 胡晓真：《才女彻夜未眠——近代中国女性叙事文学的兴起》，北京大学出版社2008年版。

77. 孟悦、戴锦华：《浮出历史地表：现代妇女文学研究》，中国人民大学出版社2004年版。

78. 刘思谦：《"娜拉"言说：中国现代女作家心路纪程》，河南大学出版社2007年版。

79. 陈顺馨：《中国当代文学的叙事与性别》，北京大学出版社 1995 年版。

80. 耿传明：《决绝与眷恋——清末民初社会心态与文学转型》，复旦大学出版社 2010 年版。

81. 杨联芬：《晚清至五四：中国文学现代性的发生》，北京大学出版社 2003 年版。

82. 刘禾：《跨语际实践：文学，民族文化与被译介的现代性（中国，1900—1937）》，刘伟杰等译，生活·读书·新知三联书店 2008 年版。

83. 刘人鹏：《近代中国女权论述：国族、翻译与性别政治》，（台北）学生书局 2000 年版。

84. 胡缨：《翻译的传说：中国新女性的形成（1898—1918）》，江苏人民出版社 2009 年版。

85. ［美］高彦颐（Dorothy Ko）：《闺塾师：明末清初江南的才女文化》，李志生译，江苏人民出版社 2005 年版。

86. 徐仲佳：《性爱问题：1920 年代中国小说的现代性阐释》，社会科学文献出版社 2005 年版。

87. 李玲：《中国现代文学的性别意识》，人民文学出版社 2002 年版。

88. 王宇：《性别表述与现代认同》，上海三联书店 2006 年版。

89. 蔡玫姿：《从性别观点阅读类型文学》，（台北）巨流图书股份有限公司 2011 年版。

90. 张莉：《浮出历史地表之前：中国现代女性写作的发生》，南开大学出版社 2010 年版。

91. ［英］阿雷恩·鲍尔德温（Elaine Baldwin）等著：《文化研究导论》（修订版），陶东风等译，高等教育出版社 2004 年版。

92. 陆扬、王毅：《文化研究导论》，复旦大学出版社 2006 年版。

93. 傅铿：《文化：人类的镜子——西方文化理论导引》，上海人民出版社 1990 年版。

94. ［法］米歇尔·福柯：《知识考古学》，谢强、马月译，生活·读书·新知 三联书店 1998 年版。

95. ［法］米歇尔·福柯：《性经验史》（增订版），佘碧平译，上海人民出版社 2005 年版。

96. ［美］本尼迪克特·安德森：《想象的共同体——民族主义的起源与散布》，吴叡人译，上海人民出版社 2005 年版。

97. 金元浦主编：《文化研究：理论与实践》，河南大学出版社 2004 年版。

98. 鲍晓兰主编：《西方女性主义研究评介》，生活·读书·新知三联书店 1995 年版。

99. 邱仁宗、金一虹、王延光编：《中国妇女和女性主义思想》，中国社会科学出版社 1998 年版。

100. ［美］罗斯玛丽·帕特南·童：《女性主义思潮导论》，艾晓明等译，华中师范大学出版社 2002 年版。

101. 李银河主编：《妇女：最漫长的革命》，中国妇女出版社 2007 年版。

102. ［美］佩吉·麦克拉肯主编，艾晓明、柯倩婷副主编：《西方女性主义理论读本》，广西师范大学出版社 2007 年版。

103. ［德］恩格斯：《家庭、私有制和国家的起源》，中共中央马克思、恩格斯、列宁、斯大林著作编译局译，人民出版社 1972 年版。

104. ［英］罗素：《婚姻与道德》，李惟远译，上海文艺出版社 1989 年版。

105. ［美］白馥兰：《技术与性别：晚期帝制中国的权力经纬》，江湄、邓京力译，江苏人民出版社 2006 年版。

106. 余凤高：《西方性观念的变迁——西方性解放的由来与发展》，湖南文艺出版社 2004 年版。

107. ［法］米歇尔·福柯：《性史》，张廷琛、林莉等译，上海科学技术出版社 1989 年版。

108. 郑伊编选：《女智者共谋：西方三代女性主义理论回展》，作家出版社 1995 年版。

109. 林树明：《多维视野中的女性主义文学批评》，中国社会科学出版社 2004 年版。

110. 周叙琪：《一九一〇～一九二〇年代都会新妇女生活风貌——以〈妇女杂志〉为分析实例》，（台北）"国立"台湾大学出版委员会 1996 年版。

111. 《近代中国妇女史研究》2004 年第 12 期，"中央研究院"近代史研究所编。

112. 宋素红：《女性媒介：历史与传统》，中国传媒大学出版社 2006 年版。

113. 李康化：《漫画老上海知识阶层》，上海人民出版社 2003 年版。

114. 谢菊曾：《十里洋场侧影》，花城出版社 1983 年版。

115. 刘淑玲：《大公报与中国现代文学》，河北教育出版社 2004 年版。

116. 柳珊：《在历史缝隙中挣扎——1910—1920 年间的〈小说月报〉研究》，百花洲文艺出版社 2004 年版。

117. 董丽敏：《想象现代性：革新时期的〈小说月报〉研究》，广西师范大学出版社 2006 年版。

118. [美] W. C. 布斯：《小说修辞学》，华明等译，北京大学出版社 1987 年版。

119. 赵毅衡：《当说者被说的时候——比较叙述学导论》，中国人民大学出版社 1998 年版。

120. [美] 苏珊·S. 兰瑟：《虚构的权威——女性作家与叙述声音》，黄必康译，北京大学出版社 2002 年版。

121. 商务印书馆编：《商务印书馆九十周年》，商务印书馆 1987 年版。

122. 商务印书馆编：《商务印书馆九十五周年》，商务印书馆 1992 年版。

123. 商务印书馆编：《商务印书馆一百周年》，商务印书馆1998年版。

124. 张静庐辑注：《中国近现代出版史料》（8卷本），上海书店出版社2003年版。

125. 史春风：《商务印书馆与中国近代文化》，北京大学出版社2006年版。

126. 汪家熔：《商务印书馆史及其他》，中国书籍出版社1998年版。

127. 张元济：《张元济日记》，张人凤整理，河北教育出版社2000年版。

128. 冯春龙：《中国近代十大出版家》，广陵书社2005年版。

129. 宋应春、袁喜生、刘小敏编：《20世纪中国著名编辑出版家研究资料汇辑》，河南大学出版社2005年版。

130. 包笑天：《钏影楼回忆录续编》，（香港）大华出版社1971年版。

131. 刘永文：《民国小说目录（1912—1920）》，上海古籍出版社2011年版。

132. 芮和师、范伯群等：《鸳鸯蝴蝶派文学资料》，知识产权出版社2010年版。

133. 《茅盾全集》，人民文学出版社1984年版。

134. 邱文治、韩银庭编著：《茅盾研究六十年》，天津教育出版社1990年版。

135. 唐金海、孔海珠、周春东、李玉珍：《中国当代文学研究资料·茅盾专集》（第一卷下册），福建人民出版社1983年版。

136. 韦韬、陈小曼：《我的父亲茅盾》，辽宁人民出版社2004年版。

137. 孙中田、李庆国：《茅盾》，人民出版社1987年版。

138. 庄钟庆：《茅盾》，人民文学出版社1983年版。

139. 《丁玲全集》，张炯编，河北人民出版社2001年版。

140. 袁良骏编：《丁玲研究资料》，知识产权出版社2011年版。

141. 孙瑞珍、王中忱编：《丁玲研究在国外》，湖南人民出版社1985年版。

142. 王增如、李向东：《丁玲年谱长编》，天津人民出版社 2006 年版。

143. 《鲁迅全集》，人民文学出版社 1981 年版。

144. 黄乔生：《周氏三兄弟》，杭州人民出版社 2008 年版。

145. 《周建人文选》，中国文史出版社 1988 年版。

146. 谢德铣：《周建人评传》，重庆出版社 1991 年版。

147. 叶圣陶：《叶圣陶日记》，乐齐编，山西教育出版社 1997 年版。

148. 商金林：《叶圣陶年谱长编》，人民教育出版社 2004 年版。

149. 钟叔河编订：《周作人散文全集》，广西师范大学出版社 2009 年版。

150. 钱英才：《许钦文评传》，浙江大学出版社 1990 年版。

151. 许钦文：《钦文自传》，人民文学出版社 1986 年版。

152. 许钦文：《〈鲁迅日记〉中的我》，浙江人民出版社 1979 年版。

153. 许钦文：《赵先生的烦恼》，北新书局 1928 年版。

154. 《叶紫散文选集》，叶雪芬编，百花文艺出版社 1992 年版。

155. 黎锦明：《黎锦明小说选》，人民文学出版社 1983 年版。

156. 巴金：《巴金经典作品选》，京华出版社 2008 年版。

157. 《师陀全集 1》，刘增杰编校，河南大学出版社 2004 年版。

158. 吴福辉：《带着枷锁的笑》，浙江文艺出版社 1991 年版。

论文类

1. 王立璋：《〈妇女杂志〉与近代妇女解放（1915—1931）》，博士学位论文，北京师范大学中国近现代史专业，2008 年。

2. 王鑫：《〈妇女杂志〉研究——关于中国现代女性话语的个案分析》，博士学位论文，北京师范大学文艺学专业，2009 年。

3. 刘方：《〈妇女杂志〉女性观研究》，博士学位论文，吉林大学中国近现代史专业，2012 年。

4. ［韩］金润秀：《〈妇女杂志〉（1920—1925）的"新女性"形象研

究》，博士学位论文，复旦大学中国现当代文学专业，2012 年。

5. 王思侗：《〈妇女杂志〉(1915—1920) 女性叙事研究》，硕士学位论文，苏州大学中国现当代文学专业，2011 年。

6. 黄慧：《〈妇女杂志〉与女性意识的觉醒与徘徊》，硕士学位论文，山东师范大学中国近现代史专业，2012 年。

7. 杨华：《中国新文学视域下的〈妇女杂志〉研究》，硕士学位论文，新疆大学中国现当代文学专业，2014 年。

8. 张霞：《爱伦·凯教育思想研究》，硕士学位论文，山东师范大学教育史专业，2008 年。

9. 魏如冰：《近代女性社会角色的构建——以商务印书馆〈妇女杂志〉为讨论中心（1915—1920）》，硕士学位论文，华中师范大学中国近现代史专业，2004 年。

10. 范蕴涵：《〈妇女杂志〉研究》，硕士学位论文，山东师范大学中国近现代史专业，2009 年。

11. 秦红梅：《从〈妇女杂志〉看"五四"时期的女性价值观》，硕士学位论文，陕西师范大学教育史专业，2006 年。

12. 邱志仁：《从〈妇女杂志〉看 1920 年代的城市妇女》，硕士学位论文，上海师范大学中国近现代史专业，2007 年。

13. 项利文：《1912 至 1931 年中国婚姻家庭问题研究的几个断面——以〈妇女杂志〉为中心》，硕士学位论文，苏州大学教育硕士专业，2008 年。

14. 王志辉：《女性职业问题的言说：以〈妇女杂志〉(1915—1931) 为中心的考察》，硕士论文，天津师范大学中国近现代史专业，2008 年。

15. 任淑静：《〈妇女杂志〉(1915—1919) 英美作品译介中女性形象的构建》，硕士学位论文，贵州大学英语语言文学专业，2009 年。

16. 崔慎之：《章锡琛主持下〈妇女杂志〉编辑思想之研究》，硕士学位论文，陕西师范大学新闻学专业，2009年。

17. 赵伟伟：《民国普通知识阶层妇女观的展现——以〈妇女杂志〉读者来信为视角（1921—1925年）》，硕士学位论文，南京师范大学中国近现代史专业，2012年。

18. 葛琳：《杜就田主编时期的〈妇女杂志〉研究——以女性自主意识的变迁为视角》，硕士学位论文，吉林大学新闻学专业，2012年。

19. 赖灵午：《中国女子教育问题的研究——以〈妇女杂志〉（1915—1931）为视角》，硕士学位论文，华东师范大学教育史专业，2013年。

20. 刘丽：《〈妇女杂志〉中的女子教育思想研究》，硕士学位论文，西南大学教育史专业，2013年。

21. 王静：《〈妇女杂志〉所载文章反映的近代女性社会地位的变化》，硕士学位论文，云南大学中国近现代史专业，2014年。

22. 刘堃：《晚清文学中的女性形象及其传统再造》，博士学位论文，南开大学中国现当代文学专业，2010年。

23. 宋声泉：《民初作为方法》，博士学位论文，南开大学中国现当代文学专业，2013年。

24. 李晓红：《民国时期上海的知识女性与大众传媒——以女性刊物为中心的研究》，博士学位论文，厦门大学中国近现代史专业，2007年。

25. 何楠：《〈玲珑〉杂志中的30年代女性生活》，博士学位论文，吉林大学中国近现代史专业，2010年。

26. 吴成年：《尼采与中国现代文学》，博士学位论文，北京师范大学中国现当代文学专业，2000年。

27. 许慧琦：《1920年代的性爱与新性道德论述——从章锡琛参与的三次论战谈起》，《近代中国妇女史研究》2008年第16期。

28. 刘慧英：《被遮蔽的妇女浮出历史叙述——简述初期的〈妇女杂志〉》，《上海文学》2006年第3期。

29. 刘慧英：《"妇女主义"：五四时代的产物》，《南开学报》（哲学社会科学版）2007年第6期。

30. 刘慧英：《从〈新青年〉到〈妇女杂志〉——五四时期男性知识分子所关注的妇女问题》，《中国文化研究》2008年第1期。

31. 杨联芬：《新伦理与旧角色：五四新女性身份认同的困境》，《中国社会科学》2010年第5期。

32. 杨联芬：《五四时期社交公开运动中的性别矛盾与恋爱思潮》，陈平原主编：《现代中国》第10期，北京大学出版社2008年版。

33. 杨联芬：《"恋爱"之发生与现代文学观念变迁》，《中国社会科学》2014年第1期。

34. 夏晓虹：《晚清女权思想溯源》，《文史知识》2011年第3期。

35. 夏晓虹：《从父母专婚到父母主婚——晚清的婚姻自由》，《读书》1999年第1期。

36. ［日］白水纪子：《〈妇女杂志〉所展开的新性道德论——以爱伦凯为中心》，《东洋文论　日本现代中国文学论》，吴俊编译，浙江人民出版社1998年版。

37. 宋少鹏：《清末民初"女性"观念的建构》，《中国现代文学研究丛刊》2012年第5期。

38. 鲍家麟：《民初的妇女思想》，《中国妇女史论集续集》，（台北）稻香出版社1991年版。

39. 彭小妍：《五四的"新性道德"——女性情欲论述与建构民族国家》，《近代中国妇女史研究》1995年第3期。

40. 吕芳上：《法理与私情：五四时期罗素、勃拉克相携来华引发婚姻问题的讨论》，《近代中国妇女史研究》2001年第9期。

41. 游鉴明：《前山我独行？二十世纪前半期中国有关妇女独身的言论》，《近代中国妇女史研究》2001年第9期。

42. 邱雪松：《"新性道德论争"始末及影响》，《中国现代文学研究丛刊》

2011年第5期。

43. 徐虹：《〈妇女杂志〉和二十世纪前期的妇女美术》，《荣宝斋》2003年。

44. 周叙琪：《民国初年新旧冲突下的婚姻难题——以东南大学郑振埙教授的离婚事件为分析实例》，《百年中国思潮研究》，王政、陈雁主编，复旦大学出版社2005年版。

45. 梁惠锦：《婚姻自由权的争取及其问题（1920-1930）》，《无声之声（Ⅰ）：近代中国的妇女与国家》，吕芳上主编，（台北）"中央研究院"近代史研究所2003年版。

46. ［日］工藤贵正：《厨川白村著〈近代的恋爱观〉在民国文坛中的影响》，《鲁迅：跨文化对话 纪念鲁迅逝世七十周年国际学术讨论会论文集》，绍兴文理学院等编，大象出版社2006年版。

47. 徐建生：《近代中国婚姻家庭变革思潮述论》，《近代史研究》1991年第3期。

48. ［日］三枝茂人：《茅盾的性描写观与〈蚀〉、〈野蔷薇〉中的性爱》，董炳月译，《中国现代文学研究丛刊》1992年第2期。

49. 翟耀：《错位：在两种婚恋观的冲突中——茅盾早期婚恋观的文化心理透视》，《山东社会科学》1997年第4期。

50. 张霞：《"革命文学"潮流中女性解放问题的探索与反思——茅盾短篇小说集〈野蔷薇〉新论》，《西华师范大学学报》（哲学社会科学版）2010年第6期。

51. 温希良：《拒绝被爱：一种全新的女性意识——论莎菲形象的审美价值》，《求是学刊》1991年第1期。

52. 徐仲佳：《直面启蒙的伦理陷阱——从涓生的两难看1920年代中国启蒙思想的现实困境》，《鲁迅研究月刊》2007年第11期。

53. 王秀田：《〈妇女杂志〉研究探述》，《高校社科动态》2009年第1期。

54. 刘曙辉:《启蒙与被启蒙:〈妇女杂志〉中的女性》,《山西师大学报》(社会科学版)2007年第2期。

55. 王萌:《论〈妇女杂志〉中的贤母良妻主义及其影响下的文学创作》,《中州大学学报》2006年第4期。

56. 杜若松:《女性叙事的文本范例与中国近代〈妇女杂志〉——小说〈黄鹂语〉的文本细读》,《新闻爱好者》2011年第14期。

致　　谢

首先感谢我的导师李锡龙教授。没有他，就没有这个选题。假如李老师没有指给我看《妇女杂志》，我想我的人生将留下永远的遗憾，我的生命肯定会为自己永远不得见的历史而微微叹息。但是由此又会引发歉意，我拿出来的东西过于粗糙，应该沉下去潜心修改，但青苔盖满，东西依旧。如此，感恩又抱歉，在此我必须对李老师说：谢谢您！

十分感谢乔以钢教授、罗振亚教授、李新宇教授、耿传明教授，感谢他们课堂上的悉心传授，感谢他们开题时对我开题报告的审阅及提出的宝贵意见和建议。

郑重感谢我的硕士生导师张永泉先生及师母孙秀荣女士，感谢他们一直以来对我工作、学习、生活上的帮助与鼓励。

特别感谢我的爱人刘国清，感谢他的奉献、包容、支持、鼓励与"扬鞭"。感谢我的儿子，我让他早早体会了独立，他却一直报我以快乐。感谢我的父母、姐姐，谢谢你们的体谅与守望。

此外，感谢同学好友黎秀娥、包天花。在南开大学的岁月因为有你们一起走，什么时候想起都是温暖的。感谢历史学院王玲一直给我分享学术工具与心得。感谢王勇师兄、张童师妹等同门兄弟姐妹对我的帮助与鼓励。

最后，更要感谢中国社会科学出版社张潜编辑的辛勤工作、河北省社会科学基金项目（HB21ZW007）和河北经贸大学学术著作出版基金的出版资助。